形婚记

毛冷瞪 著

海峡出版发行集团 | 鹭江出版社

2018年·厦门

我跟我的老公宽粉儿结婚,原因其实很简单。

不是因为双方门当户对,不是因为他家条件还不错,不是因为我爸妈逼着我结婚已经到了快要撕了我的地步,也不是因为我妈跟他妈是在广场舞场上一见如故的铁姐们儿,互相决定双方子女非对方不娶、非对方不嫁。

都不是。

我愿意跟他结婚,真的只是因为,我们俩相处得特别愉快。

第一次见面,他说:你好,我是宽粉儿。

我啧啧地说:我是橘子啊。橘子和宽粉儿一起吃,不搭吧?

他顺畅地回答说:搞对象不能追求这么完美,如果追求完美,我非要跟大麻酱、辣椒油、大蒜和香菜搞在一起,太淫乱了!

最后我决定嫁给他,是在我们认识的第三个月,他来我家帮我妈大扫除的时候。我这个人在做家务的时候,特别喜欢唱歌，而且要大声地唱，要撕心裂肺地唱。

可是当你完全不过脑子地唱歌的时候，常常只会唱那么一两句，循环往复，无休无止。此时身边听你号叫的人，就如同堕入艾俄洛斯的地狱，在这循环往复、无休无止的号叫声中永无宁日。

那一天，每当我唱道："红岑（尘）呀滚滚，次次（痴痴）呀情森（深），聚散总有四（时）。"

而他一本正经地接着唱："牛（留）一半清醒，牛（留）一半醉，自扫（至少）梦里有你嘴（追）随。"

不知道第几次笑倒在地上的那一个瞬间，我突然做了这辈子最重要的一个决定。

于是我和宽粉儿就这样顺理成章地领了证，办了一场完全是给双方父母看的毫无创意的婚礼，把宽粉儿爸妈一直出租的一个两室一厅的房子装修一新，过上了自由自在的二人世界的生活。

每当下班之后各自都没有约会的时候，我们俩就会穿得极尽邋遢，出门去我们最喜欢的烤鱼馆，在油乎乎的桌子上，就着呛人的炉子，吃一条麻辣至极的烤鱼，开一箱啤酒，然后你搭着我、我搭着你，一路高歌着：

"朋友一生一起走，那些日子不再有。一句话，一辈子，一生情，一杯酒。朋友不曾孤单过，一声朋友你会懂。还有伤,还有痛,还要走,还有我。"

在众人的唾骂声中走回家去。

我和宽粉儿在一起总有说不完的话,无论什么心事我都可以对他倾诉,当然他也可以对我倾诉任何心事。然而我们俩又不是天天有心事,大部分时候我们会分享每天所有的乐子。比如说宽粉儿公司有一个设计部门的同事,英文很好,宽粉儿每次跟他碰方案回家都会不停地跟我模仿他的经典名言。最有名的一句是:明天分享会的死该肘(schedule),你死没死出来啊,提夫尼!

我们俩非常喜欢一起逛街。宽粉儿的品位特别好,比我好,而且懂我。我喜欢的他总是能很随意地给我挑出来。有一天,不是我生日,也不是什么纪念日,什么都不是,我回到家,就看到地上放着一双裸粉色的小羊皮凉鞋,简直就是我正满世界在找的那一双。我激动地扑向正在沙发上啃哈密瓜的宽粉儿,问他怎么想起来给我买鞋。

他无所谓地耸耸肩说:这双鞋就写着你的名字啊!

我们俩也很爱一起看电影。他最爱看韩国那些阴气超重的惊悚片、推理片、恐怖片,而我更偏爱日本那些无厘头的青春片。可对方最爱的片子我们也打心眼里爱看。我们也很爱看老片,喜欢看港片,喜欢看动画片。互相推荐的影片,都绝无差错。无所事事的周末,我们瘫在客厅硕大的沙发床上,拉上遮光窗帘（一旦拉起，室内黑如极夜），把我们咬牙跺脚斥巨资购买的投影仪打开来投放在墙上，电影的声音从我们结婚第三年省吃俭用买的音响里传出。我们就一边大吃我们都爱的八喜朗姆冰激凌，大啃绝味辣鸭脖，一边一部电影接一部电影地看，看到双眼肿胀，仿佛再看下去俩眼珠子就会跌落到地上的地步。

当然，作为一对很注重自我管理的夫妇，我们也常常相约一起健身塑形。

请不要脑补两个健美、漂亮、身穿进口健身服装的人，头上绑着吸汗带，在高档健身房挥汗如雨的情形。我们俩穷得很，只能在家穿着老头儿衫大跳郑多燕。宽粉儿在跳郑多燕的时候仪态特别搞笑，我完全不能看他，看他就会爆笑，一旦开始笑就会笑个没完。

总之，跟宽粉儿的相处，用无忧无虑四个字来形容，真的无法尽述。我们就这样彼此关心、彼此照顾、彼此逗笑、彼此鼓励着。我们的婚姻走到了第五年。

这一个周末，是每月一次，我们要轮流去拜访双方父母的周末。周日早晨，在我父母千篇一律"再不要孩子，你的子宫就老化了，你生的孩子要畸形"的叮咛声中逃离出来，奔他的父母家，谁知一进门，两个老人一脸凝重。

我们俩赶紧收起没心没肺的笑容，正襟危坐。

宽粉儿妈妈说："小宽，下周你爸爸要开车回老家，去接你奶奶过来住。"

宽粉儿惊讶地说:"奶奶不是最不爱来吗?不是说没有朋友,住不惯吗?"

宽粉儿妈妈的表情十分凄苦,沉默了三分钟,说:"你奶奶确诊了肝癌,晚期。医生说还剩一年,好好休养,不用治了。"

宽粉儿的爸爸是我见过气质最好、最有男人味的男子,可我从来没见过他如此苍老,仿佛脸上瞬间多出来一万条皱纹,每条皱纹里都是不可诉说的悲伤。

我赶紧看宽粉儿。

宽粉儿张大了双眼,脸色煞白。

我知道奶奶对宽粉儿的意义。宽粉儿小时候,爸爸妈妈忙事业,把出生刚三个月的他扔给奶奶,直到他十五岁才接回身边。他的奶奶就是他的母亲,就是他的父亲,就是他的故乡。

我张了张嘴没说出来话。

宽粉儿曾经开玩笑地对我说过,死神要是敢动他奶奶,他就先自杀,再去把死神杀了。

这话虽然浑,可是我知道在他内心深处,从不曾有那么一瞬间,想过他的奶奶会生重病、会老、会去世。

其实一个八十岁的老人,得病去世是多么的正常。宽粉儿当然知道这很正常,他只是没做好心理准备。

他永远无法做好这样的心理准备。

第二周,宽粉儿的爸爸把他奶奶从老家接了过来。他爸爸是奶奶的独子,而他是奶奶的独孙。奶奶看起来一如去年过年时那样慈祥温柔,她的双手总是非常非常温暖。她像每次见到我一样地握住我的手,我被她干燥的、苍老的、极其温暖的双手握着,真想号啕大哭一场。

连我都如此,我真不知道此时的宽粉儿心里在想什么。

无论有什么心事,他都会第一时间、毫无保留地告诉我。比如他有可能得了痔疮,比如他觉得他爸爸好像有外遇。

但是这一回,从我们得知奶奶生病到奶奶被接过来,我和宽粉儿独处的时候,他没提起过关于奶奶的任何一个字。

虽然这在我们的婚姻中从未有过,但我也能明白,这件事对他的打击有多么大。

宽粉儿的爸妈说奶奶还不知道自己的病情。毕竟面对绝症太过沉重,我们也乐得假装无事,高高兴兴地吃了一顿奶奶的洗尘宴,席间说说笑笑,把奶奶哄得喜笑颜开。

奶奶来的第一天晚上,宽粉儿就跟奶奶住。

从他三个月,到他十五岁,每天他都是跟奶奶睡在一起的。宽粉儿说:你闻不到我奶奶怀里那股味儿,特别特别香。我一闻到,眼皮子就打架。

我一个人在家啃了包薯片,几乎彻夜难眠。第二天乌眼儿青地去上班,快下班的时候接到宽粉儿的电话,说要来接我。

"咱们俩走走。"他说。

我和宽粉儿就算不喝酒、不看电影、不逛街,只是轧马路,也能轧得其乐无穷。可是今天的他如此沉默、如此难过。走在他身边的我,第一次如同走在我的直属领导身边一般,如坐针毡、浑身难受。

走了大约半小时之后,宽粉儿突然开口说:"咱们生个孩子好吗?"

有好几分钟,我没反应过来他在说什么。我的脚保持着之前的节奏感走了好几步之后,这句话的意义才浮上了我的大脑。我先是感到一股愤怒从后脊柱慢慢浮上来,使我脑门发麻,同时拖住了我的双脚。我渐行渐慢,终于停了下来。

宽粉儿过了一会儿才发现我停下了脚步,他也站住,扭着身子看着我。

我僵硬地问他:"怎么生?"

他的脸也非常僵硬:"别人怎么生,咱们就怎么生啊!"

我居然不知道怎么接他这句话。

看着他从未有过的蛮横表情,我怒从中来,大吼道:"别人?!咱们跟别人一样吗?!"

宽粉儿望着我,眼中慢慢地弥漫起沉重的悲伤。他走回来拉住我的手。

拉着宽粉儿的手本来是我每天都会做的事。可今天,我的手心接触到他宽大的手掌心的纹路,却好比不小心碰到了一只蟑螂。我汗毛倒竖,激烈地甩开他。

宽粉儿显然也没想到我会是这样的反应。他的眼神更加悲伤。

沉默了好一会儿,他静静地望着我说:"橘子,这么多年来,我求过你什么事没有?"

这句话让我冷静了下来。他脸上写满了显而易见的无奈。

我说:"咱们俩生孩子,只有我能生。除了怀胎十月、可能得各种慢性病之外,生孩子我还要冒着死掉的风险。生完孩子还得喂奶,我的身材彻底完蛋。这一切只是生理上对我的损害。其他的呢?我要付出的其他的呢?"

宽粉儿低下眼帘,过了好一会儿才说:"我对不起你,橘子。"

我看着他眼眶通红的样子,心又软了一分。他来抓我的手,我没有推开他。

我问他:"你怎么跟细粉儿说这事儿?"

他说:"我如果能说服你,当然也能说服他。"

我又问:"退一万步说,就算我可以,你呢?你可以吗?"

他说:"为了我奶奶,要我死都可以。"

话音刚落,豆大的泪珠从他眼中奔流下来。

我毕竟是心疼他的。如果是我走到了这么绝望的境遇,宽粉儿一定不会对我疾言厉色,一定不会只想他自己,他一定会牺牲自己来帮我。

于是我用力握住了他的手。

宽粉儿可能是看我心动了,就心平气和地继续对我说:

"橘子你想想,咱们当时为什么要结婚?退一万步说,不就是为了堵住爸妈的嘴吗？可是现在你看看，堵住了吗？"

我无话可说。

当然了，要想伪装成正常人，光结婚是不够的。只是在今天下午之前，还有宽粉儿跟我一起嘻嘻哈哈地顶住催生小孩的压力。

我们商量过要骗父母说我们俩不孕不育。但是一合计，我妈认识人民医院的院长，给我安排做一个全面检查自然是没有难度。他妈更神，认识一个药到病除的老中医。

于是这么多年来，我们俩唯有嬉皮笑脸地顶住催生的压力，如今终于顶了五年了。

而宽粉儿，终于被奶奶的病情击倒，缴械投降了。

"下班有事吗?"

我发微信问程贯中。

下午我有好几个会要开,忙到脚打后脑勺,碰完一个案子,又碰另一个案子,可我的心思全然不在这里。每当有人问我"你有什么想法吗",我都从满脑子迷思中抽回思绪,假装自己一直在跟着主题走的样子,回答一些类似于"我觉得现在提创意还太早,最好先确定能不能落地"之类的假大空的话。大家看着我,显然我这句假大空的话跟刚才的议题全无关系。

我一直在等程贯中回复我的微信。等啊等啊,等了一下午,我什么都没有等到。

我想下班之后跟他见个面,吃个饭。这种需要如此强烈,导致收不到他回复的我,柔肠百转、心思活络,什么都做不下去。然而其实即便他回复我,我们也未必能见到面。距离下班时间还有十分钟,我手上还排着三个会要开。

这一天加班到十点半,我把因为开会耽误的案子做完,才启程回家。下楼的时候打了个电话给程贯中。等待音响了很久,就在我以为马上就要断掉的时候,他才接起电话:

"怎么了?"他的声音透着不耐烦。

"……"我瞬间底气不足,慌乱之中问道,"你在干吗?"

"你在干吗"这四个字,除非两个人正暧昧焦灼、彼此等着对方的音讯良久,终于鼓起勇气联系上了,却娇羞极了又不知说什么才好,这个时候说起来才行。但凡不是这个情境,多多少少都有点烦人。而正焦躁忙碌的时候,听到对方这四个字,很容易怒火中烧。

程贯中显然是怒火中烧了起来。我听到他深呼吸的声音,根本没有回我,只是在电话另一端沉默。

程贯中是一个永远没耐心的人。他最常对我说的一句话就是:有事儿说事儿。

这么多年下来,我也渐渐习惯了他的套路,很少说出会惹他讨厌的话来了。

可是今天毕竟不同。我手足无措,想见他,却又真的不知道到底想跟他说什么,怎么说才好。而这么大的事,无论如何,我都无法在电话里开口。

然而,他此刻的不耐烦,他一下午都没回我的微信,全部都指向一个事实:他很忙,忙得不可能见我。

我只能尽可能冷静地说:"我没事,就是想你了,你一定要记得吃饭。"

电话那头的程贯中继续沉默了一会儿,终于温和地说:"好,你也是。"

然后就利落地挂掉了电话。

他没有问我这个点打电话,是不是刚下班,也没有问我吃没吃饭。他什么都没问,一如往常。

有什么办法呢?他总是这么忙。

四下无人,同事们都下班回家了。我把高跟鞋装进袋子提着,穿上一双软软的平底鞋,关机走人。

走在去公交车站的路上,我悲从中来。说不清是要生孩子的事打击到了我,还是程贯中对我的冷漠无情打击到了我或者只是荷尔蒙失调之类的。望着初秋的树叶在路灯下摇晃的样子,我哭了。

走到公交车站,泪眼迷蒙,我抬头一看,看到宽粉儿站在那儿等我。

我每天都会告诉宽粉儿我的行程:我要不要加班,要不要在公司吃饭,要不要跟别人吃饭,大约几点回家。

如果是加班的夜晚,宽粉儿又没有别的邀约,他就常常会来接我。不会提前告诉我,就坐在车站,看一本好看的书,等我半小时、一小时,直到我出现。两个人高高兴兴,谈笑风生,坐公交车回家去。

每当看到宽粉儿坐在那儿,无论加班多么辛苦,无论多么饥肠辘辘，我都会立马感到一阵放松和愉快。

可是今天，看到宽粉儿，却有一股比刚才的委屈强烈好几倍的委屈向我的心头涌来。我咧着嘴大哭了起来。他来拉我，我却觉得生气，使劲打了他几下。直到宽粉儿坚定的声音穿透我的委屈和愤怒，直戳我的内心深处，我才蓦然平静：

"橘子，咱们去吃米粉儿。"

我们公司附近的米粉店，售卖的一种水煮鱼米粉，是我的最爱。哗哗作响的雪白鱼片上撒着大面积的鲜红辣椒粉、黑色花椒粉和褐色孜然粉，只要想一想就充满了食欲。宽粉儿最喜欢吃的是香辣牛肉米粉，一大碗红辣米粉上面有厚厚的辣椒油。牛肉片香嫩极了，入口即化。每次我都会把我的鱼片夹一片给他，再夹一片他的牛肉过来。这两种米粉都要搭配康师傅冰红茶来吃，否则一定会被辣哭。

但是今天我们俩死气沉沉地坐在店里，就连米粉上了桌，都提不起兴致大吃大喝。

索然无味地吃了一会儿，我突然在电光石火间抬起了头：

"你今天为什么来接我？！"

宽粉儿面对我这个莫名其妙的问题，居然连回答都没有回答。好歹骂我一句"神经病"，说一声"天天接你还用问为什么"。他心虚地埋头吃他的米粉，而我则莫名其妙地心跳加速起来。

宽粉儿吞下刚吸进去的一坨米粉，大喉结在他的脖子里上下翻飞了一会儿之后，他缓缓地举起了手中的一个纸袋子。

我接过纸袋子打开一看，里面豁然躺着一个粉红色的盒子。粉红色，多么恶俗的颜色，多么可怕的颜色。

盒子上写着：早孕套装。

我的后脑勺轰轰烈烈地麻了，一路麻到尾巴骨。

可我也不知道该说什么好。只好无言以对地放下了手中的纸袋子。说真的，我觉得这个袋子好烫。

我和宽粉儿尽情地玩弄着各自碗里的米粉，一言不发。我们的脸都红了，这种脸红根本不是害臊，至少不只是害臊。至少对我而言，还有失望、尴尬和愤怒。

直到米粉玩得实在不能再玩了，他才僵硬地说：走吧。

我和宽粉儿直接走回了家。三小时的路程，我们有一搭没一搭，但最终，还是把生孩子这件事正式提上了日程。

宽粉儿故作轻松地说："就算我奶奶情况好、病情稳定，也只有一年的时间。咱们得抓紧时间了，不然我奶奶她看不到重孙子了。"

我说："怀孕不是想怀就能怀的，如果半年都怀不上怎么办？"

宽粉儿说："那就是我的命，至少为了奶奶我努力过了。"

我又问他："无论如何，咱们的家庭都不是一个正常的家庭。这个孩子，他凭什么要生在这么一个不正常的家庭里？生了他，又不能给他足够好的人生，你不觉得是一种罪孽吗？"

宽粉儿问我："你觉得你爸妈给了你足够好的人生吗？"

我张了张嘴没说出话来。

他又说:"我爸妈呢?把我生下来,理都不理,他们还是继续他们的人生。那我呢?"

他说:"我们和父母的区别是,明知道孩子的人生不够好,还是把他生下来。我们的父母并没有想那么多。就因为这样,我们就比父母的罪孽更深重吗?"

我不知道如何回答他。

平时我们聊天的时候,宽粉儿问过我为什么不想要孩子。

很简单,我只是没信心做好妈妈罢了。

当时我说:你给别人喂过饭吗?宽粉儿说没有。

我说:我爷爷去世之前,我喂他吃过一次饭。我把我爷爷喂得满脸都是饭。勺子塞太深,我爷爷被我杵得直恶心。

一个连喂饭都不会的人,怎么当别人的妈?

每当我开始做一件事,心里就会充满了压力,总觉得必须要好好地做下去。因此开始做一件事对我来说无比的艰难。我得想好前因后果,想好将来会发生的一切最坏的可能性。一切都OK,我不会死得很难看,我才会开始做这件事。

然而实际上,越是左思右想,做出的决策越是匪夷所思。我今生今世做出的决策,其实已经匪夷所思到了顶点。

我决定,要跟宽粉儿生个孩子。婚内生子,名正言顺。我,终其一生都没想过自己会生个孩子的我,居然要准备生孩子了。

我们俩后来一言不发地回到了家。

这可是我们的家。从晾好甲醛入住那天开始,我们俩坐沙发就都跟葛优大爷一样瘫在沙发上。可是今天我正襟危坐,好像去了一个有洁癖的男子家里相亲一样,我手脚冰凉,稍微不集中精力,就会视线模糊。

宽粉儿在门口摆好了他的鞋子(以往他从来不费劲去摆他的鞋子),又把他的包挂好,还左右正了正。

然后他沉默地走过来,站在那儿,挠着头,过了好一会儿,才说:"嘿。你,上厕所吗?"

我的天哪!宽粉儿从来不对我说"上厕所"三个字。拉屎就是拉屎,尿尿就是尿尿,上什么厕所?!

但是,他说的"上厕所",显然既不是拉屎,也不是尿尿。

我只能僵硬地点了点头,从那个烫手的纸袋子里掏出那个烫手的粉红色纸盒子。

钻进厕所,拆开纸盒子,里面一小片一小片,都是要泡在尿液里的玩意儿。

我仔细看了看说明书,盒子里有粉红色的小纸包,里面是"排卵试纸"。而绿色的纸包里面是"早孕试纸"。我很难受地用一个小塑料杯子接了一点尿,然后把"排卵试纸"泡了进去。

然后我就蹲在马桶上,跟那个小纸条相对。

我的尿以奇快无比的速度晕了过去,好像快乐的小鸟奔向幸福的远方。小纸条上很快就出现了一条杠。正当我松了一口气心想今晚不会发生什么尴尬事了的时候,一条杠已经缓缓变成了两条杠。

我又研究了一下说明书。两条杠也不能说明问题，一定要是两条非常红的杠才行。正当我沾沾自喜的时候，第二条杠就像盛夏的西瓜瓤一样变得通红了起来。

当我面红耳赤地拿着这个可怕的小纸条走出厕所的时候，第二条杠已经比第一条杠还要红了。看到了这一切的宽粉儿先生马上也面红耳赤了起来。

他咽了一下口水，结结巴巴地说："你……你去洗个澡？"

忘了是谁告诉我，早孕试纸怀孕第三天就能测出来。

跟宽粉儿啪啪啪之后的第八天早晨，我浑身发冷地蹲在茅坑上，静静地等着那一片"早孕试纸"告诉我命运的结果。

五分钟过去之后，还是干干净净的一根线，我暗自松了口气，站起身来，洗脸化妆，准备做早饭去上班。

一条杠的试纸让我的心情莫名的愉快。然而可悲的是，这种愉快已经远离我很久了。

我不知道各位有没有跟自己的兄弟姐妹、父亲母亲、舅舅舅妈，上过床。

原则上在这个世界上，只要是一男一女，就可以上床。

可惜上帝给了我们灵魂，佛祖给了我们人性，我们无法逾越道德的鸿沟。

据说蒙住种马的眼睛，让它去和它的女儿配种，当它发现事实的时候，就会万般悲愤，大哭一场。马尚且如此，和宽粉儿上了床的我，内心是何等的难过。

我觉得我和宽粉儿的关系发生了变化。我们可能再也无法回到那幸福的毫无压力的亲兄弟亲姐妹的共同生活的时光中去了。

第一个晚上，我以为事情会非常艰难。我还幻想过，如果宽粉儿做不到，需要我帮他，我如何下得去手。我一定会愁苦地跪在床边哀哀哭泣着说：宽儿，我做不到，我做不到。

谁知道宽粉儿的小兄弟很有精神，就好像周一早晨要去学校当值日生的小学生。我义愤填膺地指责他："你这样对得起细粉儿吗？"

宽粉儿很正直地挠了挠（他自己肩膀上的那个）头，说："男人就是这样的动物，跟对得起对不起没关系。"

根据"早孕套装"和"好孕论坛"的指示，我们连续三天，都做了这件关灯盖被、传教士式、你来我往、敌进我退的运动。整个流程平淡无奇得好像报销前的财务盖章，仿佛多一丝丝的情绪，都对不起我们这么多年亲兄弟亲姐妹的关系。

然后我们就很少见面，一来实在太尴尬，二来在我的大姨妈到来之前，大家都悬着心，实在是无法放胆面对对方。

这一天早晨，宽粉儿从他的卧室里出来的时候，我正哼着歌儿在煮面。

心情特别好的时候，我会煮一份台湾代购的豪华牛肉面，每人有两个漂漂亮亮闪闪发光的荷包蛋。咖啡在咖啡壶里嘟嘟着，这也是我心情奇好的表现。心情不好的话，只有速溶咖啡在杯子里冒着热气。

我和宽粉儿的早饭都是我的工作，只是因为我喜欢。

一天三餐中我最喜欢的就是早餐。就连我们俩突击减肥的时候，每天早晨的白水煮麦片加葡萄干，我都喜欢（那毕竟是减肥期间每天唯一的碳水化合物）。我知道宽粉儿早已能从我的早餐内容中悉知我的心情。今天早晨，看到我愉悦得如此明显，虽然他可能一时猜不到是为了什么事高兴，但也被我感染。

我们俩放松地坐下来吃面，（几乎）像以前一样聊起天儿来。

宽粉儿表扬我的荷包蛋一如既往的完美，我居然开口说："我哪儿只这点儿完美啊？"

这句话脱口而出，我再想抓住它塞回嘴里是不可能了。

谁知道宽粉儿这厮，只要是我抛出的梗，无论多浑蛋他居然都能接。

宽粉儿赞许地说："确实，你别说，跟你上床比我想象的有意思多了。"

我甚至都来不及脸红，就伸手抽他一巴掌骂道："妈的，你本来以为跟我上床有多没劲？"

他揉了揉被我打红的小胳膊，委屈地说："我这不是夸你吗？"

我想了想，人生在世重在有礼貌，我就礼尚往来地对他说：

"你也挺不简单的,你不喜欢女人可真是太可惜了。"

宽粉儿自豪地说:"我喜欢男人还是女人重要吗?重要的是,那个能享用我的人,就是世界上最幸福的人!"

我看着他那嘚瑟样儿,忍不住说:"小婊子,赶紧吃,不想上班了?"

吃完饭宽粉儿就很自在地表示要去拉屎。这当然也是他一贯的生活习惯,我就继续优哉游哉地吸溜我的面条。

说起来也是很奇怪,厕所里那根空白的只有一条红杠的早孕试纸,为什么会让我这么高兴?这个月的失败,预示着下个月这个时候,我又要跟宽粉儿无比尴尬地进行这种毫无人性可言的活塞运动。

可是,再多给我一个月也好,我还是橘子,还只是橘子。不是"大家让让后面那个孕妇",也不是"这个是某某小朋友的妈妈"。

而我,也许可以偷懒,不必费心去跟程贯中解释,我是如何做出了决定,要跟别的男人生个孩子。

今天早晨之前我那越来越深重的难过,跟老程有很大的关系。

当他终于抽出时间带我去吃了饭的时候,我已经跟宽粉儿啪啪啪三天,在"静候佳音"了,而这一切他还完全不知情。

那一天,我面对他的时候心不在焉,这可能让他有点烦躁。

老程曾经说:我的生活,只有面对你的时候才能放松了。

这句话让我无比的自豪,好像终于找到了我在世界上的价值，然而每当我稍稍有点小小的情绪，让他不那么放松的时候，他就会露出明显的不耐烦的神情。而我则惴惴不安，心怀内疚。

就像一个被人斥巨资采购的音响，好不容易主人有空想听一曲《我的太阳》，居然不出音儿。

我这么对宽粉儿倾诉的时候，他严肃地对我说："可是你又不是个音响，你七情六欲、喜怒哀乐凭什么藏着啊？"

虽然我始终表现出非常快活又可人的模样面对老程，可这一晚我实在装得太辛苦。

当他吃完饭提议带我去喝一杯的时候，我差点崩溃了。要喝一杯，是他准备跟我过夜的明确暗示。他会带我去固定的一家酒吧，点固定的酒给我，再带我回他家去过夜。

虽然行程紧凑又毫无变化，但我一直都非常非常喜欢这一切。我本身就是一个喜欢重复的人，喜欢一成不变的生活的人，否则我就不会喜欢老程十几年了。

宽粉儿嗤之以鼻地说："我喜欢细粉儿三十多年了，我俩什么时候一成不变了？少拿长情跟无聊类比！"

宽粉儿很讨厌老程。他对我的感情生活总是能发表一针见血的评价，而我总是被扎得手无缚鸡之力。

我只能反驳他说："你喜欢细粉儿三十几年？三十几年前你俩在医院产房秤上相遇的时候喜欢上的？"

但是，正在备孕的我，怎么可能跟老程去喝一杯，再回家过夜呢？

我只能支支吾吾地说我不舒服,要回家睡觉。

程贯中人生中遭遇我拒绝的次数可能屈指可数,他挑了挑眉,可能因为太新奇了,居然没有感到不悦,就送我回了家。

可是瞒过了这个月,我又怎么瞒下个月?

话说回来,如果不抓紧时间跟老程坦白,等怀孕后直接告诉他,我怀孕了,不是你的孩子,我不是找死吗?

话说回来,这宽粉儿在厕所里的时间也太长了吧?我还在后面排着呢!

我就愤然推开了厕所的门,只见他正襟危坐在厕所马桶上面,手里举着我的"早孕试纸",面色铁青、表情严肃,瞪着它。

我说:"你干吗呢?我都快拉在木地板上了。"

他说:"橘子,这上面有一条杠。"

我说:"对啊,我看见了,下个月再接再厉吧好吗?当务之急是请你把屁股擦了起来。"

宽粉儿以慢放的速度抬起头说:"不是,橘子,除了那条杠,还有一条杠。"

我只觉得眼前一黑,紧接着又眼前一金,缓过神来的时候,我劈手夺过了早孕试纸,使劲往上一看,只有一条红杠,非常清晰,好像唇红齿白的美人儿下颌上的嘴唇一样。

我忍不住破口大骂道:"你胡说八道什么啊?哪儿有啊?别吓我行吗?"

宽粉儿无比缓慢地说:"橘子,你别激动,你仔细看。"

我仔细看,还是什么都没有。我把它拿到灯下面看,还是没……

等等。

我看到,在红唇隔壁的空白区域,有一根浅到简直不可思议、人们忍不住会问"什么什么?世界上还有那么浅的东西吗?"那么浅的灰色的杠,好比唇红齿白的美人儿用了一斤遮瑕膏盖住的一颗痦子一样,待在那儿。

这一天上班，我简直长期处于崩溃的边缘，谁跟我说话我都想咬人。

通过无限地徜徉在"好孕论坛"上，我得知了这条挨千刀的小灰线还有个好听的名字，叫：意念灰。

我揣摩，意思就是：需要用意念才能看到的灰。

每当有人说：温喆原，有时间碰一下吗？

或者是：Zoey，有看到邮件吗？

或者是：原原，去食堂吃饭吗？

我都在内心无限地咆哮：

"碰你大爷啊？！老子都测出来意念灰了！"

"邮件你七舅姥爷啊！！老子扣你一脸意念灰！"

"不吃饭！吃什么饭！饿死我和我的意念灰！"

俗话说，每当你最不愿意听见什么话题的时候，什么话题就会长长久久地萦绕在你耳边。

我的同事们大聊特聊怀孕备孕,已经聊了半个月了。

小 A 说:市场部的 Sherry 今天请假。

小 C 说:她怎么一天到晚地请假啊?

小 A 一脸同情地说:她去医院检测排卵去了,怀不上啊!

小 C 惊讶道:原来世界上真的有这么多怀不上的人啊!我表妹她们大学有个女孩子,都打了好几个了。

小 A 叹了口气说:我当时准备怀我儿子,备孕了(她伸出两根手指头)两年!

男同事小 F 瞪着无辜的大眼睛说:两年?!我跟我老婆才努力了大半年,都快疯了!

刚交上男朋友还没结婚的小 C 惊恐地说:被你们说得我都害怕了,我不会也怀不上吧?

小 A 吸了口豆浆感慨道:想要的怀不上,不想要的怀得贼快。

然后他们都羡慕地望向了我,感慨地说:还是像原原这样好,丁克,这些烦恼都没有。

我心虚不已,赶紧龇牙咧嘴地笑了一下,低头狂吃我的杭椒土豆饭,掩盖我号称是个"铁丁",其实"怀得贼快"的事实。

"好孕论坛"告诉我们,测出了意念灰之后也不一定就是真的中了,要连测五天,每天都在加深,那才是真的中了。

我连测了五天,每天都在加深,于是在第六天请了病假,准备去医院验血。

直到这个时候,我都还没跟老程提起这件事。

我也没工夫去详细地担心怎么跟老程交代,我脑子乱糟糟的,满脑袋全是各种各样的念头,却又什么都想不清楚。

一大早抽了血,被告知下午才能出结果,我顿时就暴躁了。我是多么的焦躁,多么急迫地想知道确切的结果。但是知道不知道又有什么区别,我心里清楚,这实在是躲不过的了。

我和宽粉儿百无聊赖地去医院附近的饭店吃饭,宽粉儿对我说:"橘子,你心态要放平。头三个月国际上提倡自然淘汰,不合格的胚胎就会在这三个月自己停止发育,合格的胚胎就会顺利地成长。有还是没有,好还是不好,咱们都冷眼旁观就好了。无论这个孩子是真的来了还是怎样,咱们都要努力地消化和接受。"

我闷闷不乐,也不理他。

"我知道太快了,我也没想到居然真的一次就中了。不过……"他抓了抓头发说,"我还挺高兴的,跟我奶奶没关系,是我自己,真的挺高兴的。"

我生气地说:"又不是你生,又不是你要绞尽脑汁去跟老程解释,你当然高兴了!"

我很少冲宽粉儿发火。因为宽粉儿几乎从来没做过需要我冲他发火的事。

我和宽粉儿的婚姻,除了没有性生活也没有爱情之外,一段婚姻的方方面面都不缺。

有的朋友可能要问，逗我呢？没有性生活、没有爱情，婚姻里还有啥？

那这位朋友一定没结过婚。

宽粉儿给我的婚姻生活，绝对算是完美。我们从来都是齐心协力地做家务，宽粉儿从来不觉得家务是女人该做的事。我们也始终在齐心合力地攒钱和花钱，不计较谁的工资应该全部给谁，也不计较谁买了价值多少个月工钱的鞋子、包。最重要的是，由于我的母亲和他的母亲是如出一辙的碎嘴又爱多管闲事，爱八卦又毫无立场，矛盾多得很，可是无论发生了什么事，宽粉儿都是坚定地站在我这一边。

所以虽然我和宽粉儿没有爱情，我们却对彼此有很深的感情。

确实，很多次被老程伤得遍体鳞伤的我，连对老程发脾气的资格都没有，一股闷气憋在胸口、恨不得从二十二层楼跳下去的我，曾经无数次地想——如果宽粉儿是个异性恋该有多完美。

可是事情过去我又会冷静下来。

如果宽粉儿是个普通的异性恋男人，我难道就能忘记老程，爱上他吗？

而宽粉儿之所以有可能是个异性恋，唯一的可能性就是细粉儿生成了一个姑娘。他还是会爱细粉儿，从产房的秤上目光交错,就再也无法相忘于江湖的细粉儿。

如果是那样,我们连一起生活的机会都没有了。他就可以去跟细粉儿一起生活,一起跟他妈妈吵架了。

宽粉儿面对着焦躁不安的我,伸手握住了我的手。

他坚定地看着我的眼睛说:橘子,你别害怕,我会照顾你的,不会让你一个人面对的。

啊,没错。哪怕是生孩子这么大的事,也不会改变宽粉儿是个非常可靠的人这个事实。

我莫名其妙地安心下来,踏踏实实地吃完了我的饭,准备面对下午的那个铁板钉钉的结果。

下午三点,第一千次到自助取单机器那儿刷单子的我,终于刷到了我的检验报告。早已通过"好孕论坛"充分了解了这张化验单上的所有数据以及它们所代表的含义的我和宽粉儿,看一眼就知道,我确确实实是怀孕了。

我们俩堵住机器,面对着这张单子无限地发呆的时候,突然听到有人叫我:

"喆原?"

我抬头一看,看到在这个地方、这个场景、这个时刻,最不可能出现的人出现了——程贯中。

他手中牵着一个我从未见过的小姑娘,站在那儿看着我。他眼神中闪烁着显而易见的危险的怒意,松开小姑娘的手一步一步向我走过来。

我身后的宽粉儿显然也有点慌了。他一个正经的老公,仿佛被人捉奸一样,局促地抓住了我的衣角。

老程脸上挂着看似礼貌、实则怒火汹涌的笑容,貌似温和其实咬牙切齿地问我:"你怎么在医院?不舒服?"说着他劈手夺过我手里的化验单,看了一眼。

虽然他作为父亲面对这张化验单已经是七年前的事,但他在这种极度可疑的状态下,显然不会会意错"黄体酮"三个字的意思。

正当我们三个人各自铁青着脸的时候,跟老程在一起的小姑娘跑过来拉着他的裤脚甜甜地叫着:"爸爸,爸爸,这个阿姨是谁啊?"

老程笑着(比哭还难看)对女儿说:"这是爸爸公司以前的同事,快叫阿姨好。"

小姑娘上下打量了我一下,看到我身后站着的宽粉儿,可能就对我没了奇怪的敌意。她叫了声阿姨好,又对她爸爸说:"爸爸,爸爸,我是不是不用再吃药了?"

老程敷衍道:"嗯。"

接着他又强压着不耐烦和怒火,低下头对女儿说:"爸爸要跟叔叔阿姨聊点事。让你妈妈来接你好不好?"

小姑娘乖乖地点点头说好。

于是老程就径自走开去打电话,远远地我能听到他在电话里跟前妻争吵起来。小姑娘怀里抱着一个小灰象的包包,不说话也不走开,就站在我和宽粉儿前面。

这是我第一次看到老程的女儿。

不但是第一次见,听到老程提起她,次数也少得可怜——除了知道她叫心儿、今年六岁之外,我对她一无所知。我常常忘记老程是一个爸爸,他的人生几乎和女儿没有什么交集。我甚至觉得,他可能也常常忘记自己是一个这么漂亮的六岁小姑娘的爸爸。

显然这小姑娘的妈妈不能很快地来接她,于是很尴尬地,老程和女儿坐在外面,等我和宽粉儿去看过了医生,四个人坐老程的车去吃饭,等心儿的妈妈到吃饭的地方来接她。

"爸爸,我想吃必胜客!"坐在副驾驶座上的心儿说。

"那种东西有什么好吃的?"

小姑娘瘪着嘴不说话。

她明明想吃必胜客,却又不太敢跟爸爸顶嘴。我仿佛看到坐在副驾驶座上的人其实就是我。

老程看了她一眼,满脸再次写满了不耐烦:"好好好,吃吃吃。"

然后他大声地嘀咕道:"你妈就会带你吃这种垃圾。"

心儿显然很不满她的妈妈无辜地受到指责,可是又不敢大声顶嘴,就很小声地对着玻璃窗说:"妈妈才不让我吃。"只有坐在她身后的我听到了。

这顿早早开始的晚饭,从四点多开始吃,吃到快七点,心儿的妈妈还没来接她。小孩子在这里,我们三个各怀鬼胎的大人自然无法聊任何事,程贯中的不耐烦越来越明显,简直就像被钻木取火的木柴中间已经开始点燃了星星点点的火苗。

爸爸是如此可怕,心儿也并不想待在这里。当她不知道第多少次问"妈妈什么时候来啊"的时候,程贯中终于爆发了,他大喝一声:"我怎么知道?!"

可怜的小姑娘再也不说话了。她一言不发,饭也不再吃了,低着头坐在那儿,直到又过了半小时,终于有一个跟程贯中差不多火急火燎、很不耐烦的女性,身穿漂亮的套装出现在我们面前。

这也是我第一次看到程贯中的前妻。已经四十多岁的她看起来非常年轻、干练和美丽,可是她的眉头间深深的皱纹显示出了她的暴脾气。她站在桌子前,没有看老程一眼,也没有向陌生的我们打招呼,只朝心儿伸出手:"走!"

心儿如蒙大赦,抓起自己的小灰象包包,站起来就走。没有跟她爸爸打一个招呼,也没想起要跟我们俩打声招呼。

经过我身边的时候,我听到她小声地对她妈妈说:"妈妈下次能别让爸爸带我看病吗?"

她的话显然我们三个都听到了。程贯中只是满脸暴躁地朝母女俩的背影看了一眼,就不再理睬她们。

七点半,闹市区商场里的必胜客,正是人声鼎沸,小孩子满地乱跑的时候。我们仨好像沸腾的水中的三块冰。各自沉默了一会儿,程贯中简短又冷酷地说:"换个地方。"

我和宽粉儿好像挨骂的小孩子,一路跟在程贯中身后。

坐在老程的车上(这回换我坐在副驾驶座),宽粉儿给我发了个微信说:橘子你放心,我不会让咱们的孩子这么可怜的。

我忍不住对着手机微笑了起来。

老程见过宽粉儿一次,是在我和宽粉儿决定结婚之后。

他是一个如此老派的人,老派到,在真正认识宽粉儿之前,他根本不相信世界上是有同性恋存在的。

幸好他们俩都是比较有涵养的人,表面上客客气气的,老程在表达他的不理解和不信任的时候还比较收敛和委婉,宽粉儿也不断地在内心告诉自己,不要跟老年人一般见识,不然那一回可能就要打起来。

五年了,相安无事。可当老程终于慢慢相信世界上真的有男人是对哪怕是同床共枕的女人都不会有一丝丝的心动之后,今天的事恐怕又彻底粉碎了他刚刚建立起来的三观。

我们三个在一家非常安静的咖啡馆深处坐了下来。

宽粉儿一坐下来,就主动开口,陈述了他奶奶的病情,客客气气、有理有据地,分析了我们为什么会决定要一个孩子。

然后他说:"橘子愿意配合我的这个决定,绝大部分意义上来讲,是她牺牲自己、成全我。很伟大,很讲义气。虽然这是我们俩的事,但出于对你的尊重,橘子当然想提前跟你沟通,但是你一直没有时间。而站在我们的立场——确切地说,是我的立场上,我们也无法一拖再拖,等到你有时间听橘子跟你说这件事为止。"

这番话说得很冲,把事先不知情的责任全部推到了老程的头上。我坐在一边,不需要说一句话,宽粉儿什么都帮我说了。

老程的脸随着宽粉儿的叙述越来越臭。前面他显然不 care 宽粉儿的奶奶怎么样,他的脸上写满的是我还在他的公司做他的员工的时候,开会时有一个蠢货汇报得驴唇不对马嘴,他的那一脸"关我屁事"的表情。

老程阴沉得好像风雨骤来之前的城市。他在那儿坐了一会儿,可能打了一篇几千字的腹稿又撕了。然后他坐直起身子,不理睬宽粉儿,直接面对我。

这个时候他的态度已经很平静了。他平静的眼睛望着我,可是我被他看得心里一阵恶寒,忍不住发起抖来。

他说:"你和他的决定,和我没关系。但是如果你事先跟我沟通,也许我会理解你的这个决定。更加有可能的是,我会告诉你,你们可以去医院做人工授精,甚至我可以给你出这笔钱。但是你没有告诉我。"

他嘴角微微上扬:"我是没时间。每个人都知道,如果有很重要的事情要告诉我,有无数种方法。如果非要我腾出时间来面对面坐着说,那我只能说,这是一个可笑的借口。"

他停顿了一会儿,眼睛却丝毫没有离开我的眼睛。我的心虚、恐惧和委屈,全部被他看在眼里。

"喆原,咱们在一起很多年了,你应该很了解我。甚至有时候我觉得,"他自嘲地轻笑了一下,"我让你了解我太多了。你一定知道,我可以纵容你很多很多事,但是只有肉体出轨,是我绝对无法容忍的。"

"肉体出轨"四个字,他咬牙切齿地吐出来。他的眼睛里浮现的那一抹凶光,我没看错的话,简直可以称之为杀气。

说完这句话,他就收敛了脸上的表情,向后靠过去,抬起一只手臂倚在沙发的靠背上。就仿佛决定了扔掉一个旧家具,心里感到轻松和畅快一样地对我说:"所以我只能和你分手。"

我说不出话来。

我浑身的颤抖已经太明显,宽粉儿伸过手来,握住了我的手。

我猜这个动作,对程贯中来说,可能也是"肉体出轨"的一部分。他从兜里掏出一支烟,点上的一瞬间,从垂下来的发丝间看了一眼我和宽粉儿握在一起的手,露出了一个嘲讽的微笑。

他吸了一口烟,看也不看我地说:"你一直强调你跟我在一起不是为了我的钱。当然这些年你确实也没要过我的钱。现在跟你分手是你的错,道理上来讲,我当然一分钱也用不着给你。不过我不是那种人。"

他站起身来,在桌子上的烟灰缸里弹了一下烟灰,把一千块钱拍在桌子上说:

"剩下的分手费,这周我会让助理打到你账户上。"

说完他头也不回地走了出去,几步就消失在这个无比昏暗的咖啡馆的阴影中。

我浑身抖得停不下来,只觉得一股仿佛《冰雪奇缘》里的艾尔莎的魔法一般非常冰冷的寒气,从心脏开始,急速地蔓延,直到我的手指和脚趾。

宽粉儿赶紧伸手抱住我,把他温暖得发烫的手捂在我的后脖子上。可是哪怕是一块烙铁也完全无法温暖到我由内而外的寒冷。

我猜我的脸色可能是青中带白,非常可怖。宽粉儿低声狠狠地咒骂了一声:"老傻逼。"

但是他还是收拾了自己对老程的鄙视和忿儿,真诚地对我说:"对不起橘子,都怪我。"

我坐在那儿抖了多久,我无从得知。宽粉儿也没有别的话来安慰我,他只是不断地重复着"对不起,橘子,都怪我"这一句话。

最后我终于回过神来了,感觉我的心又热起来了,我的手指和脚趾也有知觉了。

回头一看，宽粉儿泪流满面。他可能觉得自己挺丢人的，就抹了抹眼泪，说："我非要让你怀孕，怀了孩子，我又让你受这种罪。"说着眼泪又滚下来。

这么多年来，我和老程当然没吵过架。我是没资格跟他吵架的人，但是被他伤害的次数，却是多如牛毛。

无论受到多么重的伤害，只要是老程，我就哭不出来。这可真奇怪。

比如有时候他会一气之下把我一个人扔在寒冬腊月子夜一点的外滩，比如有时候他会当街大声吼我，让我赶紧滚蛋。

每次我都哭不出来，只是觉得非常非常的绝望。

和宽粉儿聊到这件事的时候，他宛若一个智者，说："你只有面对那么一个人，他让你觉得委屈了，可你知道他疼你，你哭了，他会很后悔欺负了你，这个时候，才能尽情地哭出来。"

当时我非常猎奇地问他："所以你和细粉儿两个大老爷们儿是不是见天儿就梨花带雨地互相哭鼻子啊？"

所谓"疼我"，可能也可以无关爱情。眼下，这个时刻，我知道宽粉儿是疼我的。结果我也"哇"的一声哭了出来。

我一边哭一边说："跟你有什么关系啊？又不是你欺负我。"

我好像打开了话匣子，一边咧着嘴哭，一边大声地控诉着程贯中的各种劣迹。还好这个咖啡馆放着很大声的音乐，人又很少，除了服务员都不敢过来之外，可能也没有特别的丢人。

我咧着嘴叫道："你信不信，他心里憋着坏呢！这么多年了，找不着借口把我踹了。现在终于找到了!我恭喜你啊,程贯中!想扔的东西终于扔了!"

眼泪和鼻涕都流进我的嘴巴里,我又合着口水一起喷出来。宽粉儿从来没听过我骂过老程。我怎么可能骂老程呢?他可是我十七岁那一年,一眼就爱上的人啊!

因为我从来不骂老程,宽粉儿也不太敢当着我的面骂老程。

因为我今天突然话匣子大开,宽粉儿也从战战兢兢到火力全开,一边帮我擦我满脸的不明液体,可能还有喷出来的鼻屎之类的固体,一边破口大骂:

"我就不明白了,一个就几百人的公司的老板,牛逼吗?牛逼什么啊?!你凭什么这么看不起我们一个这么好的姑娘啊?我们姑娘清清白白地跟了你,你他妈天天跩得跟二五八万似的,还什么'我绝对不会跟你结婚的,你要是接受不了,咱们就分手'。他大爷的!要不是咱们这个姑娘没骨气、缺心眼,能跟你吗?!活该离婚,活该你亲生的孩子不喜欢你,活该你孤家寡人!你说,他对你好过吗?"

我咧着嘴大声吼道:"好过啊,他对我好过!"

可惜,吼完这一句,我突然安静下来。除了眼泪还在连续不断地流之外,我安静如鸡。

当然了,老程当然对我好过。不然我会喜欢他十几年吗?不然我会跟他七八年吗?不然我能忍得了这么多的委屈,我能像一个隐形人一样地在他的身边,这么多年吗?

我是傻，我是没见过别的男人，但是也没傻到这个地步吧？

可是，老程对我好又怎么样？他再也不会理我了，再也不会低声笑着对我说："这个世界上，能这样坐在我腿上的女人，只有你。"

我一言不发，眼泪流个不停。宽粉儿也停止了叫骂。他结了账，把一千块钱留在桌子上，拉着我的手走。走了两步又拉着我回到桌子边上，把一千块钱塞进衣兜里，还说："妈的不要白不要。"

宽粉儿搂着我回了家。他坐在沙发上，我躺在他腿上。

没有开灯，没有拉上窗帘。窗外是一片灿烂的霓虹。

我的眼泪仍然流个不停，宽粉儿也没有说话。他就像抚摸一只猫一样，用他温暖干燥的手不断地抚摸着我的头发。

后来我就在他的膝盖上睡着了。宽粉儿没有叫醒我，也没有抱我回房间去。他就在沙发上坐了一夜，彻夜抚摸着我的头发。

第二天早晨醒来，宽粉儿在我上方慈祥地看着我笑。我忍不住也笑了，他太慈祥了，太好了。

我伸了个懒腰，咂巴着嘴说："睡得真舒服。"

宽粉儿就伸手把我推起来说："舒服就好，去那边儿玩儿去，爸爸的腿都麻得快坏死了。"

我缩在我们俩试遍了各大商场终于决定买的最软最软的那个沙发上，怯怯地说："你说我昨天那么激动，会不会伤到孩子啊？"

宽粉儿一边踉踉跄跄地往厨房走，一边说："那也不能为了孩子不让你发泄啊！这都憋了几年了，憋了一辈子了都。"

他从冰箱里找出几个鸡蛋来，嘴里念叨说："回头去买点新鲜的柴鸡蛋。"

我说："我来做早饭吧。"

他说："你快别了，油烟对你不好，从现在开始你就别做饭了哈!"

他一边切火腿、打鸡蛋、热牛奶、洗蔬菜,一边说:

"你知道吗?每一个孩子的到来,都是命中注定的。也是人家这个孩子选了咱们的结果。"

他把混合了牛奶、火腿、玉米的蛋液"刺啦"一声浇进锅里,一边说:"想出生的小孩子们,在天上看呀看呀,觉得,嗯,这一对爸爸妈妈好像很好,我就去他们家吧!于是就从云朵上飞了下来。"

如果是别的时候听到这个故事,我可能会嗤之以鼻地心想:那一头栽到我的同事小C的表妹那个大学女同学那儿的那好几个小朋友,可真是瞎了眼了。

可是如今,我不由自主地低头摸了摸我的肚子。

不管你这个小朋友是谁,不管你是什么样的小孩子,谢谢你信任我们。

宽粉儿说:"我今天是没法儿上班了,我已经请好假了。你也别上班了,正好礼拜五,咱们俩好好儿在家歇一个小长假,好不好?"

我莫名地感到轻松。

我不是没有失过恋的。当然,每一次失恋的对象都是老程。

失恋的时候,最痛苦的就是每天早晨睁开眼,慢慢地想起来:我被甩了。

然后,就像拔了智齿之后麻药消退一样,铺天盖地的疼痛布满内心。

但是今天早晨居然没有,可能是因为一睁眼看到的是宽粉儿,然后他就马上开始跟我臭贫什么小孩子在云朵上选爸妈之类的。

我没有感受到那种痛苦,反而感到了一阵莫名的轻松。

我马上把这个感受分享给宽粉儿听。

他说:"嗯……可能你的肉身和肉心都受够了那个傻逼了。"

这一天阳光很好,我和宽粉儿坐在床边沐浴着晨光,吃完了他做的黄油烤面包、什蔬火腿蛋饼、葡萄,喝完了热牛奶。我从来没吃过宽粉儿做的早饭,他做的早饭原来也是如此美味,比他做的晚饭和午饭更美味。

吃饭的时候,他说:"咱们中午去跟细粉儿坐坐好不好?"

我说:"好啊好啊!"

他说:"我都跟他说了,他说我对不起你。"

我自嘲地笑了一下说:"他没说什么肉体出轨之类的屁话?"

宽粉儿哈哈大笑说:"他觉得你吃了大亏了,说你怎么能答应。"

虽然我和宽粉儿彼此并不怎么掺和对方的感情生活,但是其实每过一段时间,我和宽细两粉儿都会聚在一起玩儿一次,因为宽粉儿很好,细粉儿也很好。他们都是很好的人,各有各的有趣。

吃完早饭,我洗完澡,站在镜子前面吹头发的时候,看着镜子里这个赤身裸体的女人,还是不可抑制地难过了起来。

如果时间回转十二年,回到十七岁的那个下午,我会告诉自己:作业什么的,落在教室,就落在那儿吧,不要回去拿了。

这一难过起来,我消沉得好像一个快要烂掉的桃子。

我和宽粉儿在十一点左右出发,去和细粉儿相约吃午饭的地点。

他们俩每次跟我吃饭,都会约在我方便前往的地点。如果所有男人都跟他俩似的,世界多消停。

走在路上,宽粉儿牵着我的手。我说:"我刚刚突然想到,这么多年,一旦老程要跟我分手,我就会想,如果没有跟他在一起,那选择跟你结婚这一条路,不就是一个彻头彻尾的笑话了吗?所以,无论如何,我都拼死不愿分手。"

宽粉儿的脸稍微有点臭,但是他自己想了一下,很快就回过神来,没有放开我的手,也没有放慢脚步,他说:"将来,如果你遇到了更好的男人,想要离婚跟别人一起生活,我们就离婚。你别怕,没有什么事是没法回头的。"

我说:"没怀孕以前离婚容易,以后呢?孩子怎么办呢?"

宽粉儿说:"孩子给我,我来带。"

我小声说:"我还未必舍得孩子呢!"

想了想我又说:"我也未必舍得你啊!"说完这句话,我突然又释然了起来。

如果没有老程,我是一个嫁不出去被迫相亲的大龄女青年。

遇到了宽粉儿,知道他是同性恋,虽然喜欢他,虽然跟他聊得来,虽然跟他过日子很开心,但是我能心甘情愿地跟他过吗?

如果我爸妈知道我结婚的对象是个同性恋,他俩肯定会大吃一惊,然后打死我。好好的闺女,居然嫁给一个同性恋,这是有多想不开?

可是也许,嫁给宽粉儿这个最不靠谱的决定,是我这辈子最好的决定。

走进餐厅的时候细粉儿已经坐在那儿等了。他看上去特别高兴。

我坐下的时候问他:"你在那儿乐什么哪?"

他说:"迎来一个新生命,总是喜事呀!"

细粉儿说话常常这样特别书面化,特别逗。

宽粉儿跟我坐一边,他说得照顾我。天哪,我说我是不是还得要你喂我,宽粉儿严肃地说:那当然了,你哪儿能自己吃饭啊?

我们约的餐厅是一家很正宗的新疆菜餐厅。细粉儿在点菜的时候,热情地推荐手抓羊肉。"香极了,"他说,"跟我奶奶做的一样。"

"细粉儿的奶奶是新疆姑娘。"宽粉儿说。

天哪,这事儿我第一次知道。我仔细端详了一下细粉儿说:"我就说怎么老觉得你长得像混血儿!"

细粉儿一边给我倒水一边说："我爷爷年轻的时候去新疆支边，认识的我奶奶。他说我奶奶当时可好看可好看了。两个人就结了婚，我奶奶就生了我爸爸。但是后来组织上把我爷爷调回来了，没法带着我奶奶一起回来。到我爸十多岁了，我奶奶才带着孩子回到北京团聚。"

宽粉儿赞许地说："所以你这么专情，原来是随了你奶奶。"

细粉儿脸都红了，直接转移话题说："这儿的酸奶特别好喝，酸，开胃。橘子我给你点一个了啊！"

一边吃饭，一边聊起我肚子里的这个小朋友。

细粉儿说："我其实很高兴，你们决定要一个小朋友。其实刘宽是很喜欢小孩的。"

我很惊讶地看着宽粉儿说："是吗？我怎么没看出来？"

细粉儿笑着说："我姐姐家的小孩儿，刘宽可喜欢了，每次见都能陪着玩儿一下午。"

我说："我只知道他很喜欢狗。虽然对狗毛过敏，但是每当他碰见狗都很陶醉地要去玩儿一会儿，直到眼泪迷蒙了他的双眼、鼻涕糊住了他的脸，满怀长的小疙瘩痒得不行了才一脸满足地作罢。"

细粉儿听得直笑，说，没错他就是这种人。

这个时候酸奶端上来了，细粉儿伸手递给我一碗，问道："你男朋友呢？喜欢小孩吗？"

宽粉儿坐在旁边假装咳嗽了一声。

细粉儿很抱歉地说:"不好意思,我多嘴了。"

不知道为什么,我居然很想跟细粉儿聊聊程贯中的事。我说:"我们分手啦,因为我'肉体出轨'。"我把双手两个手指头在脑袋边上弯了两下,同时狠狠翻了个白眼。

细粉儿明显一脸的震惊,但他尽可能地安慰我说:"可能有些人太在乎自己的女朋友了,是会这样的。"

宽粉儿马上犯贱说:"那你就是不在乎我呗!"

细粉儿说:"你又不是我女朋友。"

我忍不住大笑起来,有理有据、毫无破绽。宽粉儿也无法继续撒娇了。他可能怕我伤心,就把话题引到了别的地方:"最近上映一个新的鬼片评分才2.3,咱们一会儿要不要一起去看?"

我说:"我跟老程难得一起看几次电影,全是超级烂片,最难得的是他真的都觉得特别好看。"

细粉儿说:"那个片我看见海报了,真的挺有意思的,不然我现在就买票吧?"

宽粉儿说:"你说咱们两男一女去看电影,人家看到会怎么想?"

我说:"老程看见肯定疯了,觉得我是世界上最淫荡的女人。"

宽粉儿狠狠地翻了个白眼,对我说:"橘子,你好好地跟我们聊聊老程。来,今天聊个痛快,明天就不难过了。"

其实我完全没发现我自己句句话不离老程,被宽粉儿一语戳破,一瞬间我感到一种被人看透的丢脸和尴尬。但是转念一想，我跟宽粉儿谁跟谁啊，被看透没什么好尴尬的。

宽粉儿站起身来走到我对面坐下，跟细粉儿坐一排。他说："事到如今我也不怕得罪你了，咱们就开诚布公地聊一聊。那么一个老傻逼，你到底喜欢他什么啊？"

我斩钉截铁地说："他长得帅。"

宽粉儿很生气地拍桌子叫道："我长得不帅吗？"

我说："你当着细粉儿说这种话你要不要脸啊？"

细粉儿伸出两只宽大的手掌压了压空气，让我们冷静点聊点靠谱的，他说："你是怎么跟那个老程认识的？"

我是怎么跟那个老程认识的？

可能是因为这一天，面对两个和善的、真正关心我的人，我不由自主地仔仔细细地讲了一遍我和老程的恋爱史。从新疆菜馆被赶出来，又去咖啡馆聊，还没聊够，又一起吃了晚饭。最后评分2.3的鬼片也没看成，这一天晚上，我就像平时被鬼压床一般，突然陷入了深深的、动弹不得的睡眠。仿佛坠入了无边无际的、黏稠的温暖的羊水中，我在梦中，又回到了十七岁那一年的那个下午。

那个时候的春天，北京经常刮沙尘暴。沙尘暴起，大风停止，漫天的黄沙好像静止在空中。平时看起来是白色的教室的灯光，从外面看过去，是幽蓝幽蓝的颜色，非常宁静、冷漠和阴森。

梦中十七岁的我，踏着这样的黄沙，抬头望着蓝色的窗户，在那一个命中注定的下午，焦虑又忐忑地走回教室去。

那天下午本来是放假来着。但是这种放假很有可能是所有的放假中，学生最讨厌的一种放假，那就是——家长会。

偏偏中午急匆匆赶回家的我，把第二天要交的习题册落在教室。我只能硬着头皮赶回教室去拿。刚走进教室，班主任简直如蒙大赦，叫道：今天值日生生病了，正好你来了，你就留在这做值日吧！结果我只好在一大堆黑压压的家长的眼皮子底下，先擦了黑板，又扫了讲台，还要听班主任数落我们全班，只觉得脸都要烧起来。

就在我做完值日，准备在教室后面找个地方坐下来听候吩咐的时候，仿佛一道强烈的阳光晃瞎了我的眼睛——我看到了坐在最后一排的老程，他是那么高大，我看他就像站在世贸大厦的脚下往上看。他是那么英俊，就像演《007》的布鲁斯南。他身穿十七岁的我能想象到的，一个光芒万丈的王子唯一应该穿的衣服——一件白色的高领毛衣。他的眼睛就像鹰的眼睛，他一瞬不瞬地盯着我，盯得我双腿发软，盯得我的心就像快要撞破笼子的野狗，简直要撞坏我十七岁的胸罩。

最可怕的是，全班唯一一个空位置，就在老程的同桌的那个位置。

我只能拖着面条一样的两条腿走过去，每一步都好像一个把毕生的前程拼在这一次走秀上的模特，面对着全球最顶尖的设计师和最挑剔的时尚评论人，面对着璀璨的闪光灯和媒体，故作镇定地一步一步走过去。我努力地不去看他，看他就输了，看他就丢人丢大了，看他就再也不可能考上大学了。然而我还是忍不住看了他一眼，他却根本就没看我。

他鹰一般的眼睛盯着老师，偶尔还微微点头，不时低头做笔记。

可能所谓一瞬不瞬地盯着我，只是我的一场幻觉罢了。

我坐在他身边、能闻到他身上有一种非常好闻的味道。不是香水、不是洗发水、不是洗衣粉、不是汗味、不是腋毛的味道、不是脚臭味，是温暖的、活生生的男人的肉味。

一个从没闻过任何男人的我，第一次闻到这样的味道，一瞬间沉醉其中。

整个家长会，班主任讲完了数学老师讲，数学老师讲完了英语老师讲，三位文综老师讲完之后班主任又杀回来，整整三小时，我就坐在那儿想，这个叔叔可真好闻啊！怎么会有这么好闻的东西呢？

班主任痛心疾首地说道："我了解到很多同学现在每天十一点钟就睡觉，我想问各位家长，您现在心疼您的孩子，想让孩子多睡会儿，以后等别的同学考上名牌大学、找到好工作，终于可以踏踏实实地睡个好觉的时候，您的孩子呢？您想过吗？我们的希望是每个同学都能考上理想的学校！希望各位家长能配合我们校方的工作。好了，大家有什么问题可以来找我提。"

家长们沉默了一会儿，终于有家长站起来跑到讲台上去找老师聊自家孩子的是非了。剩下的家长坐在原地你一言我一语地聊了起来，一时间教室里仿佛课间午休，人声鼎沸、空气蒸腾。窗外的沙尘暴浓浓密密达到了顶峰，天色昏暗极了，仿佛是鲜艳的橘红色地狱。

我身边的好闻的叔叔，因为同桌不是家长，前桌的家长也没有搭理他，我们两个就像菜市场里的两棵无人问津的白菜，沉默不语地坐在那儿。

正当我望着窗外的橘红色地狱陷入不知所以的幻想的时候，耳边突然响起了非常低沉的男人的声音：

"你叫什么名字？"

我被口水呛到了，但是我不能在他面前咳嗽。不不不，捂着嘴也不行。

我死死地闭着嘴，喉咙里奇痒难耐，话是无论如何也回答不上来了。我望着他，他望着我，我就这样大颗大颗地落下了被咳嗽憋出来的眼泪。

我听到一片熙熙攘攘的喧哗声中，班主任在大声地叫我：

"温喆原，温喆原，你来把黑板擦一下！"

我再也忍不住了，捂着嘴，剧烈地咳嗽起来。眼泪滚滚而下，我狼狈地抹掉眼泪，冲向讲台，站在那儿，疯狂地咳嗽着，擦黑板。

说真的，那一刻我都不想活了。T台上好不容易迎来走秀机会的模特摔了一个上牙翻飞的狗吃屎，满脸是血地走向失败的人生。

我极度高效地一边咳嗽一边擦完了黑板,然后抓起抹布冲出教室,在厕所里完成了我的咳嗽。

抬起头看着镜子,我面红耳赤得好比是一个刚完成马拉松的选手,满脸鼻涕眼泪精彩极了。我的眼泪流个不停,不知道是因为咳嗽,还是因为剧烈起伏的心情。总之我不知道在厕所里待了多久,久到整个学校都安静了,我猜他也走了。我终于慢吞吞好像一只蜗牛一样地离开厕所回到教室,他却还在。

只剩下他和班主任,他们听到我开门的声音,一齐回头看我,程贯中朝我笑了。

他笑得那么好看。他的黑眼睛璀璨得像夜礼服假面的眼睛。

他的笑容之中还包含着一个班主任不知道,只有我和他知道的秘密——我被他吓得被口水呛到了。而他笑得那么温和,那么有趣,他的笑是只对我一个人的。

他被班主任留下来单谈。我在一边扫地、擦地、擦讲台、擦窗台,一边偷听,才知道他是我的同学肖小群的舅舅。肖小群是一个个子小得像小猫,黢黑黢黑如一只黑小猫的顽皮的小男生,成绩烂到家,又交了许多坏朋友。后来想想,连家长会都是舅舅代替父母来参加的小孩,其实也是可怜。

我拖拖拉拉地干着我的活,终于就在我实在没什么可干了的时候,班主任结束了她长篇大论的对肖小群的控诉,希望老程把这一切转告肖小群的父母。然后她就客客气气地走了,留下老程和我,两个人,单独,在教室里。

正在把抹布叠好要放在黑板槽里的我脸唰地一下就红了。

好了，现在，说点什么好？

我只好结束我干无可干的值日工作，转身走向我的书包。

我背后的人突然开口说：喆原，我把我的电话写在纸上，放在你书包里了，喆原。希望咱们能保持联系，小群的爸妈太忙，我想多关心关心小群。

我把我的电话写在纸上，放在你书包里了，喆原。

我的心脏狂跳，手脚冰冷地逃离了教室，这句话仿佛一个魔咒，在我心里不断地、不断地、不断地回响着。在我鼓起勇气给他发短信之前的一个半月里，他的眼神、他的微笑、他的好闻的味道、他的这句话，把我紧紧地禁锢在他的魔咒之中，不可自拔、不可睡觉、不可复习，我如同疯了一般，只想着他，只想着他，在那一天之前，在那一天之后，再也没有爱过别人。

梦中十七岁的我，仿佛经历了一场大起大落的人生浩劫，心惊肉跳地回到家。我妈云淡风轻地问我："作业本拿回来了？"

"……我的作业本！"我猛地惊醒。

我躺在床上，大口大口地深呼吸，穿过窗帘照进来的刺眼的阳光照着我的眼睛。这个梦是多么真实，是多么浓烈，若不是想起作业本又忘带的事，我根本醒不过来。就仿佛十二年前的老程刚刚还在我身边，刚刚还在我十七岁的心里，这一秒，就不见了。变成四十五岁的老程，不见了。

我躺在那儿喘着粗气，门外飘来煎鸡蛋的香气。

香气？

煎鸡蛋的味道突然变得臭不可闻。一股剧烈的呕吐从我的腹腔涌来，我起身飞奔，冲向厕所，哇哇地吐出了昨夜喝的白开水。经过一夜的消化白开水变成奇酸无比的酸水。吐完我就瘫软在了马桶边。

宽粉儿吓得小脸儿煞白地跑来的时候，我正瘫在厕所冰冷的地上哭得浑身发抖。我的早期妊娠反应，就这样好像比别的孕妇要早地到来了。

我吃不下饭、睡不着觉，浑身没有一点儿力气，也不愿意见到阳光。那一天下午，细粉儿专门跑去市场上给我买了很厚的遮光窗帘，跑来给我装上。大部分时候我只是躺在床上，看着天花板，感受着胸部以上，喉咙以下，汹涌的吐意，绝望地等待着那一股一股的上涌，涌出真货来了，我就冲向厕所。

宽粉儿请了假在家陪我，可是他也无能为力。他查了各种偏方，什么起床吃苹果，什么喝柠檬水，什么吃花生米，一概没用。最后他只能可怜巴巴地趴在那儿说：橘子，你都三天没吃下东西了，你会不会饿死啊？你有什么想吃的吗？天上的星星我也摘下来给你吃。

我气若游丝地说："我想闻一个好闻的东西。"

"什么什么？你想闻什么？"

我毫不客气地请宽粉儿拿了很多我平时喜欢闻的东西给我

闻，比如肥皂，比如红烧肉，比如六神花露水。

无一例外，我都冲去厕所吐了。

"算了，我就躺在这自生自灭吧！"我绝望地说。

宽粉儿站在那儿沉默了一会儿，默默地去衣柜里拿了一条围巾给我。

围巾塞在我蜷缩着的怀里，塞在我的鼻子前面，我悄无声息地哭了起来。宽粉儿没有安慰我、没有哄我，他轻轻关门出去，让我抱着程贯中的围巾。我仿佛水库泄洪一般，无穷无尽地哭着。一直哭到我沉沉地睡着。

总的来说，宽粉儿除了在我面前有时候会流露出他小姨子的一面之外，大部分时候都是一个有担当、有自信、能够掌控生活中大小事的男人。我从来没见过他如此无助的模样。

一开始，他只是想尽办法地去找我能吃得下的东西给我吃，后来他发现我吐得连觉都睡不着，就不再离开我到他自己屋里去睡觉了。

他开始跟我睡一张床，我恶心得睡不着，他就死撑着不睡。

今天凌晨，窗外下着可能是冬天到来之前的最后一场雨，我呕吐的声音把他惊醒，他发现他也太累太累，实在撑不住睡着了。

醒来了的宽粉儿伸手过来拍着我的后背，等我吐完了熟门熟路地一抹嘴扭过脸来，发现宽粉儿已经哭了：

"电影里不是这么演的，我真的没想到你会这么难受。对不起橘子，是我对不起你。"

我虽然难受得生无可恋,但还是被他给逗乐了。什么节骨眼,跟我扯什么"电影里不是这么演的"。

"你已经一个星期,基本上什么也吃不下了。我觉得孩子的事儿两说,你可不能再这么下去了。"

宽粉儿本来就很深陷的眼窝眼下更加深陷以及乌青,好比是一个还没烂掉的丧尸。他坚决地说:"橘子,咱们不要这个孩子了。你本来也不想要。我还害得你跟老程分了手。我今天就带你去做手术。"

我的天哪,快别逗了。

我按住宽粉儿的手,艰难地咽了口唾沫。频繁的呕吐几乎要腐蚀了我的嗓子,我沙哑地说:"孩子也是我的,你让我做手术也得我同意啊!你现在瞎说什么做手术,孩子都听见了,将来跟你不亲,你快别说话了!"

"咱们都还没跟爸妈说呢,我也没跟我奶奶说我铁了心要生个孩子给她看之类的,趁着这个机会咱们去做手术吧。"

"我都发朋友圈了!"

"什么时候?"

"早晨我醒了你还没醒,我觉得快吐了在那儿等着吐的时候……"

宽粉儿脸色惨白地拿起手机看了一眼,我发的是一句话:"每天早晨被呕吐唤醒,我的宝,你可折腾死妈了。"

此刻乃是凌晨六点零三分,这条朋友圈下面,只有我妈点了个赞，他妈点了个赞。

宽粉儿对着手机半天说不出来话，终于口出恶言："你个败家娘们，你不知道头三个月不能说吗？"

我震惊地说："这种圈儿内的规矩我哪儿懂啊，我心想，验血都验出来了，还有什么可瞒着的？"

八点整，我妈先绷不住打来了电话。一方面表示欣喜若狂，另一方面也勒令我把朋友圈删了，三个月之后才能往外说。

八点十分，宽粉儿的妈妈打来电话。上午十点半，我妈他妈他奶奶，三位老人齐聚一堂，其中我妈最是欣喜，看着躺在床上笑都笑不出来的我，高兴得声音都喊劈叉了。

三位老人弄来了各种鱼、虾、肉、蔬菜、水果、鸡蛋、豆腐、紫菜。她们叽叽喳喳地剁馅儿、和面、腌肉，一阵阵恶心的味道飘来飘去，我只觉呕吐物充满了我的大脑。

宽粉儿着急地说让她们别弄了，我什么味都闻不了。

我妈激动地说："那可不行，不能饿着孩子！吃不下也得吃，温喆原你不能任性啊！"

我哇地吐出了刚吃的半个苹果，连句反驳的话都说不出来。

宽粉儿的妈妈拉着他的手说："你怎么没上班去？"

"橘子都这样了我还上班去？"

他妈妈说："哪个女人不怀孕啊，你去上班去，别因为这种事请假。这儿有我呢，我保证把橘子喂得白白胖胖的，肚子里的宝贝也是白白……"她开心地抽了宽粉儿的胳膊一巴掌，

"胖胖的!"

宽粉儿扭脸看了看我,显然我眼神中的绝望和无助触动了他。他知道,这个时候,除了他,谁都不能陪在我身边,因为除了他,我妈也好,他妈也好,慈祥温和的奶奶也好,谁能容我沉浸在无尽的失恋的悲伤之中?

宽粉儿直接就没理他妈,去坐在了他奶奶的身边,对她说:"奶奶,孩子是我的,不是我妈的,您说是不是?我妈连我都没带过,她怀孕的时候还是您照顾的她,她知道什么啊,对不对?再说了,只有我能照顾得好橘子。工作大不了辞了回头再找,还是咱们家的孩子重要,您说是不是?"

他奶奶乐呵呵的,只要是宽粉儿说的话什么都对。

虽然宽粉儿的妈妈脸上有点不好看,我妈脸上也有点不好看,但到底是不再念叨要来照顾我的事儿了。宽粉儿把我从床上弄起来,出去散步了好一阵子,回来的时候油烟都散了,我坐下来勉强清粥小菜吃了一两口,实在是虚弱无力,只好又回床上躺着。几位又在外面嘻嘻哈哈叽叽喳喳地收拾完了所有的菜肉和碗筷,其间不停地传来各种很大声的议论,比如说:"橘子特别不会做饭,你看看这儿,这都什么调料啊,都没见过!"弄得宽粉儿都没法好好陪着我,总得出去跟她们吵架:"这调料都是外国的,您不知道太正常了,橘子做饭比您好吃多了!"

最后终于消停,叽叽喳喳地走了。

我终于能够睡了一会儿,但是孕中的脊柱不知道被什么缠绕着,总好像有一只小鹿在我的腰肢下面跳来跳去,每睡一小会儿,我就会莫名其妙地醒来。这使得唯有睡眠之中才感觉不到恶心的我,感到可悲至极。

再次醒来的我,吐掉了中午喝的那三口粥,喝了宽粉儿手里的水,我虚脱般地躺在那儿,说:"你说老程现在在干吗呢?"

老程跟我分手之后的第一个星期一,我收到了一笔巨款。付款人是*芳,此人是老程的助理。"让我的助理打钱给你",老程诚不我欺。

收到这条短信的我简直要呕出血来,然而宽粉儿握住我的手说:"士可杀不可辱,有钱不要白不要。咱们还就收下了,回头给咱们的孩子买国际一线品牌的尿布。"

我的天哪,"士可杀不可辱"后面还能接这一句呢?总之纠缠无益,这笔钱我也不想动,就摆在那儿好了。我吐得如此销魂,想花钱也只能买几盆痰盂儿。

在我二十八岁的人生中,从未如此消沉过。当一个人一秒钟不停地处于恶心的状态下的时候,当一个人连吃——这种生物最基本的需求,都不复存在的时候,世界上的一切都变得没意思了。

虚弱无力的我躺在那儿,无所事事。

看书?哪怕是最精彩、最悲惨、最荡气回肠的著作,在呕吐物面前,都显得好像在闲扯淡。

听歌？什么声音咚咚咚咚的震死老娘了能不能消停点。

购物？呵呵。

既然双方家长都比较聒噪，很难常常邀请他们来，而宽粉儿又是如此无助，如此疲倦，唯一还能帮上我们忙的人也就只有细粉儿。

细粉儿下了班和周末常常来我家帮忙，有一个周末细粉儿正在给我榨果汁的时候，还碰见了突然登门的宽粉儿妈妈。

细粉儿家和宽粉儿家不是世仇也是前世互看不爽。从他俩的爷爷辈儿那会儿就经常掐架，两位爸爸也互相不忿儿（宽粉儿偷偷告诉我，他俩以前追过同一个姑娘）。到了他俩这一辈儿可有趣极了，两位母亲同日在同一个医院待产，几乎同时分娩，我说他俩在产房的秤上相爱绝不是杜撰，你称完了我称，护士就把这两位婴儿抱错了。

万幸就万幸在细粉儿的奶奶是个土生土长的新疆女子。正当宽粉儿家的父母抱着细粉儿，感叹说我们寻常百姓家也能生出这么高鼻梁的婴儿，宽粉儿的母亲扬扬得意地再次强调她的鼻梁其实是高的，只是不明显的同时，抱着宽粉儿的细粉儿的父母怎么看怎么觉得这位塌鼻子的婴儿是抱错了。

结果两家大撕一场，双方都称高鼻梁的细粉儿是自家的婴儿，最后闹到医院一验血，这才恨恨地互换了婴儿回家了。

当年我乐不可支地听完这个故事，忙不迭地采访宽粉儿说："你当时有没有受到成吨的伤害？心想，老子塌鼻子怪我吗，你们这些人无情无义无理取闹。"

宽粉儿理都不理我地说:"所以说,我就是朱丽叶,他就是罗密欧。"

于是朱丽叶的母亲在朱丽叶的厨房里看到了罗密欧,里屋还躺着朱丽叶的孕吐的媳妇儿,少不得吞下心中的愤慨,故作大方地说:"远洋,你来啦。"

细粉儿很有礼貌地说:"刘宽忙不过来,我来帮帮他。"

朱丽叶的母亲可能有一肚子话要吐槽,站在那儿喘了一会儿,居然放下手里刚买的土鸡就走了。临走只说了一句:"刘宽,你得注意安全,以后有老婆、有孩子,不能什么人都往家里带。"

宽粉儿正坐在我床边给我讲故事,他扑哧笑了出来,悄悄地说:"我怀疑以前我爸跟他爸一起追的姑娘就是细粉儿他妈。"

我在公司无限地请假,其实大家都知道我怀孕了,也都一传十十传百地知道了我的惨状。居然每个人都是圈内人,好像都知道前三个月不能瞎说,结果大家扭扭捏捏,发现我实在也不想瞒着,终于在微信群里轰轰烈烈地讨论了起来。

小A问我:原原你食管儿裂了吗?

这什么人啊,能不能盼我点儿好啊?

小A严肃地说:要是吐出血了,可能就是食管儿裂了。赶紧去医院。还有啊,实在是啥也吃不下,要是饿晕了之类的,就去医院挂营养针。

男同事小F突然发声：你不是号称铁丁儿吗？

这句话终结了整个对话。

铁丁儿就不能意外怀孕？就不能舍不得手术？哼。

有时候宽粉儿拖我出去散步，临走之前我瞄一眼镜子。之前我还说宽粉儿像丧尸，呵呵，没见过大世面。

镜中的女人吐得快要脱水，瘦得快脱了相。头发也垮掉了，枯黄无比，最垮的是脸上的肉。伴随着无法愉悦的苦瓜表情，我腮帮子上的肉好像一只狗腮帮子上的肉。垂又甩。

我一步一蹭，死死握着宽粉儿的胳膊，绝望地说："幸好老程把我甩了。这个样子，我才不要见他。"

最可悲的是，唯有我梦见老程的时候，才能睡一个鬼压床一般，昏昏沉沉的好觉。

然而老程甩了我，连我的梦都不愿多来几次。

宽粉儿说："不如我就去把他杀了，这样你一定经常能梦见他。"

面对为了我什么都愿意干的宽粉儿，我只能抱拳表扬道："壮士果然机智。"

我吃不下东西，闻不了任何味道。所有的味道在我的鼻腔里都变了味儿，好比讲红烧肉那浓郁的接地气的香味，在我的嗅觉体系里，变成了类似于——屎的味道。

再比如说我喷了十几年简直跟我的肉体融为一个体味的香水的味道，简直就是一个站街少女的脚臭味。

然而真的，纳了闷了，唯有老程的围巾还是怀孕前老程的味道，而且成倍的好闻。我就像中了毒一般爱不释手。

我怀抱着他的围脖，就像婴儿抱着母亲的奶，就像幼儿抱着举世无双的那个兔兔。当我可怜巴巴地恳求宽粉儿别让我妈来照顾我，世上只有宽粉儿一人能安慰我、照顾我的时候，宽粉儿说："老程如果来了，你可能一个鲤鱼打挺就起来，屁事没有了。"

许许多多个夜晚，我挣扎在浅眠之中。当天蒙蒙亮，窗外的清脆的鸟鸣在凌晨的宁静中带着空灵的回音响成一片之后，我才得以比较舒适地入眠。

这一天早晨我终于梦见了老程。

上午十一点半，我醒来了，宽粉儿坐在我床边说："你醒啦，皱着眉头睡了这么久。"

我恍若隔世地望着宽粉儿和善的脸孔，震惊地说："你猜怎么着，我跟老程大吵了一架。"

宽粉儿居然很开心，他放下手里拿着的洗好的苹果说："快讲讲，你赢了没有？"

"赢了，"我不可置信地说，"不是赢了这么简单，根本就是我在冲他发飙。他根本就不敢跟我吵，一直在那儿哄我！"我坐起来握着宽粉儿的手说，"老程哄我，你能想象到吗？！"

宽粉儿鄙夷地说："你看给你美的，你都多长时间没这么利索地一下坐起来了？"

早晨我破天荒地吃了一碗面汤，吃了很多面条，里面的鸡蛋也吞掉了。

我沉浸在刚才的梦中不可自拔，给宽粉儿讲了一遍还不过瘾，上午过来送橙子的细粉儿也被我按住听了一遍。

"我梦见，我给老程打了个电话他没接。等了整整一个晚上之后我发飙了，当面发飙的。

"我说，你只知道忙你的，你这个自私自利的男人，你有没有一次，稍微想过，在你把我晾在一边的这八小时里，我有多么焦虑，我多么难过？我有没有可能是有什么真的需要你做的事？你只要回我一个短信问问我，或者，我非要你回电话给我，又怎么了？我什么时候吵着要跟你聊很久来着，五分钟的工夫你都没有？那你天天拉屎干吗，多浪费时间啊？

"说着说着，梦里的我哭了起来，我大声控诉着，吼得酣畅淋漓，吼到激怒处，还把手边的东西奋力丢出去砸他。

"我问他，这么多年了，我到底有没有做过一丝丝故意找碴儿的事，有没有故意麻烦过他一次，有没有任何时候是没事找事给他打电话的，为什么我这么可怜，这么卑微，你却连个电话都不回给我？

"在这个梦里，无论我多么生气，不论我骂得多么难听，老程都没有一丝一毫的生气。他看起来十分自责而且委屈，甚至不开口为自己辩解。他伸手来拉我的手，轻声说：'你别伤到孩子。'"

宽粉儿听到第二遍还是乐不可支。他说："让你别伤到孩子，就跟孩子是他的一样。"

细粉儿说："橘子你压力太大了，这些年太压抑了。"

我舒坦地叹了口气说："可是，就算是在梦里，也觉得真爽啊。"说完这句话，我就慌不择路地冲去厕所，把早晨的面条吐了。

高中的后两年，我跟我们班最淘气、成绩最烂的肖小群的关系突然变得特别好。我们俩几乎天天一起上自习，我倾囊相授帮他补习功课。一时间流言满天飞，一开始说我暗恋肖小群，后来又说我们俩谈恋爱。当然我为什么跟肖小群交好，只有我自己知道。

肖小群其实是个特别单纯的小孩，说他是小孩当然是因为他矮。然而在高考前的那半年，他突然开始抽条儿，原本比我还矮的男孩子，在高考之后的暑假结束的时候，突然就长成了参天大树。

大学的第一年开学之前，我们同学聚会，两个月没见，同学们都被肖小群震惊了。

有个花痴女同学看得眼睛都不会动了，她悄悄跟我说："你可真是好眼力啊！"

然而我对肖小群毫无邪念，原因自然不必赘述，肖小群对我也毫无邪念，因为他暗恋我们年级的校花很久了。后来我和肖小群终于敞开了心扉互诉衷肠，他对我倾诉他的感情，我才知道这个十几岁的男生，暗恋一个触不可及的女孩子，居然可以爱成这样。

其实并不奇怪，我暗恋一个触不可及的中年人，也爱到天理难容。

可能对十几岁的孩子来说，道德什么的还没有那么清晰和鲜明。不知道出于什么自信，我只把我的心思告诉了肖小群一个人。他知道之后也震惊了。半响之后他只是开口说："可是我舅舅结婚了，我舅妈可凶了。"

我笑着说:"谁想当你舅妈了,我自己喜欢还不行吗?"

虽然是笑着说话,可我的心在滴血。那是我第一次获得老程已婚的消息。

可是有什么可奇怪的呢?一个三十多岁的男人,长得又这——么帅。

无论我多么早就知道这是不可能的,仍然感到非常非常难过。

肖小群点点头说:"我不告诉别人,你也别告诉别人。"

我当然无法告诉别人,尤其是老程本人。

可能没有高中生比我更喜欢考试了,无论大考小考,因为唯有考试之后,我才有名正言顺的理由发短信给老程。

某一次考试之后,可能老程看到了肖小群的卷子,就主动发了短信给我。

他说:喆原,期中考得怎么样?

当时我用着一个诺基亚黑白屏的平板手机,这条短信我一直存在手机里。大学三年级有人偷走了这个手机,我哭得肝肠寸断,并不是因为心疼手机。

我存在里面的十几条短信,是那一年我最珍贵的东西,其中有一条,虽然手机已经丢失十年了,我还是记得。

高考前,我每天熬夜苦读。程贯中对我说:熬夜就不漂亮了。

可惜，再怎么熬夜苦读，我还是高考失利。

那一年还是在高考之前报志愿。我妈说一定要报我爸的母校当作兜底，因为那所大学很好，分数线却很低。

我当然不愿意报外地的学校，原因当然不是因为不愿意离开我的父母。可是我对自己的成绩很有自信，觉得考上第一志愿太轻松了根本不可能失败，为了避免跟我妈吵架也就屈服于她。于是在考试过程中感觉良好、对答案时云淡风轻之后，高考成绩下来的一瞬间，我简直崩溃了。

要说差得太多太多，也并没有，只是可能文综或是作文老师特别严格之类的，多扣了二三十分，于是我就刚刚好，要去那所外地的大学了。

那时候的我难过极了。等回过神来，我已经给程贯中发了个短信：

ToT

他很快就回复了我：怎么了？考砸了？

我说：要去外地上学了！

"要离开你了。"

"要离开你所在的城市了。"

我在心里呐喊着。

他给我回复了一个微笑。

那时候给宽粉儿和细粉儿讲到这里的时候，我问他们：你们说，好端端地给我发一个笑脸儿，啥意思啊？

宽粉儿说：我觉得意思是，关我屁事？

可我觉得不是。我觉得这是他在安慰我。他在告诉我，没关系，总会好的。

每当我觉得极其极其难过的时候，我都会忍不住要给他发一个短信。每当这个时候，他都会很快地回复我。无论回复了什么，只要是他发回来的短信，我都会感到莫大的幸福。

大三那年我弄丢了手机之后，重新买了手机卡，给他发短信说：我的手机丢了，这是我的新号码。

他很快回复了四个字：

注意安全。

虽然我关心的只有那个手机里存着的他的十几条短信，但是他却只关心我的安全。

宽粉儿说，这就是一个暗恋着别人的女人，为这个世界展现出来的，丰饶、复杂、深情款款的脑内意淫。

细粉儿说，我怎么觉得不是橘子在意淫，我怎么觉得这老程本来就挺喜欢她的。

要不怎么说，虽然很喜欢宽粉儿，但是我更喜欢细粉儿呢。

大三那一年的寒假，我放假回到家，居然收到了程贯中主动发给我的短信。

他说：是喆原吗？

他问我放假了没有，回家了没有。他说：我请你吃个饭怎么样？

天哪，我慌乱极了，我受宠若惊，我简直不知道怎么表达我卑微的欣喜。

我又怕回复得太慢让他以为我不愿意，于是我匆忙地回复：还是我请你吃饭爸。

没错，是"爸"，不是"吧"。当时正跟姐们在逛街的我伸手撕住了自己的头发，恨不得把自己撕秃了才解恨。

程贯中还是很快地回复了我一个笑脸。

现在想想，不觉得自己蠢吗？

追星也比我这样毫无希望的暗恋要强得多，至少还能看到自己喜欢的明星出现在电影电视上的样子，至少还能买到他的照片。可我暗恋程贯中那么多年，只能在漫漫无边的岁月里，收到他的只言片语的回复和老土的表情符号，只在他不知道为什么心血来潮要请我吃饭的时候，能见到他一次。

可是，越是少，越是珍贵。

他的只言片语带给我巨大的幸福，那些幸福洋溢心头，经久不退。回想起我二十八年的人生中，没有什么能给我带来与之相媲美的幸福感，就连浅仓南吻了达也都不行。

"你为什么讨厌老程?"我一边吃苹果一边问宽粉儿。

苹果几乎成了我唯一能从头到尾吃进肚子里的食物,回头吐不吐出来两说。

宽粉儿翻了个大白眼儿说:"谁他妈不讨厌他啊!"

"老程长得多帅啊,你难道不心动吗?"

宽粉儿说:"说真的橘子,刚认识你的时候我觉得你是个特别聪明的姑娘。"

我眨巴着大眼睛看着他,表示对这突如其来的表扬有点不安。

"但是一提起老程,我就觉得我真是瞎了我的狗眼。"

宽粉儿为了我,自己也不太敢吃味道很重的东西了。眼下他正吸着一盒酸奶,缓解他不能吃水煮鱼米粉的寂寞和饥饿。他说:"说真的,你对老程的感情蒙蔽了你对他的认知,导致你看不到他是多么的自私和无情。自私和无情你明白吗?就是我们日常所说的傻逼。再说了，你一个劲儿地说他帅，真的有那么帅吗？还是你自己给他罩上了偶像光环？"

我说："很帅，真的很帅。我第一次见他时十七岁，第二次见他已经二十岁，你可知道这几年我每天意淫他多少遍，在我的幻想中他越来越帅，越来越帅，简直就是夜礼服假面的化身，可是二十岁见到他的时候，我还是又被震惊了。真的帅。"

宽粉儿怀着悲悯望着我说："你现在这么难受，难道不恨他吗？"

我说："其实还是挺恨的。"

他说："但是仍然觉得他帅？"

我斩钉截铁地说："帅，不但帅，而且声音还好听。特别有磁性，他说任何屁话都特别性感。而且他的那个……"

宽粉儿伸出手掌非常突兀地阻止我说："行行行，别往下说了，我不想知道你们俩那些恶心的事儿。"

为了宽慰我，宽粉儿开始越来越多地跟我聊老程的大大小小的事。而我从十七岁的那一天开始，其实从未如此肆无忌惮地喷出关于老程的话题，就跟无休无止的呕吐差不多。

其实很奇怪，我记得跟老程有关的方方面面的细节，包括他给我发的几乎每一条短信，却不记得二十岁的那一年，快要过年的寒冬腊月，他突然要请我吃饭，整个过程中发生了什么。

二十岁的大学生的我，在家里翻箱倒柜地打扮自己活活一整天，终于在下午六点半，出现在跟他约定的地点。

大冬天的六点半,已是天色幽蓝,华灯初上。老程开着一辆锃亮的黑色的轿车停在我的面前。那一年我爸还开着一辆桑塔纳 2000,我从来没坐过这么豪华的车。不知道你们能不能想象,坐在车上的程贯中对我来说,就像一个国王。所有人都给他跪下叫爸爸的那种国王。他就像又有钱又时尚又性感的 Mr. Big,而我就像《欲望都市》电视剧中路边随便走过的一个"你谁啊你"。从天色幽蓝、华灯初上的时候他锃亮的黑车开过来的那一个瞬间开始,我好像就失忆了。车上都是他的味道,就算坐在很宽的桌子两侧,仍然到处都是他的味道,他的味道包裹着我,令我完全丧失思考的能力。他带我吃了什么,聊了什么,我一无所知。最搞笑的是,我们吃完饭,居然又去看了电影。送我回家之前他还说:你爸爸妈妈会不会骂你?

苍天为证,我去之前还以为肖小群也会出席,还以为是"我侄子的老同学聚会"之类的。

送我到楼下之后,我下车了,他也下车了。我正慌乱地说"程叔叔您不用下来了"的时候,他已经穿着那么长、那么笔直飘扬的黑色大衣向我走来,他对我笑着,嘴角薄薄的皮肤扬起水波纹一样的三条皱纹。他的双眼一如夜礼服假面那黑钻石一般璀璨,伸手揉了揉我的头发,说:回家吧。

"不怕你笑话我,"我伸出双手十个手指头对宽粉儿说,"我十天没舍得洗头。我跟我爸妈说我找人算了命,人说我要是过年期间洗头就会死于非命。"我扬扬得意地说。

"从那天之后,我和老程的联系就多了起来。确切地说,是老程跟我的联系多了起来。他会问我什么时候回学校、到学校了吗、吃了吗、睡了吗这样的一些问题。然后一切也止步于此。笨拙又吓尿的我,只会回复一些'后天''到了''吃了''还没'这样的话,然后他就会回给我一个笑脸。我知道我太笨拙了。正常的姑娘不是应该说'好想有个人送我去火车站哦''学校都没有人,我一个人好害怕哦''一个人吃饭不开心''想某个人想得睡不着'这一类的话吗?"

宽粉儿说:"你对'正常的姑娘'有误解……"

"你不是男人吗,你怎么没误解?"

总之,我和程贯中很少有超过十个字的对话,并且几乎要被笑脸刷屏的时候,我慢慢迎来了大四的实习学年。

别的来自大城市的同学都纷纷回家实习去了,其他城市来的同学也都纷纷去大城市实习去了,我爸却在当地省级电视台给我找了个实习的工作。

我简直纳了闷了,我爸妈可能就是老天爷派来不让我跟老程在一起的天使。

我哭着喊着说要回家实习,我爸妈却轮流给我电话炮轰,质问我:"回来你能进电视台?你进给我瞅瞅?"我很有骨气地说:"只要功夫深,铁杵磨成针!"我爸说:"你上电视台磨针去?快拉倒吧,你马叔叔帮你找这实习容易吗?都找好了,台长都批了,岗位都留好了,你知不知道为了给你留这个实习机会,刷掉了多少个广播学院毕业的毕业生?!你居然不去?!我们可是万万没想到你是这种孩子!你马叔叔怎么做人?你爸爸老脸往哪儿放?"

我的全身心,仿佛被巨大的磁铁吸引,正一个细胞一个细胞地飞回北京,去和老程紧贴。可总有一些莫名其妙的外力把我推开。我只能又忍不住给老程发了短信,言简意赅地倾诉了一下我爸妈非要让我留在当地实习的沉痛心情。

"我觉得好彷徨。"我说。

"这是一个好的锻炼机会,我期待着在电视上看到你。"

这句话让我从头凉到脚底。

同时,看到个鬼。省台频道多了,我肯定被分在某个小不丢丢的鬼频道。

然而我没想到,这个世界对我还能更残酷。

老程接着说:"告诉你个好消息,你程叔叔要当爸爸了。"

What?!

总而言之,这短短两句话,灭了我心头的火,杀了我灵魂中的爱。我的那些被吸引到老程身边的细胞,虽然肉眼不可见,但一瞬间全部飞回来击中我,实在也是痛彻心扉。

我就这么成了省级电视台的一名实习主播。

"你还当过主播呢?真是失敬失敬!"

这是当年我和宽粉儿交流彼此的工作经历的时候,宽粉儿的反应。

虽然那段岁月是如此的黑暗,但看到宽粉儿这么尊敬我,仿佛看到了一个人对待过气明星的样子,我还是感到非常爽。

于是我们花了整整一个周末,坐在我们舒适的沙发上,用昂贵的投影观赏了我实习期间的那若干期节目的影碟。

所谓实习主播,最初整整一个月,我能做的只有瞪眼看。我和另一个来实习做编导的小伙子,整天跟在编导大哥屁股后面,看他拍镜头,看他做采访,看他棚拍男女主播,看他剪片子。

一个多月之后我才真正能出镜。所谓出镜,其实也就是出外景。

出外景很辛苦,我也不具备任何什么化妆师之类的,全部靠自己。第一次我照日常的生活妆给自己化了,自以为眼线画粗点、眼影画大点就是出镜 OK 的妆了,谁知跟着编导哥哥在四十多度的天气下打了不开空调的出租车堵了三个多小时到了出镜地点之后,我的头发如鸡窝,我的眼线早已糊成一片。我连个补妆的工具都没带,而对于编导哥哥来说,显然出镜主播长什么样其实完全不重要。片子出来我才知道,我的脸已经油光锃亮如同电影《西游降魔》中的猪刚鬣的脸。

这个节目的男女主持人主持的时候,摄影机旁边是有人举字幕的。这个举字幕的人,在另一个实习生走掉之后,就变成了我。我和编导哥哥出门显然不配备一个举字幕的人手,我必须要把台词背下来,不能有磕巴。这和配音不一样,配音可以剪，画面不能不连贯。头几次的我，可能因为太紧张，加上疲倦和炎热，再加上担心自己长得猪狗不如，除了嘴瓢就是忘词。一条要拍十几次，编导哥哥是个不怎么说话也没什么表情的人，即便如此我也感受到了他蒸腾的怒意。

虽然我作为实习主播，渐渐也开始要自己写稿子，又渐渐开始要自己剪自己的外景画面（据说别的实习生不需要干这些，只是我居然干得还可以，编导哥哥就马上甩锅给我，而我还觉得是无上的荣幸），但总体来说还是有趣的。

无趣的地方，来自于负责这个节目的责任编辑。

何止是无趣，简直是可怕。这个五十多岁的老先生，不知从什么时候开始，在例会上变着花样儿地打击我。事后想起来，人想犯坏的时候，灵感层出不穷，机智到了极点，这真是我们人类社会进步的契机。

编导哥哥虽然爱偷懒，但整体还是仗义的。

一开始责编针对我还不太明显，只不过是每当选题或稿件不错的时候，他就表扬别人工作用心，哪怕那个选题是我提的。每当出现任何问题的时候，他就说，这是小温做的吧？

后来，虽然我为了上镜好看，努力地上网跟着各种视频学了化妆，又通过不吃不喝的努力基本瘦得跟电视台那些制片人女主播差不多了，他却每次审片都在不遗余力地说我胖。编导哥哥一开始还嘀咕，说怎么别的实习主播外表都无所谓，缺人的时候什么样子的实习生都拉来出外景。他还说可能领导想重点培养我，让我回头转正。

再后来，他开始不停地给我许许多多额外的工作。包括帮他走报销，整理广告投放排期，给男女主持人写稿。写稿什么的，我写得再好，肯定也赶不上已经干了十几年的编导哥哥好，回回还得让他改。更不要说后面他非要让我去财务部门走发票流程、找客户广告公司催广告款的时候，初出茅庐手忙脚乱的我能出多少岔子了。

除了编导哥哥之外，没人帮我，我分走了他们的工作，他们仿佛知道是领导在刻意针对我。无论发生什么意外，责任都只在我一个人头上。而我的工作量太大，光是出一次外景就要花掉整整一个工作日，我只能无穷无尽地加班。

那个时候的我实在太稚嫩，虽然隐隐知道没有别的实习生是这样的待遇，我还是咬牙坚持着。除了相信努力就有好报之外，我还有点相信我爸的人脉关系，相信我在这个电视台是有前途的。

最后终于出了一个大岔子。

某一个公司的人拖欠广告款其实没有特别特别久，比别的公司要好说话得多，只是说他们的流程有点复杂需要过三天之后付款，我就答应了。结果只是区区这三天，跨越了一个财年。导致我们整个频道的收入什么的，产生了我至今都不能理解的损失，仿佛和广告业绩挂钩，也影响到了部门里很多人的收入。这笔钱非常之大，虽然如此之大，但对于每天忙得浑浑噩噩的我来说，只不过是发票和报表上的一串数字而已。当我得知这笔钱是如此重要，而我草率地答应人家的事，会带来如此重大的损失，我吓尿了。

没有人告诉我，答应别人任何事之前都要请示领导。当然也没有人告诉我什么是财年。

我其实根本不明白发生了什么，我只知道我当着全频道各个节目组被狠狠地骂了一顿，关于我如何负责任，挨骂的现场并没有说，我吓得浑身发冷，一心只想着我怎么这么笨。还没赚到一分钱，就赔上了我家世世代代的身家财产，恨不得把我爷爷的祖宅卖掉，也还不完这笔债。

这一天频道的广告部门各种加班加点，电话打个不停，我也不敢回家，只是坐在那儿，战战兢兢地看着大家补救我的错误。

忙到十一点多，责任编辑出现在办公室。他拍了拍我的肩，说：你还太年轻，犯错误也是正常的。你在这也帮不上什么忙，走吧，我送你回家去。

不知道大家在刚毕业的时候，有没有这么一种错觉：觉得对你很不好的那些人，很像学校里那些严厉的老师，他们虽然针对你、虐待你、羞辱你，最后总会展现出慈祥的一面，让你感受到：老师总是为我好的，总之是我做得不对。

那一天的责任编辑对我的态度，让我感到，他是在磨炼我，而我辜负了他的信任。虽然如此，他还是愿意温和地对待我。

这说明，也许我的工作还是被认可了的，我还是有前途的。

我浑身一松，就站起来跟着他走了。

开车到我租的房子并不远，可他把车子停在了我家楼下，似乎是要跟我谈谈，而我也完全信任有加。他是那么和蔼，那么侃侃而谈，仿佛只是为了安抚我疲惫不堪的心。

他说，这一次的事故虽然非常严重，但是他可以动用在台里这么多年的老关系，上下打点，解决这次危机。只是因为我是一个可造之才。他第一次开始夸我漂亮，说我说话很顺，头脑也清楚，经过一定的培训，就能走上一个正经主播的岗位。他又说，培训也是很难申请到名额的，不过他很多年没遇到像我这么优秀的毕业生了，他愿意动用在台里的老关系为我上下打点。

正在我心里忍不住感激涕零的时候，他目不斜视地盯着前方，把他的老手伸进了我的裙子里。

时值寒冬，我在裙子里穿着厚厚的绒袜。如果是夏天，如果他笔直笔直地摸到的是我的身体，那我可能真的就要去寻死了。

这实在是太可怕了，太黑暗了，这件事本身的恶心，还没有超越他这么长时间以来的所作所为的目的性造成的恶心感。

我冲下了车子，冲回了我租的房子，打开房门，把所有我能锁的全部锁住，面对着一片黑暗，我浑身筛糠一样地抖个不停。我哆哆嗦嗦地摸出手机，毫无悬念地拨通了老程的电话。

后来想想,那时候他的妻子已经怀孕八个月,而我打给他的时间,是凌晨十二点半。那时候的我,完全没想到这一切,而他也毫无道理地马上接起了我的电话。

"喂,喆原?"他说。

骤然听到他的声音,我泪如雨下,浑身却抖得更加厉害。我委屈到了极点,然而却不知道说什么好了,我沉默了一会儿,才张口,说:"程叔叔,过一阵我要回去,要不要给你带点土特产?"

我的声音无论如何努力装作无事,也能听得出剧烈的颤抖和强忍着的哭腔。

程贯中沉默了一会儿,问我:"怎么了?你怎么了喆原?"

我坐在我的出租屋门口,抱着膝盖,一句话也不再说得出口,只是无声地哭到崩溃。

那一天我可能是哭着睡着了。我太累了,太害怕了,耗尽了最后一丝丝精力。被电话吵醒的时候,我睁开双眼,感到刺骨的寒冷如同食人蚂蚁一样啃噬着我的四肢和手指脚趾。我视线模糊,也不知道是几点钟,只机械地接起了电话。

"喆原,你家住在哪里?"程贯中说。

半小时之后,他从机场赶来,敲了我的房门。

时间是早晨六点半,冬天的早晨还是一片漆黑。

再怎么狼狈也罢,我强撑着扯出一个微笑,若无其事地问他怎么来了。他居然也微笑,说他正好要来出差。

天可鉴,我唯一的心愿就是扑进他的怀里,无论如何,抱紧我——之类的,然而我只是穿着昨晚的衣服站在那儿,高跟鞋扔在门口,没有穿鞋子,站在我冰冷如尸体的瓷砖地板上。

老程伸手搓了搓我的肩膀。

都是男人,都是年纪比我大的男人。那个男人的手就像五条狗屎，五条肉蛆，而这个男人的手指就像上帝之手，散发着醉人的芬芳，四散着黄金般的光芒。

老程说：回里屋去换件暖和的睡衣，把鞋子穿好，我给你烧壶热水。

他提起手里的纸袋子，笑着说：我从机场给你买了点早餐。

我终于坐在我租的房子的饭桌前，吃着他给我买的还有醉人的温度的星巴克咖啡和面包，把我遭遇的一切讲给他听。

全程他几乎什么都没说，我只是偶尔看到，他双手紧握，把关节捏得发白。

我讲得其实非常平静。没有哭，讲着讲着，也停止了颤抖。后来想想，抖得停不下来，也可能是饿的。

最后我讲到那个人非礼了我，而且在老程的电话吵醒我之后，我还发现他给我发了一条短信，说我是个好姑娘，让我好好想想。老程的眉头皱得简直能拧出水来。

那我就讲完了。我说。

他低头想了一会儿，问了我是如何进到这个频道实习的，当时托的是哪个台长。针对我这段时间的工作，他又问了好几个问题，我一知半解，能回答的就回答了。然后他让我找出了跟实习相关的各种材料，仔细地看了一遍，问我看过没有，我摇摇头说都直接签了。最后他问了我电视台人们大概的工作时间。聊完这一切，已经是早晨七点，窗外的街道开始有了熙熙攘攘的人声，还有小狗们打架的声音。

恐怖的黑夜终于过去了。

程贯中伸手握住了我握着热水杯的手，他说：喆原，你去好好收拾一下，精精神神的，我带你去电视台。

我不想再见到那个人，走近他的方圆三公里都不要。

可是程贯中在。

无论后来想多少次，我都不明白他是怎么做到的。他怎么能从怀孕的妻子身边爬起来，连夜坐飞机赶到一个一千公里以外的城市，来拯救一个因为太天真愚蠢而被坑得不要不要的女孩子呢？

即便是这么诡异的行程，他都还是那么帅，那么帅。曾经垂在他额头的发丝被理短了，短短的偏分打了发胶，一丝不乱。他穿着米色毛衣的身体是那么魁梧，那么板正，他穿着深棕色休闲裤的双腿简直有十米长。他的手关节分明，那么修长、优美、可靠。他说：我带你去电视台。

好的，程叔叔，没问题，程叔叔，你带我去地狱也OK，带我去全是蛆的大坑里我也去。

虽然受到了巨大的打击，又没有得到暖和的休息，我却精力充沛。我简单地洗了个头，化了妆，穿了一身比较有气势的衣服。在我忙忙叨叨的时候，老程在外面打了个电话。我正在洗头洗脸，没听清他说了什么。

一切就绪，我站在程贯中面前。

他定睛看了我，微笑着说：非常好看。

然后他围上围巾，穿上大衣，简直帅得像天神，带着我走出居民楼，打车到达电视台，刚好是所有人都来上班了，忙忙碌碌刚进入状态的时候。

上了电梯，他问我：台长的办公室在几层？

我被支使常常去找这位台长签字盖章，于是就告诉了他楼层。然后他让我在电梯口等一会儿，我只看到台长亲自出来迎接了他，然后两个人走进办公室关上了门。

他们谈了半小时才出来，程贯中招手叫我过来。

他说：这就是我刚才说的那个小姑娘，我外甥女。

台长和蔼可亲地说：见过见过，可勤快了。

他们俩亲切地握手，台长说：都是小误会，可能是他们频道的同事理解错了。

程贯中笑道：这都是小事，捎带手解释清楚就行了。那我带外甥女过去了，您忙。

我心中讶异于"外甥女"一事，还在心里盘算了一下如果我是他外甥女那我应该叫他什么才不穿帮，表面上努力露出甜美的微笑与台长告别，就跟着程贯中走了。

天助我也，走进节目组办公室的时候，责任编辑正在里头训话。所有人昨天都目睹了他拼命骂我的一幕，也知道广告部的人加班加点的事，如今看到我跟着一个比男演员都不差的男子走进来，全部伸出脖子仔细看着。

责编回了回头,不知道此人什么来路。不过气势自然是在的,他一脸的客客气气,少不得迎上来笑道:您是哪位?

程贯中说:我是温喆原的舅舅,她的监护人。

对方一脸恍然大悟,仿佛是我瞎跟家长告了状,态度马上跪了起来。他说:小温一直在我们部门实习,您想了解情况是不是?我正在开会,您外面稍等一会儿。

然后他就对我说:现在都十点了,迟到一小时。

程贯中笑着说:谈不上迟到不迟到了,喆原以后不在这儿实习了。

对方脸色微微一变,义正词严地说:"实习生离职我们台里也是有明确流程的,不是说走就走的。工作交接也需要做好。"

程贯中抽出我进来的时候签订的实习劳动合同,用令所有人虎躯一震的巨大力道抽在他手边的桌子上,说:"这是电视台正规的实习劳务合同。实习期的薪资,实习期的补助,实习期的工作内容,写得一清二楚。我相信您的部门实习生来来回回这么多,这些内容您都很清楚。"

程贯中大声说:"温喆原为什么要终止实习,你很清楚,我并不想在这里说破。关于所谓的跨财年付款造成的部门损失,是不是完完全全的胡说八道,不光你我心知肚明,在座的每一位心里都有数。唯一不清楚的只有喆原,她甚至大学还没毕业。"

他掏出我今后要交给学校的实习汇报表格,再次用大力甩在桌子上,虽然听起来不是吼,但是却中气十足,振聋发聩地说:"她所有的薪资和补助,所有的实习证明,烦请你一一签字盖章。她参与的每一期节目,请你刻成光盘,寄到表格上的地址。有什么问题请你去请示台长。"

说完,他拉着我的手,转身就走。

我只知道浑浑噩噩地跟着他走。直到走出了电视台的大门,走出了那个该死的街区,程贯中才高高兴兴地回头问我:"吃什么去?我可饿死了。"

我仰着脸看着他,神。不是男神,是超乎了性别的神。是太阳,是宇宙万物的造物主。

他说:"你的脸怎么这么红?"

我发高烧了,病得浑浑噩噩。

程贯中把我抱回家,把我塞进了被子里。他用我的手机给我父母发了短信,又打了几个电话,帮我联系了小时工、护工和搬家的物流公司。除了帮我烧热水,他甚至还帮我煮了一锅粥。

临走的时候,他说:"越是优秀的人,越是会经受很多磨难。你要好好休息,东西都收拾好,回到家,休息好了,给我打电话。来我的公司实习,没有人欺负你。"

怀孕的第十周,宽粉儿带我去做产检和B超。

对于每天早晨孕吐最为严重的我来说,早晨不能吃早饭无异于一场酷刑。

各位不要因为早饭吃完就会被吐掉而瞧不起它。无论精神还是肉体,有没有宽粉儿给我做的早饭也是非常非常不一样的。

然而,站在医院的走廊里,等着无穷无尽的孕妇们挨个看医生,等着前面还有几百号的验血,我简直快要昏倒。

宽粉儿很难过地说:如果你怀的是老程的孩子,你就可以在私立医院,像个公主一样生孩子了。

从头到尾,我也没有幻想过给老程生孩子这件事。

我其实也从来没幻想过跟他结婚。

在我尚未心存任何幻想之前,他就早早地有意无意地强调过,他今生今世是不会再结婚了。

可是就算他没有这个圣旨下来又怎样?我真的有勇气嫁给

他吗？真的有勇气收拾我的细软住进他的家里去吗？真的有勇气给他生孩子吗？

这么多年来，我已经变成了一个不化妆绝不出门的人。哪怕是下楼买菜，我凌乱的发髻也是抓过的，我露出来的半个肩头也是认真调整过的。看起来再怎么素颜，豆沙色的口红还是要涂的。

这和精致的人生态度完全无关，我只是非常清楚，老程极少极少提前跟我约好时间。他总是突然传召我。

说起来，我活这么大，第一次拥有一个可以完全放松的地方，居然就是我和宽粉儿建立的家。

小时候和父母生活在一起的时候，他们俩不知道为什么永恒地看我不顺眼，后来上学在宿舍显然也无法舒展身心。

而我和宽粉儿结婚没多久，搬进新家的那个盛夏，某一个悠闲的周末的中午，宽粉儿浑身只穿着一条深褐色非常松垮的棉布裤衩子出现在我面前。值得一提的两点是：第一，这条裤衩上有好几个洞。第二，屁股那里磨得几乎透明，宽粉儿性感的股沟若隐若现。

我不由得回忆起我爷爷在世时有一件这个质感的跨栏背心，一旦破了个洞，柔软的棉布就会四下卷边儿，很有设计感。而如此越穿越长的材质一旦成为裤衩，裤裆的位置自然非常飘逸壮观。

宽粉儿站在我面前义正词严地介绍他的这条裤衩道：

"这是我最喜欢的一条裤衩,你看它都这样了我也不舍得扔。我小时候穿就正合适,现在穿还正合适,它跟我心有灵犀。"

我很有礼貌地点点头说:"确实是正合适。"

宽粉儿又说:"我穿着它难免在某些动作下会让你看到一些不好的东西,不过佛说,色即是空空即是色,世间万物皆有佛性……"

我打断他:"你在我眼里就是一堆白骨,白骨一般都不会长不好的东西。"

当时我正穿着一条从领子里能看到肚脐眼儿的T恤,光着腿在喝咖啡。身心如此放松,那是我第一次觉得,长大真好,想干吗干吗真好。

而如今我显然更自由了。

出门到医院产检,我穿着一身除了"暖和"外完全没有任何可评价词汇的衣裳。我没力气洗澡,头发早已一言难尽,用一个非常花哨的玳瑁卡子别在头顶。

我不担心老程会出现。尤其是他已经做到付给我一大笔分手费之后。

可是如果我是给他生孩子呢?

每天的生活已经艰难到了顶点,如果宽粉儿不在我身边,在我身边的是老程呢?不论老程会怎么看我,我真的能承受自己以这么狼狈的模样出现在老程面前吗?我还能扮成温柔可爱的、精致漂亮的女朋友吗?

女朋友？

我突然有点自嘲。也许从始至终，我只是一个谁都不知道的秘密情妇罢了。

终于，憋了天大的一泡尿，手臂被插成了筛子，折腾得我已经濒临崩溃之后，我终于拿着一大堆化验单坐进了医生的诊室。

医生很不耐烦地说："B超单呢？"

我说："我老公去取了，马上就来。"

医生啧了一声骂我："结果都拿全了再来！下一个！马小炮！马小炮！"

还好宽粉儿脚下抹油一般地健步如飞，他举着B超单喜气洋洋地冲进来，对大腹便便的马小炮女士真诚地道歉之后，兴奋地对我说："快看快看，小橘子！"

我低头看B超单。

怎么说呢，好奇妙，我居然就那么热泪盈眶。

在一张只有两厘米见方的小小的黑漆马虎的图上，一个圆圆的胎囊中，躺着一个安安静静的小人儿。她有小鼻子、小脑门、小手，她就那么乖乖地躺在那儿，好像睡在世界上最舒服的地方。

我第一次看到我和宽粉儿创造出来的这个小动物。从无到有，从小蝌蚪和小元宵，裂成两个、四个、八个细胞，短短十周之后，居然就成了这样一个妙不可言的小人儿。

在亲眼看到这个小人儿之前，我还以为我怀的是一个装满呕吐物的囊呢。

医生超不耐烦地劈手夺过我的 B 超单，全部看了看，说，孕酮有点低，给你开点口服的药回家吃去。胎心胎芽都有了啊，你这个孕周不对啊，预产期往前提，嗯——八天。

我都听不懂，也不明白为什么，我只知道这个 B 超单过一会儿就要被医生收走了，于是恳求她道：您让我拍张照好吗？大夫，求求您啦。

于是，等回到家瘫软在床上，我看着我的手机里小小的人，再次感慨这件事的奇妙。

等等……

我问宽粉儿："你刚才说小橘子？"

"对啊。"

"你怎么知道是女孩子？"

"为什么只有女孩子才能叫橘子？"

"啊！对啊！"

可是宽粉儿又神秘地凑过来说："我跟你说，我做了胎梦。梦见一个超可爱的小姑娘，叫我爸爸。"

"胎梦至少也要我来做吧？"

宽粉儿鄙视地说："人家小橘子倒是想找你做胎梦，插得进去嘴吗？你那儿都是什么老东西。你放心吧，胎梦全家都能做，都准！"

"那我叫橘子，闺女也叫橘子，你一喊谁来啊？"

"外国人还祖祖辈辈都叫彼得一个名儿呢。"

"……"

"有了，就叫柚子。大名就叫刘柚。怎么样？"

宽粉儿大声表扬我有才华，并且发了朋友圈，说我们的闺女叫刘柚。

很快我妈和他妈都回复了，一来表示这什么烂名儿，二来表示肯定是儿子，三来表示三个月之内不许瞎说赶紧把朋友圈删了。

后来我妈又给我发了个私信，说她一直很喜欢飞翔的翔字，当年就很想给我取名叫温翔。

我说谢谢妈，您真是一位伟大的母亲！

我突然想起一个早就该想起来的问题："细粉儿明明叫冯远洋，为什么又叫细粉儿？"

"因为他细呀。"宽粉儿吸着酸奶说。

轰，我的脸都红了。聊什么呢！

宽粉儿看着我一脸震惊的模样，震惊地说："你不觉得他特别细吗？"

我上哪儿去知道细粉儿细不细？！

宽粉儿张牙舞爪地说："不细吗？！显而易见啊，我从来没见过这么又细又软的黄毛！"

"黄毛？！"我突然明白过来，他是在说细粉儿的头发。

我抚摸着自己的胸口说:"吓死我了,说什么又细又软。"

宽粉儿也突然明白过来我在想什么,他冷冷地瞪着我说:"温翔,朋友妻不可戏。"

"哈哈哈,大哥我错了,求求你别叫我温翔行吗?"

宽粉儿说:"你不觉得出门一趟,你身体好很多吗?咱们出去遛遛弯,呼吸呼吸新鲜空气去。"

初冬的这一天阴云密布,空气清新。天空中有大团大团的灰色云朵,美不胜收。

工作日下午的居民区附近,人烟稀少,路边两排高大的梧桐树,落得满地黄叶。我和宽粉儿手拉着手,龟速散步。

这个天气引人惆怅,走着走着,我不由自主地说:我好想老程。

我不知道宽粉儿什么表情(虽然想也知道),不过我好想老程,好想好想。我想念他夜里睡得很熟,不由自主地用力搂着我的样子。平时看起来再怎么冷酷、高大、恐怖,深夜却那么没有安全感地寻找温暖的可以搂着的东西。

那个样子超可爱。

虽然无论精神上、事业上、生活上和消费能力上,我完全无法和老程比肩,但我能感觉到,老程迷恋我的身体。不是恶心的那种迷恋,是好像孩子迷恋妈妈的怀抱的那种迷恋。这么说好像更恶心了,但和老程一起度过不计其数的夜晚的时候,在很深很深的疲惫的夜里,他好像不再是那个自私的男人、那个凶狠的领导,他会变成一个小孩子,试图在柔软的床上和柔软的怀抱里找到一个舒服的姿势。

老程比我大十五岁。我出生的时候他已经是一个少年。

我无数次地幻想,十五岁的程贯中是个什么样的孩子?会不会和肖小群一样,虽然瘦瘦小小,跟人厮打的时候却双眼饱含杀气,就像一只少年的狼?

可惜我连问一问他都不敢。

如果我和他一样大,我会不会成为跟他相伴终身的那个人?

如果我比他年纪还大,他会不会依赖我,会不会向我倾诉他的伤心和无助?

"和你在一起的时候,是我唯一能好好休息的时候。"老程这么说。

"那么你不想我吗?"我在心里,第一千次地这样问他。

走过一个娃娃店的时候,我说:"宽粉儿我想要那个大熊。"

宽粉儿说:"好啊。"

"回家我把老程的围脖给他扎上,把它当老程搂着。"

"……好吧。"然后他又嘀咕说,"那我岂不是跟老程睡了。"

走进玩具店的时候,门口的瓷砖上的水害我滑了一下。挑选了一只棕色的长得很标致的大熊走出店门,突然,一股热流呼呼流下了我的腿。

如果宽粉儿知道怀一个孩子是如此大起大落、大悲大喜，他一定会再好好考虑考虑。

将近一米八的老爷们，把我抱到医院的路上，泪流满面，鼻涕横流。

终于在那一天的下午五点左右，宽粉儿跑遍了各大部门，给我申请到了一个住院床位。

先兆流产，血虽然一直在流，但是流得也没有特别多。做了各种检查，虽然孕酮低得吓人，但孩子还在。

小柚子还在我的肚子里。

我一动也不敢动地躺着，看着宽粉儿坐在床边，不停地对我说："咱们的小孩子不会有事的，小柚子不会有事的。"

他想了想，又摸着我脑门的头发对我说："前三个月的小朋友，来来去去，都是大自然老爷爷的心意，没什么好难过的。乖，橘子。"

如果是在昨天，我还没在 B 超单上看过小柚子的模样，这个说法一定能说服我。

可是此时此刻，我想着虽然还在我肚子里，可是小柚子可能正在一点一滴地流失。我吓坏了，满心满脑子都是宽粉儿说的：每个小朋友在天上选好了爸爸妈妈，才投胎来找我们。

因为我没事要什么娃娃，我可能会辜负了小柚子对我们的希望。

眼下那个两百块钱的熊仔已经被丢在了玩具店，我只盼着我快点好起来，流血快点停止。

我在心里一直对小柚子喊话，告诉她一定要坚强，一定要撑一撑，再撑一撑，再等一等。

可是血一直不停地流着，第四天，我已经快要疯了。

我躺在病床上，望着窗外。宽粉儿后来说，我看起来很安静，其实眼神里全是疯狂和害怕。

"就像恐怖电影里的那种神经病。"他说。

第五天的清晨，我貌似很平静地去厕所呕吐，又尿了个尿，看到卫生纸上的血迹，我已经绝望了。算了，都是大自然老爷爷的心意，来来去去无所谓，我对自己说。

回到床上，宽粉儿提着他凌晨五点回家去煮好又带回来的阳春面（几乎是我唯一吃得下的早餐）给我吃。他说："橘子我跟你说件事，你别生气。"

"生气？"我心想，你能干什么事让我生气？你趁我不注意把明明还坚持着的小柚子掏出来扔了?

宽粉儿说:"我给老程发了个微信,告诉他你情况很不好,希望他能来医院看看你。"

我面无表情地看着宽粉儿,不知道怎么骂丫的。

我的内心有一个小人儿在疯狂地原地乱跑,抱着她的头,撕扯着她的头发,不停地尖叫着:怎么办,怎么办,怎么办!

宽粉儿忐忑地望着面无表情的我,我可能发了足足五分钟的呆,然后艰难地开口:"我的口红呢?"

然而,比老程来到医院,看到面如死灰、神情呆滞的我更可怕的是,老程根本没来。

宽粉儿简直无语了,我觉得这可能是他这辈子最想打人的时候。

他说:"真的,橘子,都是我的错,可是我真的没想到他居然不会来。"

我躺在病床上,呆呆地望着窗外的树叶,突然痛哭了起来。

宽粉儿吓疯了,他搂住我说:"没事儿,没事儿,你乖,咱们以后还能找到更老的大叔,快别哭了,橘子!"

我哭得上气不接下气地说:"咱们的小柚子没了!"

我感到大股的什么东西流了出来。第八天,撑了第八天的小柚子,终于回到大自然中去了。

宽粉儿泪流满面地按了服务铃。护士来了,见我们俩哭得如此凄惨,便火速呼叫了主治大夫。她把胎心仪按在我的肚子上。

嘣咚，嘣咚，嘣咚，嘣咚。

"小孩挺好的啊。"

护士说。

……

总之，一个大血块流了出去，我长达八天的出血终于停止了。孕酮值恢复正常，小孩子心跳咚咚咚的，十分平稳。我不知道为什么，大夫也解释不清楚。唯一能解释这件事的人只有柚子本人，等她长大了我会问问她。

这八天是多么的黑暗，多么的恐怖。宽粉儿在医院没有床位，每天晚上我都在绝望恐惧中等待着天亮。虽然在心里热切地期待着流血停止，同时也在悲痛地等待着小孩子的流失。

很难说老程没有来给我造成了什么伤害，因为当小柚子没事了之后，这种伤害似乎也不复存在了。

只是我早已绝望，以为一辈子都不可能有机会再见到老程。

如果宽粉儿手不欠，没有联系老程，我本人是绝对没有勇气去联系他的。就算我死了，可能也只是留下一些遗物（信件什么的）默默地写上"程贯中收"，然后等待历史学家翻开我的坟墓，发现这一切。

突然被燃起了希望，又被现实扑灭，一定是比毫无希望要痛苦百倍的。

其实在内心深处，我知道他不会来。跟无情、自私、冷血什么的没关系，他一定认为我和宽粉儿的孩子跟他是没有关系的。当然我说的都是借口，我不知道他是怎么想的。并且无论他做什么，我都能帮他找到借口。

我差点流产，他没来看我，那又怎样？他可是曾经坐夜班航班，连夜赶来救我的人啊。

那一年我独自一人，整理了我大学期间的几乎所有家当，退掉了租的房子，准备搬家回北京。

在收拾准备期间，我的八个多月的实习薪资居然真的发下来了。连工资带补助居然有一万块钱，我觉得简直是天降巨款。而我的实习报告也盖好了章，走好了流程，光盘刻得整整齐齐，一期不少，全部寄给了我。

在我买好了火车票准备回家的时候，原先在电视台经常接触的一个同事突然告诉我：那个责任编辑辞职了。

这个同事是我们频道财务部门的，跟我们节目组不算一个部门。而我常常被支使去跟她们沟通，一来二去就混熟了。

"都说他去私企了，赚大钱去了，我怎么觉得不像啊。他一直带着你，你知不知道什么内幕啊？"

我说我不被主任骂死就不错了，还能知道什么内幕。

"你知道吗，好多年以前有一个实习生，家里好像挺困难的，小姑娘长得挺好看的，你们节目组当时的编导跟我说，他把人家给那个了。"

他果然不是第一次了。

我假装震惊地说:"这么孙子?这都没把他开除?"

她说:"开什么除啊,小姑娘没身份、没背景、没钱,谁帮她说话啊?他这回肯定惹到什么惹不起的人了。"

"惹不起的人",这个名字太适合老程了,就像"连名字都不能提的人"。

我从来没有那么开心那么充满希望过,因为我知道,回到北京,就能到"惹不起的人"的公司去实习。就算不能每天都见到他,我至少每周能见到他。

"在我的公司实习,没有人欺负你。"

通知我爸妈了之后,我妈马上打来电话,质问我为什么要终止实习。

虽然我真的不想费劲跟她解释,但是不把这恶心的事说出来,我妈绝不会饶过我。于是我就给她讲了一遍,讲到最后差点哭出来了。当然跟老程相关的各种情节我都没提。

我一直觉得,那好歹是我妈。她不可能不顾我的安危,不可能不顾我的幸福。

然而我妈甚至可能没有听清我说了什么,就满不在乎地大声斥责道:"你都这么大了,怎么这点事都处理不好?你肯定是平时干了什么得罪你领导了,你知不知道,领导不能得罪啊?再说了,你因为这就要离职?我还就不信了,他能强奸你不成?"

我的心都凉了。

在此之前,我爸妈能对我做的专断的决定,除了报培训班,就是逼我学习,没别的。他们不让我养动物,那我就不养。他们不让我学美术,那我就不学。学生的世界何等单纯,我从未想过我的母亲是如此无情和恶毒。

多年之后我才想明白,我妈并不是恶毒。她只是狭隘和专断罢了。终身在同一个国企上班,那一年已经提前退休了的她,当然没有碰到过被上级领导排挤和性骚扰的事。

"我都没遇到过的事儿,这世界上还能发生不成?"这就是我妈的逻辑。

至于我爸,听我妈转述了这件事之后,只对我说了一句话:"我以后再也不管你的工作了。"就好像电视台的实习机会是我哭着喊着求来的一样。

还好我不需要我爸给我找任何实习机会。

我回到家之后,马上就自己出去找了个房子,用我大学时候兼职攒下来的钱付了一个季度的房租,我高高兴兴地给老程发了一个短信说:程叔叔,我回来了。我什么时候能去上班?

老程所在的公司，是一家知名快消品牌，旗下有零食小吃、日用品、化妆品三条业务线。我十七岁的时候，三十二岁的他升职为广告部的部门经理，在我进入他的部门实习的时候，他是化妆品产品线销售和广告的负责人。在我决定和宽粉儿生一个小孩子的前两年，他成为该集团主管广告和销售的VP。

　　那一年公司员工超三千人，一个季度的市场费用就有几千万。所以凡是想赚广告费的各大媒体，即便不跪下来叫爸爸，至少也得是客客气气的吧。

　　进入公司的第一天，我甚至没有见到老程。

　　我所在的部门是负责一个护肤品系列的广告投放的，之所以把我放到这儿，是因为这个部门现在人手非常的不足。不足到，只剩了一个人……

　　她的领导，她的下属，她的小伙伴，前呼后拥，前仆后继，全部辞职了。后来我才知道应该是有人挖墙脚，把她的上级主管挖走了，结果上级主管带了一整个团队走。至于她为什么会留下来，我怎么知道。

这个单独被留下来的名叫孙白萍的女生，非常非常之美貌。

部门助理把我带到她身边的时候我都震惊了，我从来没见过真的活生生的人，拥有这样一头云雾一般的及腰卷发。她的妆容精致，皮肤白皙，衣着得体，香味也恰到好处。重点是她的一双大眼睛颜色浅浅的，仿佛笼罩了一层薄纱，极其温柔。

重点是后来我很快就发现，她智商也完全不低。无论跟同事沟通还是做她的工作，该温和就温和，该强势就强势，反应又快，能力又强。中午吃个饭随口讲个段子，真的好笑，每个人都前仰后合。重点是她也不装，上班时间不是特别忙就淘宝，有时候还看鬼故事。

这这这，真的是人类吗，人类可以如此完美吗？

入职的第一天她给我讲产品，说真的我基本上什么都没记住。我光顾着看她如梦如幻的浅褐色眼睛，细嫩的眼皮子上无论眼线还是眼影都是如此完美。讲完产品我们碰巧了要一起去尿尿，站在厕所的镜子前面，我发现一个又干又扁的村妞儿黯淡无光地站在她身边。

这是我第一次学到：你觉得自己长得挺好看的，是因为没有比较。

说句大实话，她的存在给了我莫大的打击。

如果没有老程存在,我可能会疯狂地迷恋此人,最后变成拉拉也不意外。可惜我早已抢先一步疯狂地迷恋着老程了,而一个暗恋着比自己高级太多的人类的少女,内心充满了不安全感,全世界几乎都是假想敌;更何况好不容易进入他的公司的我,幻想着终于能把自己的美好每周至少一次地绽放给老程看,结果,身边这朵比我美好一万倍啊!

可能换了心再大的少女都会不爽,何况是我。

我实习的第二周上午,正在仔细研读官网和产品手册的时候,老程才第一次出现在公司。

他精精神神地走过办公区,所有人都向他打招呼。

孙白萍甜甜地叫了一声程总,他也微笑着回答了一声早。而我,面红耳赤,连抬起头的勇气都没有。

半小时之后开部门周会,所有市场部的员工齐聚一堂,我甚至连会议室的桌子都靠不上边,只能抱着笔记本挤在一棵盆栽旁边。

各个部门挨个汇报,到我们部门的时候,孙白萍说:我们这儿终于来实习生了,大家鼓掌!

所有人的目光都投了过来,现场掌声雷动。我再怎么稚嫩都能明白,这掌声又不是给我的,是给孙白萍的。她这种又漂亮又可爱的女孩子,人缘好得很。大家鼓掌的点不过在于说终于有人分担她的工作,哪怕说是一个实习生。

我在密密麻麻的脑袋中间偷看坐在最远处的程贯中，他微笑得那么灿烂，那么好看。他说：慢慢会招上来人的，我会盯HR，你再坚持坚持。

他的眼睛温和地盯着孙白萍。

整整一天，他来我们的工位找孙白萍三次，打电话叫孙白萍去他办公室两次，却从没正眼看过我一眼。

我算什么？为什么他要正眼看我？

他从那个恐怖的电视台里把我捡回来，我居然还想让他正眼看我，这也太过分了。

在无限的失落和沮丧中，我不断地安慰着自己。

无论是情敌还是假想敌，当你如此认定一个女孩子的时候，她的美貌就会在你的心目中无限地放大。第二周结束的时候，孙白萍在我眼中已是美到恐怖。类似于白骨精、狐狸精、蜘蛛精，以及蛇妖，绝无贬义，就是那种本身就美貌的动物修炼成精之后的美貌。

然而其实她只是每天忙到脚打后脑勺，被千头万绪的工作缠绕得不可开交，还要走到哪里都带着我。哪怕是忙里偷闲的午饭时间，也尽可能地带着我融入部门。而半个月过去还没有被程贯中多看一眼的我，终于良心发现，决定还是把心思扑在工作上。

因为我曾经在电视台误打误撞地被分派了很多电视广告方面的工作，接手电视广告投放方面的活意外的顺手。而孙白萍也实在忙到分身乏术,很快电视广告部分的广告公司联系人都交接给了我,不久媒体联系人也交接给了我。

在我入职的第三个月,我经手的第一组电视广告片进入了内部审核阶段。

程贯中、孙白萍和我,在一个会议室,把三个片子都看完,老程久久没有说话。

苍天在上,这几分钟我都快拉稀了。

然后老程张口道:跟以前的风格挺不一样的。

孙白萍说:基本上全是小温跟下来的,她提了很多修改意见,我觉得挺好的,就采纳了一些。大的主题都跟咱们之前定的一样都没变,细节修改了之后感觉就很不一样了。

老程说:咱们的平面广告这一季都是以白色为主色调,为什么电视广告连色调都变了?

我已经心慌得眼泪都快流出来。之前还写了PPT解释为什么要采用裸粉色的画面,眼下已经一个字也解释不出来。

孙白萍说:这一季的推广主题是自然,对于动态视频来说,裸粉色给人更加健康自然的感觉,跟平面主视觉的白色不冲突。

孙白萍在投影画面上打开一张广告公司发来的示意图,是在高档居民楼的电梯间内同时投放视频广告和平面广告的画面,裸粉色和白色两个画面很和谐,没有不妥之处。

老程没有说话。接着他又看了几遍,提出了几个细节上的质疑,最后他和孙白萍碰好了修改意见。而我在记录下来所有修改意见的同时，拼命地忍住眼泪。

整个会议开了好几个小时，等到一切都碰到了，得出的结论是：先改，改好了再碰。老程说："怎么样，最近工作排开了轻松多了吧？"

气氛马上不一样了，孙白萍绽放了一个水莲花一样温柔甜美的微笑说："我这轻松多了，小温可能干了！下一步我准备把那广告公司的Tony也交接给小温，看看她能不能厉害起来对付他。"

老程又交代了几件其他的事儿，就说那就到这吧，去忙吧。

我正收拾本子要站起来的时候，他突然说："喆原你留一下。"

孙白萍出去之后，老程问我："你哭什么？"

我的眼泪一下子决堤。

我哭什么？我猜早已久经沙场、面对过成百上千新员工老员工的程贯中，一定觉得我莫名其妙极了。

我想说，电视剧里绝对都是骗人的。没日没夜地努力工作，终于做出了一鸣惊人的作品，结果升职加薪获得老板的垂爱，这一切都是逗贫呢！事实是，我倾其所有跟出来的广告片，还是有三十多个地方需要修改。

而程贯中不但没有夸我一句，更连一个正脸都没有给我。

我更悲痛于自己的没用。我明明做好了万全的准备，明明那张视频广告和平面广告同时投放的示意图也是我让广告公司做的。但面对程贯中的质问,我只觉得五雷轰顶,觉得我错了,全是我错了。我为什么要这么做,我是不是有病?我一句话都说不出来,什么都没法说清楚。居然全是孙白萍为我解释,替我解围。

我更痛恨自己居然嫩到连眼泪都忍不住。

眼下我泣不成声,怎么解释?

我说我想到大清灭了明王朝,我汉人自此失了疆土,不由得悲从中来?

花了五分钟吧可能,我终于憋回去了我的眼泪。

等抬起头来的时候,我看到程贯中乐不可支地看着我。

他说:"咱们第一次见面的时候,你也是莫名其妙地哭了。"

我一边沉醉在他那惊艳绝俗的笑容中,一边在心里骂娘。

老子丢人现眼又不是第一次了,还真是。

他笑着拍了拍我的肩膀说:"进了我们公司就不能叫我叔叔了。加油好好干,回头叔叔请你吃饭。"

……不是说好不能再叫叔叔了吗!

他把我留下来,看我哭了五分钟,对我说了两句话,就治愈了我所有的委屈和担心。

我敢断言,全公司三千人,没有第二个员工能在会议室听他说:回头叔叔请你吃饭。

然而也不是程贯中言而不信,是我开完这次会立马就回学校去准备答辩了。答辩、毕业典礼、各种聚会,直到八月才回北京。回到公司，孙白萍已经成了护肤组的组长。组里也有了两个新同事。我一进公司，白萍就对我说：走，咱们聊聊去。

我跟着一头云雾般美丽的长发走进会议室，一关门，她就马上咯咯咯地笑起来说："哈哈哈哈哈，没想到吧，老子升职啦！"

然后她把手一伸，说："坐。"

我一头黑线，心想世界上怎么会有这么可爱的人。

然后她很正经八百地对我说："你不在期间，你跟的几个片子改好了，给郑总也审过了。郑总觉得很不错，现在你毕业证什么的都拿到了，咱们这的试用期是三个月，你之前的实习期也满三个月了。程总的意思是，本周给你办好转正流程，你就是正式员工了，职位是市场专员，月薪是四千。你有什么异议就跟我提。"

她一本正经地撩了一下头发说："我是你的直属领导，无论工作中出现任何问题你都可以随时和我沟通。新来的两个员工一会儿我会带你去认识，他们的工作经验比你多，职位是主管，但是部门里你们是平级关系，都直接向我汇报，"说着她又撩了一下头发，"你不需要产生什么心理压力。而且他们俩入职才一周，公司的事你比他们还熟呢！那，转正的事你有什么异议？"

"什么异议？！没有没有！"

"薪资也OK？"

我的天哪，四千，我以后就是每个月赚四千块钱的人了，谁敢跟我说异议俩字儿？

我连连摆手，头摇得仿佛要把眼珠子都甩出来了。

她高兴地说："好了好了，谈完了谈完了！中午吃什么？"

下午，白萍带我见了新来的两个小帅哥（根据身材姑且称为小大和小杆），别的组的同事也都来找我聊天。虽然程贯中没有出现，但我觉得好像回到家了一样，不禁有点感动。

下午我们组的群里轰轰烈烈，小杆问白萍："萍姐，什么时候聚餐啊，说了好长时间了啊。"

小大凑趣说："趁着程老大不在，择日不如撞日，就今天吧！你说呢，萍姐？"

白萍说："什么叫程老大不在啊，你们缺不缺心眼儿啊。那好吧，那就今天吧，你们俩找好地方，团购好通知我们啊。"

白萍一定不知道我一直在心里把她当作假想敌。可是她是那么自然而然地帮着我、护着我，好像总是跟我在一个阵线上。如果没有程贯中，我已经是个拉拉没跑儿了。我的意思是，我也一定会打心眼里特别特别地喜欢白萍，喜欢得不可自拔的那种。

就在我们组的四个人下午还没到下班的点儿就收拾东西悄悄起身要溜出去先撮一顿麻辣香锅再去唱歌的时候，在公司门口跟程贯中撞个正着。

我已经好几个月没看到他了。

盛夏时节的他穿着一件浅蓝色的衬衫，最上面的扣子打开着，露出鲜明的锁骨，上面还有一两颗汗珠。

我不由自主地咽了一口唾沫，只听他呵斥道："干吗去？"

大家都噤若寒蝉，因为都被抓了个现形。

白萍嬉皮笑脸地说："今天没什么事，我们去团建。正好小温回来了，大家熟悉熟悉。"

老程用他鹰一样的黑眼睛瞄了一眼小鸡崽儿一样的两个男生，说："好啊，一起聚聚。你们先去，我一会儿去找你们。"

然后他瞪了他们一眼，如小旋风一样离去。

除了我之外的三个人，每个人都在微笑之下写满了 What。我们沉默无语地走出大楼，又走出好远，小大才冲口而出："程老大真是太恐怖了！你们知道他给我面试的时候有多恐怖吗？他肯定觉得咱们部门的人偷懒去了！"

白萍笑着说："咱们难道不是偷懒去了？"

小大说："咱们聚会，程老大来干吗啊？难道每个组聚会他都来？"

白萍说："重视咱们组呗，给咱们鼓舞士气呢，知道吗？"

这两个男生很贫，也很逗。我知道在他们的眼里白萍如天女下凡一般，而白萍又是他们的直属领导。但话里话外，他们没有把我当成空气忽略，也没有把我当成白萍的陪衬，这让我至少有了一丝丝自信：我也不是自己想的那么黯淡和难看。

我们以为程贯中至少要晚上才出现在KTV包厢里，结果麻辣香锅还没吃完他就来了。来的时候小大正在问我："你有男朋友吗，小温？"

老程站在他身后，含着一丝若有若无的微笑看着他。

我马上满脸通红，结结巴巴地说："没……没有……"

小杆说："没有？真的假的？这年头美女都不找男朋友了？"

小大甩了他一巴掌说："你有机会了哎！"

小杆马上问我："我的希望大吗？"

"公司内部不许谈恋爱，谈恋爱的立马开除。"

他们两个立马僵成两块石头。

"程总，我不会在公司内部谈恋爱的，您放心！"我居然脱口而出。

白萍笑道："还是小温好！你们这两个没正经的能不能把心思放在工作上？"

两个男生给老程端茶递水又夹菜，唯唯诺诺好像两个太监。

我躲在角落看着他们三个驾轻就熟地服侍着老程，气氛虽然完全不像刚才那么轻松，却独有一种热络（就是大老板在场时候的那种热络），不由得有点忧伤。

在公司内部谈恋爱？我能跟谁谈去？

整个晚上我都如坐针毡。我是个不会唱歌的人，五音不全如同废柴,尤其在听了白萍的歌声之后我直接下定决心,哪怕把我碎尸万段,我也绝不在老程面前唱一首。

后来他们又起哄让老程唱歌,老程推脱了半天说他都不会唱年轻人的歌了,然后他唱了一首《三套车》。

即便是在下火一般的盛夏,这首凄凉的老歌还是令人感到刺骨的寒冷,就像站在俄罗斯的严冬中,站在结成了冰的伏尔加河河畔上。

老程的歌声如此低沉。我从来没听过如此动人的歌,此前没有,此后没有,永远不会有别人的歌声比老程还美好。

两个男生在摇骰子,歌声如凤凰尾羽一般的白萍一首接一首地唱着忧伤的情歌。我和老程坐在黑洞洞的包厢遥不可及的两端,我一小瓶一小瓶地喝着啤酒,他一根接一根地抽着烟。

我不敢看他,也知道他绝不会看我。可是能如此和他共处一室,我只觉得分分秒秒都是难得。越是珍惜,时光越是飞逝。这一天九点多,老程说:"你们早点散了吧,女孩子都得早点回家。"

小伙子们正如坐针毡,于是纷纷告辞。老程说:"白萍,我跟你顺路,我可以送你。喆原,你住哪儿?"

这个时候我已经有点醉了,晕晕的。我心想,他知道白萍住在哪里。

我随口说了我的地址,他笑着对我说:"你也一起吧。"

那时候二十二岁的我,大学生涯也好,同学聚会也好,并没有喝过什么酒。我不知道原来酒劲是这样的,当你喝得晕乎乎的时候,哪怕马上住嘴,也会越来越晕,越来越晕。

我坐在程贯中车的后座,望着北京的夏季的十点钟的街道。每个人都刚刚开始他们的夜晚,他们在遛弯,在嬉闹,在撸串,在等车。而我坐在程贯中的豪车的后座上,望着窗外的灯红酒绿,听着他和白萍在你一言我一语顺畅而愉快地对话。白萍的卷发就像仙境的云笼罩在前座的靠背上,随着窗外的灯光,时而变成金黄色,时而变成五彩斑斓的颜色。

我不记得他们说了什么,只是我那么醉那么醉,窗外的每一个人都变成了许多许多人。

当老程把白萍送到了家的时候,我下车向白萍挥手拜拜,然后就情不自禁地爬上了老程车的副驾驶座。

并不是我熟知职场坐老板车的准则,我只是浑身的细胞不自觉地想要趋近老程。

因为很醉,所以我没注意到,程贯中发动了车子,掉了个头,朝反方向驶去。

我向他笑了一下。而我自己根本不知道,这个微笑有多么醉醺醺的像个疯子。

老程说:"你酒量不太行啊。"

我笑呵呵地说:"从来没有喝醉过,今天是第一次。"

老程摇下车窗,点起烟。他打了发蜡的头发已经松散下来,随着窗外的风吹拂在他刀刻一般的脸上。他抽烟的样子好像一只在冻成了冰河的伏尔加河边抽烟的狼。等他丢掉烟头,摇上车窗,轻轻地瞥了我一眼,用低沉如地震般的声音问我"你在看什么"的时候,我才发现,我几乎是流着哈喇子盯着他看了一根烟的工夫。

吓得我酒都醒了。我脸变得通红,转头看向窗外。

"……程总,这是哪儿?"

"回你家的路上啊。"

"从……从哪儿回我家啊?"

"从白萍家啊。"

"……"

我看见一个路标,大望路。而我们方才吃饭唱歌的地方,在此地和我家的中间。

我说:"程总您家在哪儿啊?"

他又瞥了我一眼说:"你要去我家楼下静坐?"

……我为什么要去您家楼下静坐?!

然而我没好意思问出口,尴尬地坐了一会儿之后,我问出了一个有智商的员工绝对不会问出口的一个问题。

我说:"您的小宝宝几个月了?"

老程从来不在他的任何员工面前透露任何私生活。虽然大家都知道他的生活状况,但绝对不会有人当着他的面大喇喇地问出"宝宝几个月"这种诡异的问题。

老程又看了我一眼。

我没敢看他,不知道是一个什么眼神,只知道他又摇开了车窗,点了一根烟。

天真的我不明白这个问题有什么不好回答的,就默默地等着他。

他吐了口烟,看到我天真无邪的表情,无奈地笑了一下说:"四个月吧。"

完全不知道四个月的婴儿应该发展出了什么技能的我,居然满嘴鬼扯地问:"啊,四个月,会爬了吗?"

婴儿是会爬的,彼时的我还觉得自己问了个很专业的问题。

但老程又沉默着慢慢抽了几口烟,说:"我不知道。"

一个未婚未育,连男朋友都没交过一个的我,却依稀觉得,爸爸不应该不知道自己的孩子会不会爬。

我只能尴尬地笑着说:"程总太忙了,没办法呀。"

老程又看了我一眼。

说起来那天晚上他郑重其事地扭过脑袋来看了好几眼，而我居然还没发现自己的行径多么诡异。

他说："她要是能像你这么想就好了。"

路上车子开了一个半小时，有几个路段非常拥堵，路边都是酒吧，红男绿女的声音嘈杂极了。

老程看着我望向窗外的样子问："没来过？大学的时候不跟同学去泡吧？"

我老实巴交地说："泡，泡网吧，打游戏。"

"你不像打游戏的人。"他说。

我说："我打得还行，有机会咱们一起打游戏。"

宽粉儿听我讲这一段的时候，差点乐劈了。他说但凡一个心怀不轨的姑娘，这个时候都会说，那你觉得我像什么样的人，而不是说，有机会咱们一起打游戏。

听他这么一说我才明白当时老程为什么喷了。他哈哈哈地笑了一会儿之后说："有机会叔叔带你去喝酒。"

我很开怀地："您不是说我进了公司就不许叫叔叔了吗？"

他笑着说："是，是我说的。可是私下听你叫程总，可真奇怪。"

"这个时候一个正常的姑娘应该说，那以后只有咱们俩的时候我就叫你叔叔。"宽粉儿说。

可是我说："习惯了就不奇怪了！"

送我到楼下,我觉得一路上气氛很好,今天没白活,就高兴地跳下了车。

老程问我:"自己上楼不害怕?"

我高兴地说:"有啥可害怕的?"

他就挂着一个大大的微笑向我告别,开车走了。

听完我这一天的经历的宽粉儿,捂着笑疼了的肚子,夸奖我说:"你可真是女中屌丝。"

第二天回到公司去上班,一切照旧。护肤组的所有人中,只有白萍直接向老程汇报。我们三个各自分到了一些项目和媒体,在忙忙叨叨的电话会议、改方案、盯进度、催稿件中度过。小大和小杆两个人都很贫,尤其是小杆简直贫到了宇宙的尽头。他俩虽然工作两三年了却常常干一些很没溜儿的事情。我也很稚嫩,有时候会犯极为低级的错误,但是白萍不怎么训斥我,而常常训斥他们俩。

虽然如此,我还是无法敞开心扉地去爱白萍,因为老程真的非常照顾她。

这一年秋天的展会上,小杆和彩妆组的人在开展前一周,把参展抽奖用的四十个 iPad 丢在了出租车上。价值二十万,两个穷屌丝如何赔得起?他们俩吓得半死之际,老程还是靠他的面子在郑总面前说了情,记了他俩一人一个大过,没让他俩赔钱。但是在展会结束之后的周会上,他把小杆、彩妆组的屌丝和彩妆组的组长三个人骂得狗血淋头,甚至比他呵斥电视台的责编的气场更可怕,如地狱厉鬼一般。现场只是听着挨骂的群众都快被吓哭了。彩妆组的组长是个三十多岁的女经理,实实在在被骂哭了,有头有脸的一个小领导,居然被骂得鼻涕一把泪一把,换成是我可能真的活不下去。

但是……唯有白萍没有挨骂。

她那一天也没在现场,是老程让她去媒体参加活动了。

周会开完了她也回来了,老程跑到我们组的工位这里(小杆吓得脸色发青)对白萍说:"你带团队要有点气势,别太温和了。"白萍笑着说好。

诸如此类的事情不胜枚举。

在很多很多事情上老程严厉极了,可是只要白萍做出了解释,他基本上什么都认。

无论站在什么立场我都无法做出任何评论。第一,白萍长那样,但凡是男人谁忍心骂她(我并不是在诋毁彩妆组组长的外貌);第二,白萍的工作其实没什么问题,出问题的永远是我们下面几个人(当然彩妆组的组长自己也没做错什么事)。

我们组的人彼此越来越熟络,下班之后也都没什么事的情况下,就常常一起活动。白萍参加得比较少,一来她肯定也有很多别的朋友,二来无论她多么温和都算是领导。我和小大和小杆一来二去混得很熟。他们俩又没比我大多少,何况又那么贫。

在这一年的第三季度快要接近尾声的时候,我和小杆一起跟盯一个公关活动。在活动上线的前夜,我们加班到了很晚很晚,办公室已经空无一人。终于告一段落在等媒体回复的时候,就两个人一起去吃夜宵。其间我跟他提起我的房租要涨了,不知道要不要搬家。一边聊着一边走回办公室,他说:"你就搬家吧,你租的那个房子已经够贵了还要涨价,坑爹呢?你别怕累,我去你家帮你搬。"说完他就僵住了。

我扭脸一看,看到老程的办公室灯还亮着。

小杆这个人最怕的就是蟑螂和老程。这么晚了,老程就变得更加可怕。

我会意道:"好了好了,你回家吧,剩下没什么事了,我等会儿就行了。"

小杆说:"你也回家吧,咱们俩一起走吧!"

我笑着说:"走什么走啊!怎么也得给人家加班到现在的Penny一个答复吧?"

小杆走了,我看了看还没有邮件发来,就往老程的办公室那儿张望。

我看到老程皱着眉头,望着窗外的一片灯火。

我突然觉得很心疼。这么晚了,他一个人回到办公室,该有多累,多寂寞。

我鼓起勇气敲了敲门。

老程身子和脑袋都没动,沉声说:"进来。"

我硬着头皮推开门说:"程总,还没走呢?"

他抬头看了我一眼,脸上一片肃杀。

我又头皮一紧,可我又没做错什么事,就露出一脸嬉皮笑脸的微笑。

他的表情终于放松下来,说:"Penny还没回话?哪个广告公司的,这么肉?"

我笑着说:"不是她的错,是我太龟毛。"

老程这才笑了起来,说:"做市场就是要龟毛才行,不错。"

我说:"程总,您要是没吃饭,我给您点个外卖好吗?"

他说:"为什么听你叫我程总还是这么别扭。"

我想了想说:"程叔叔,你要吃什么?"

因为闻到他身上有酒味,我给他点了潮汕砂锅粥。这家还有甜品,我嘴馋又给自己点了红豆沙。外卖来了,我给他递送进去的时候他看到我自己还端着一碗,就叫我进去他办公室跟他一起吃。

老程翻着粥说:"这是什么粥?"

我说:"生蚝粥。"

老程高高地抬起一个漆黑的眉毛说:"为什么给我点生蚝粥?"

"……"

"你知道生蚝是干吗的吗?"

我摇了摇头。

"壮阳的。"他说。

整个空间都石化了。

过了一会儿老程哈哈大笑。

我猜那天他也喝晕了,不然他怎么可能,说什么壮阳,还笑成这样一个,丰神俊朗的模样。

他一边大笑,一边看着脸红得快爆炸的我说:"我还以为你连壮阳是什么意思都不知道。"

等他笑完,我也已经三口并作两口地吃完了跟我的大红脸交相辉映的红豆沙。我说,程总我吃完了。他说,你快去看看Penny回邮件了没有,完事咱们出去喝一杯。

我第一次去酒吧,居然是跟老程单独去。

他带我去了一个静吧。

好静,静到后来见识了各式各样酒吧的我,仍然感慨这家如此冷清的酒吧怎么能赚到钱。

他又帮我点了酒。

在此之前我只喝过白酒、红酒、啤酒,眼前这晶莹剔透瞅着完全就是雪碧的玩意儿,一口喝下去,觉得好好喝。

老程看我嘬着吸管一口接一口的样子,忍不住笑着制止我说:"别觉得甜甜的就使劲喝,它后劲大得很。你又没什么酒量,别一会儿哭鼻子要我抱你回家。"

我脸又红了。他知道他说的话有多暧昧吗?

可是话音刚落,他就跟我聊起了作为程叔叔该跟我聊的话——久违的肖小群。聊了肖小群的近况,又聊公司最近的一些大小事。

然后他突然问我:"你还没交男朋友吧?"

"啊,没有呀,哪有机会交男朋友,我工作这么努力。"我嬉皮笑脸地掩饰眼中的痛苦。

他说:"你还太小,也太傻,不知道世界险恶。比如说高小虎(就是小杆)。"

我傻了一下,才明白他既然听到我要等 Penny 的邮件,自然也听到了小杆要去帮我搬家的事。

怎么可能呢,我笑着摆摆手说:"他要是有那个智商能险恶,还能弄丢展会的奖品?"

不知道是不是我喝醉了看错,我觉得程贯中一瞬间表情变得非常凶恶。他说:"你要听话。"

呃,伴随着内心的一阵甜蜜(虽然他并不是我幻想中的那个意思),我的后背也一阵发麻。

"一个惹不起的人",他可真是不负盛名。

"好,我不让小虎帮我搬家。"

"别这么晚跟男的单独在一起。"他又凶残地补充。

"好。"我机械地回答完,才反应过来,他也是男的,我也和他单独待在一起。

说句不好听的,这家酒吧安静到荒无人烟,仅有的一个服务生,也不见踪影。就算现在我们在宽大的沙发上做起体操(前手翻转体 360 度),也没有人会笑喷。

我笑着说:"可是跟程叔叔单独在一起就不危险。"

他凶残的表情怔了一下,然后微微笑起来,小声说:"也不一定。"

这一天他打车送我回家,离开的时候,已经是凌晨三点多了。

我躺在床上,既无法停止心跳,也无法退去脸上的火烫。我兴奋得好像第二天就要播美少女战士的大结局,在心里一遍一遍地回忆着他今晚所说的每一句话和他的每一个动作,每一个眼神。直到天亮才蒙蒙睡去,刚睡了一秒钟闹钟就响了。

将将赶上上班时间算没迟到的我,两腿发软,大脑一团糨糊。身残志坚还是化好了妆、吹好了头发,但粉浮在黑眼圈之上,形同丧尸。前台供应的浓咖啡简直要成了我的亲爹,我端着我的杯子冲过去倒咖啡的时候,老程走进了公司。

他完全没有黑眼圈,也没有一丝疲态。他的头发一丝不乱地打着发胶,穿着棉布衬衣,怀里抱着大衣,就像一个完全不熬夜的男神一般,精神矍铄地走进办公室。

我的脸又红了,鼓起勇气叫了一声程总。

他看都没看我一眼,大步流星地走进去,直奔日用品组,敲敲组长的桌子叫组长去他办公室。

进入第四季度,不要说整个市场推广部门,也不要说整个公司,仿佛整个世界都陷入了疯狂的忙碌之中。

小杆跟我私聊,说:"你不觉得程老大最近特别暴躁吗?我简直怎么汇报都不行。"

小杆因为太害怕,所以每次去找老程汇报,都战战兢兢,磕磕巴巴。别说老程了,就算脾气像白萍一样好的领导,肯定也会暴躁。

我劝他放平心态,事情做好了自然挑不出错。

小杆说:"No, no, no.你太天真了。事情做得好或做得不好,都是老板说了算的。我觉得老大在针对我。"

"老大为什么要针对你?"

他又说不出个所以然,想了半天,觉得肯定是"面试那天就看我不顺眼"。

我说:"看你不顺眼还招你进来?老大自虐啊?"

他说:"招我就是为了萍姐呗,萍姐缺人手啊。"

合着还是为了白萍,我心想。

接着他便絮絮叨叨,向我倾诉他作为一个男人,钱也挣不到,老板不待见,升职加薪指日不待,人生毫无希望,媳妇也娶不上的痛苦。

最后他说:下班去喝酒啊?

"不许单独和男人在一起。"我内心浮现出老程的教诲。

哈哈,可是小杆算什么男人?我可不是在骂他,看他那小猴子的模样。

于是这一天我就跟小杆去了一个串吧,喝啤酒,吃串。

他说:"哥也就只能请得起你这个了!"

我叹了口气说:"我请你吧。"

郁郁不得志的男人话可真多,而且他的酒量也不咋的,酒不过三巡说话就开始嘴瓢。

吃到串儿都变成了签儿,铁盘里还有几个烤虾干干巴巴的没人吃,他说:"对了,我跟你说一个秘密。你知道销售部的侯志铭吗,老来找萍姐的那个?"

"我知道,展会的时候跟他经常沟通来着。"

小杆斩钉截铁地说:"他喜欢你。"

What?!

我还以为至少是他喜欢萍姐之类的吧?关我屁事啊?

小杆哈哈大笑说:"他是我大学校友,他说你一进公司他就喜欢你了,还问我怎么追你。我说我可不帮你,有机会我自己还要追呢。"

这就很尴尬了。

小杆眼神很难聚焦地问我:"你啊,太单纯了,年纪也不小了,该交男朋友还是要交的。"

我说:"是是是。"

他说:"你虽然挺不错的,但是我也知道你肯定看不上我。但是侯志铭真的挺好的,挣得又多,长得也挺帅的,而且他是摩羯上升巨蟹,跟你星象很搭。"

我一头汗,忍不住说:"虎哥你是不是疯了,可别让我一个女生把你扛回去啊。"

小杆叹了口气说:"好了,时候也不早了,走吧,我送你回家。"说着他站起身来,然后一个趔趄之后就趴在了地上。

我结了账,拖着小杆往马路边走,准备把他丢上出租车了事。可是我高估了自己的力量,也低估了一个醉成鼻涕的男人的重量。拖到地老天荒,初冬的天气我居然大汗淋漓,才刚把他拖了十几米。正当我感慨命运的不公的时候,我的电话响了。掏出来一看,程贯中。

什么日子啊?!老程八百辈子也不会主动给我打电话啊。

我接起电话,喊了一声程总。

这个时候小杆躺在地上大声地哼哼了两声。

我和程贯中在电话两端沉默着。

我心虚个什么劲?就因为他说过:不许和男人单独待着?

程贯中说:"你在哪儿?"

他就是这一点很可怕,当他很生气的时候,我绝对绝对不会听错。

我战战兢兢地告诉了他这个地点,不出二十分钟他就出现在这个黑漆漆的小巷子里。

我挠挠后脑勺,无辜地说:"程总,高小虎太沉了……"

"你为什么会和他待在这里?"他平静地问,却完全没有比吼叫更温柔。

"一起吃吃饭,他可能心情不好,就喝醉了。"

"为什么要一起吃饭?"

因为他心情不好啊！但是看到程贯中越来越不友善的表情，我觉得还是不要吱声为好。

我们两个就站在那里，小杆躺在地上。

我说："程总怎么办啊，总不能让高小虎睡在这吧？"

他说："不然你还想让我拖他？"

当然不行，怎么可能呢。老程拖着小杆，就像天神拖着墩布，那是绝对不行的。

我一脸困苦地站在那儿。

老程狠狠地瞪了我一眼，飞起一脚踹在小杆的大腿上。

小杆闷哼一声，骂骂咧咧地睁开双眼，从看上帝的角度看到站在那里的老程，花了一秒钟的时间站起来，跟老程打了个招呼，然后自己飞蹿出小胡同打车走了。

只剩下我和老程两个人，大眼瞪小眼。

我想了一会儿，只能嬉皮笑脸地说："程叔叔我请你喝酒！"

他大吼一声："你用我给你开的那点工资请我喝什么酒！"

他又带我去那个静吧，又给我点那种甜甜的透明的酒。

我说我没吃饱，又点了个辣的意大利面，好辣，好好吃。

他冷冰冰地看着我说："怎么没吃饱？"

我说："我花钱请他吃饭，不舍得点……"

他说："房租涨了？"

我凄惨地点点头。

过了一会儿他说："我没法给你开太高的工资，公司有公司的规定。"

我赶紧说:"程叔叔,工资可不少了,我在电视台一个月才八百!"

可能是不满我把他跟电视台比,他的脸更臭了。

他点了一小杯烈酒,却没有喝,用他修长如腿的双手玩弄着那个小小的杯子,沉吟了一会儿说:"但是我有个房子空着,你要是觉得困难就过来住。我也懒得找什么租户。"

天下还有这好事儿呢?

我的房主提前三个月通知我要涨价,我跟她讨价还价了很久,至今未果。眼见租期就要到了,我还没找到合适的房子。

当然大不了我就回到我爸妈家去住,只是我不想罢了。

我说我不去了,又没干什么好事儿,无功不受禄。老程也没再提。

他说:"你知道销售部的侯志铭吗?"

我一口老酒喷出来说:"怎么今天都提起侯志铭来了。"

他说:"还有谁提起侯志铭了?"

我想起老程说过的,公司内部谈恋爱要开除,人家又没干什么,我何苦要栽赃人家。赶紧否认说没有没有,谁都没提。

想了想觉得自己不是有病吗,只好硬着头皮说:"高小虎说来着,说侯志铭经常来找白萍姐。"

老程把手里的烈酒一饮而尽,没有再就侯志铭的话题提什么。

喝了两杯，他打车送我回家。在我家楼下，他抬头看了看破旧的居民楼说："这个楼很不安全，你还是好好考虑一下，搬到我空着的房子里去住吧。"

我正要再客气客气，他却接着说："你要是觉得无功不受禄，就听我说说话吧。"

我震惊地看着他，仿佛没明白他在说什么。

他很无奈地看着我，微笑着说："喆原，你程叔叔可能要离婚了。"

小柚子在我肚子里快到第三个月的时候,我的孕吐反应已经好了很多。

但是由于出现过好几天的出血,宽粉儿觉得我还是不应该去上班,我就继续在家里休息。白天宽粉儿去上班,我一个人在家看电视剧,看小说,晚上他回来给我做饭,带我出去遛弯。

说来奇怪,我原本以为,我和宽粉儿经过三天的啪啪啪之后,再也回不到从前那种和谐友善的关系了。

但是经历了无限的呕吐和吓死人的先兆流产,我们俩似乎比以前更亲密,更像一家人了。我们又可以毫无嫌隙地拉着手散步了,又可以无话不谈了。

宽粉儿说:"我还以为你是特别不喜欢小孩的那种姑娘呢,看见小孩你都绕着走。"

我哈哈大笑说:"路上跑的小孩和怀在自己肚子里的小孩能一样吗?"

我说:"我妈就不喜欢我,从小也不愿意理我。我小时候心理可扭曲了,天天抱着我的熊熊,假装我是它妈妈,哄它睡觉,喂它吃奶,然而我也不知道操作得对不对,因为我妈从来不哄我睡觉。后来她还跟我说呢,说我小时候睡觉之前如果闹觉,她就揍我。"

宽粉儿说:"岳母也是挺过分的……"

我不客气地说:"没人性吧?小时候我不觉得,尤其是上班之后,我更觉得他俩太没人性了。其实从小我就一直在想,如果以后我有了小孩,我一定要好好对她,不要像我妈一样。"

宽粉儿说:"但是你为什么说你从来没想过当妈妈?"

我凄惨地笑了一下说:"当然是因为老程啊,他给我幻想当妈妈的机会了吗?"

"也是。"宽粉儿说。

"遇到老程之后我觉得,生小孩也不是什么好事。他和他的前妻,当然我并不了解,只凭幻想的话,就算是貌合神离,却还是坚持了这么多年。可是小孩子刚刚出生,两个人就走到了死胡同。"

"他们俩为什么会离婚?老程跟你说过吗?"宽粉儿问我。

"算是说过吧,他那个时候焦头烂额,心情特别不好。当时小杆说他特别暴躁其实不是小杆的错觉,他确实是特别的暴躁来着。他还说,这些事除了我,他跟谁都没法说了。可是除了突然找我喝了几次酒之外,他也没说什么。"

在老程的女儿心儿满八个月的时候,她的父母正式把离婚提上了日程。

不是打架说的气话,不是妈妈产后抑郁的胡闹。两个人都请了律师,你来我往,一笔一笔不小的财产如何分割,闹得不可开交。

他已经搬出来住在了自己名下的另一处房产里,然而其实早在他妻子怀孕的时候,他就已经一个人住了。这也解释了为什么他妻子怀孕到八个月的时候,他还能突然跑去别的城市找我。

"她不愿意跟我住一起,嫌我吵得她睡不着觉。"老程说。

那个时候,无论对婚姻还是生育都一无所知的我,其实并不能特别理解老程的最痛处在哪。其实即使是现在我也仍然不能理解。他明明就没有那么在乎他的妻子,也没有那么在乎他的孩子。难道最痛苦的事是原先在他名下的两个别墅妻子都要争取到,而他也无法撕破脸去跟她抢?后来我想,离婚最痛苦的是整个生活习惯的改变,过去的生活不复存在,而在这段婚姻关系中付出的一切都化为乌有。

而我更不能理解的是,为什么老程的妻子这么铁了心地要跟他离婚。

"要是我有机会嫁给老程,他再比现在对我烂十倍,我也舍不得离婚啊。"我毫无保留地把自己丢脸的想法告诉宽粉儿。

宽粉儿说:"你比老程小十五岁,他的内心世界你根本触不可及。你觉得他那么成熟、那么牛逼,更何况还那么有钱、那么帅(说到此处宽粉儿翻了个白眼)。你呢,屁都不懂,连自信心都那么匮乏,你当然觉得他是个香饽饽。但是他的老婆跟他同岁,她也一样事业有成,成熟稳重,自信有钱。这个时候老程所有你看不到或者你觉得根本就不是事儿的缺点都被她放大,她觉得忍不了,多正常啊。我敢肯定,就算咱们假设老程真的那么帅,在她眼里,他的帅也是一文不值。"

但是老程还是给我讲过他和他的前妻是怎么认识,怎么走到一起的。

他们本来是大学同学,是某个社团的社长和副社长。老程是副社长。从大三开始两个人合伙创业,老婆很能干,而且有始有终,现在虽然管的事少了,但仍然在自己的公司做管理顾问,而这家她一手创办的公司现在市值也高达我甚至都记不清的一个数了。

公司成立的那一年,他们俩结了婚。在公司遇到最大瓶颈的时候,老程抽身而退,换了几个工作之后,到了现在这个公司做销售。

"那么多年来,公司就是她的一切。"老程说,"她没日没夜地干,最长的时候,整整半年都在外面出差。那一年整体经济形势都很不好,公司的员工基本都待不下去了,我给她泼了很多冷水,劝她卖掉公司,找个工作,或是在家做家庭主妇。我猜因为这个事情,她也没少记恨我。"

"直到生孩子的前两年,公司稳定下来,她成功地培养了几个得力的副手,终于可以把手里的工作交出去一大部分。那阵子她经常在家里,从来没做过饭,从头开始学做饭。那是我们最好的两年。"说到这里老程的脸上特别温柔。所以如果说他对前妻毫无感情,我绝对不信。

但是后来,前妻查出了一个很麻烦的毛病,要做手术。但是做了手术就再也不能要孩子了。在目前病情还比较稳定的情况下,他们就决定要生个孩子,就是心儿。

"她怀孕的时候特别暴躁,心情永远都不好。我工作很忙,不能陪着她,好不容易回到家,她会像个疯子一样哭喊,埋怨我不陪她。可是如果我好不容易陪了她,她又会把我们这么多年在一起的各种陈芝麻烂谷子拿来跟我吵架。她又嫌我不做家务活,又嫌我晚上睡觉翻身。谁晚上睡觉不翻身呢?我干脆就搬出来,她给我打电话吵了半个月,终于不想跟我吵了。那时候我还想,等孩子出生一定就好了。"

显然,孩子出生之后,事情反而更糟了。不但老程撑不下去,孩子的母亲终于也再也受不了了。

从心儿还没出月子开始,他们就不断地爆发剧烈的争吵。母亲对孩子的关爱几乎偏执,她紧张极了,我猜,生完这个女儿,她就再也不能生育。不能生育和不想生育毕竟不同,她觉得这是她今生今世再也不能有第二个的宝贝,于是紧张女儿的一言一行，甚至皮肤上一个小小的斑点。所有的紧张情绪都发泄给了不能陪着她们母女的丈夫。

最后导致离婚的导火索，老程讲给我的时候，简直是当作一个笑话。

因为女儿得了尿布疹，老程回到家知道了之后，随口说了一句：谁让你老给她用尿不湿。

就这样。

当时孩子的母亲一言不发，第二天律师函就发到了老程的邮箱里。

"就这样！"我给宽粉儿讲起，还是觉得不可思议。

宽粉儿沉默了一会儿，说："你们这么评论她，对她太不公平了。她的痛苦你根本就感受不到，你有我这么好的老公，你怎么可能想象得到她，一年年一天天，是怎么熬过来的。

"她是一个高龄产妇，又这么紧张肚子里的孩子。她想让老程陪着她，可以理解吧？她需要一个人分担她的负面情绪，不然怀着孕的她无法承受。可是你觉得老程能理解她、能分担这一切吗？"

我说："可是老程回家她又一直吵架啊！"

宽粉儿说："如果你现在每天找碴跟我吵架，你觉得我会怎么做？"

"跟你找碴吵架？找不到碴啊……比如说，你这个阳春面放这么点儿葱是要淡死我吗之类的？"

宽粉儿说:"你就算每天找我碴,我还是会每天回来陪你,想办法逗你高兴的。我会转移你的注意力,而不是觉得委屈,针锋相对地为自己辩解。就算转移不了,我也会让你哭、让你骂、让你发泄个够。孩子怀在你肚子里,你这么辛苦,我为你做这些不算什么。可是老程,他可能连他妻子的辛苦都没有看在眼里。

"而关于尿不湿,因为一句话离婚只是表象。在这个表象之下,她一个人带孩子的无助,她的身体因为生育受的伤害,她的事业因此受的影响,她的生活因此产生的变化,她的丈夫什么都不管、什么都不懂、不负责任,这一切才是根本原因。"

是啊,我从来没有设身处地地为老程的前妻去想。从头到尾,我都站在老程的立场上。然而除了宽粉儿的一席话令我醍醐灌顶之外,肚子里的小柚子似乎也给了我更多的感受。如果我嫁的人是老程,如果我怀的是老程的孩子,如果那流血不止的八天,身边没有宽粉儿,只有遥遥无期等不来的老程,只有他的漠不关心和不理解,我可能真的会疯了。

我不由得抬起头来,非常敬仰地望着只有一米七五的宽粉儿,由衷地表扬道:"你可真是天下妇女之友!"

那一年的年底,在市场部的工作强度达到高潮的时候,老程的人生几乎也跌入了地狱。除了白萍,几乎所有人都受到了他的冲击波的波及,不要说其他部门的员工动辄就要挨骂,就连老程的顶头上司——当时的VP郑总,都居然被义正词严地指责过好几次。

连老板都挨骂,更不要说我了。

某一次周会上,老程因为年底的某个大型推广活动弄得拖拖拉拉乱七八糟而脸臭得无法形容,整个会议室的气氛好像鬼片现场,每个人连大气都不敢喘一口。

突然,我的手机响了。

我吓得赶紧挂掉,过了一分钟,又响了。

是我妈,百折不挠的我妈。

噤若寒蝉的大家连回头看我的勇气都没有,老程连眼皮都没抬一下,朱唇轻启,吐出两个字:"出去。"

我没敢耽误，用我最快的速度滚出了会议室。

奔出会议室，奔出公司，我才敢接电话，气急败坏地大声质问我妈干吗。

我妈心花怒放地说，她买了四个大菠萝，周末让我回去吃。

我接完电话之后居然不敢再回会议室里，就坐在我的工位上发呆，过了一会儿白萍给我发短信说：你人呢？程总要听你跟的项目进展呢。

天哪，我头皮要炸了，我战战兢兢回到会议室，坐下来，强作镇定地汇报完项目进展，老程不吱声。

整个会议室犹如停尸间一样安静。

他说："你刚才去哪儿了？"

我不敢说话，我哪儿敢说我妈买了大菠萝所以给我打电话呀。

他用几乎不可闻的音量，却又无比清晰地说："还想干吗？"

坐在我身边的小杆在桌子底下伸手拽住了我的衣角。

就连从来不被波及的白萍，也需要深呼吸几次，才敢开口，就着我刚才的汇报进行了几句补充，总算是打破了沉默。

老程用从来没这么凶残地看过白萍的眼神看了白萍一眼，说："散会。"

大家都安静如鸡地走出会议室，坐在自己的工位前。

小杆跟我小窗私聊，说："你越来越坚强了，居然没被吓哭。"

咦，对呀，我居然没被吓哭？

第一，我已经是个成熟的大人了。

第二，可能只有我一个人知道，他为什么心情这么糟。无论如何，我非常非常心疼他。

这一天下班之后，我一个人走到公司后面一个非常冷清的小巷口，等了一会儿，老程的车子就开了过来。

我搬到了他闲置的房子里。

我欲拒还迎半推半就（其实也真的不太想麻烦他）了几次之后，老程怒了，说，少废话。哪儿还敢废话啊，我就马上搬了进去。

而他自己跟妻子分居的住所，就在这个房子的同一个小区内。所以只要他在公司，只要老程提出，晚上就接我一起回家。

我装作平静，其实内心的喜悦都快要把我淹没了。

我还有幸去了一次老程的住所，他说，陪我回家拿个东西，我就陪他回了家。

他一个人住着一个四室两厅两卫的公寓，装修很豪华，非常之干净整洁，纤尘不染。虽然独自坐拥两个厕所，可以在这儿拉一会儿再去另一个厕所拉，但是比之他老婆正在争的两个别墅，这可能只能算是一个随便住的安身之所。

然而，虽然我几乎每周都能有好几次机会跟老程一起回家，可大部分时候路上他都是一言不发，开着收音机听着歌，把我放到楼下，"程总拜拜"，再开车回家。

在挨了骂的这一天，我上了车，他却意外的温和，连收音机都没开。

他说:"我今天中午都没吃饭,咱们先去吃个饭吧。"

"对不起,今天冲你发火了,你别往心里去"这种话,老程是绝对不会说出口的。然而"咱们先去吃个饭吧"比那更能令我浑身放松、感激涕零。我脱口而出:"不然去我家,我来做饭吧。"

说完这句话我才明白我说了什么,然而老程好像什么都没想到,也什么都没想歪,悠闲地说,好啊。

那一天他先带我去了一个极为高级的超市买菜,又去我家坐着等我做饭。

我借住的他的房子,更小一些,装修也很简单,不过是白墙木地板。家具也简单,不过是原木色的衣柜床。但是对比我之前租的老塔楼的暗无天日的小破房子,此处已是豪宅。老程饶有兴致地看着我铺的那些幼稚的粉红碎花桌布,白色皮沙发上摆的玩具娃娃,笑着摇了摇头说:真是个小丫头。

我做了培根牛油果意大利面,奶油蘑菇土豆浓汤,没有烤箱,用大蒜奶油芝士做了煎鱼,又用新鲜的蔬菜、白煮鸡胸肉和白煮蛋做了沙拉。

端出厨房的时候,老程坐在床边抽烟,手里捧着从我书柜上找的书——《西藏老建筑》,就着我从宜家买来的小小的落地灯看得津津有味。

我紧张地看着他,各种食物他都吃了一口,没表情,也没表扬我,只抬头问我:"你会做水煮鱼吗?"

我学!我学!不会我学!我内心呐喊着。

老程微笑着说:"回头尝尝你做的水煮鱼。"

这就是老程表扬我厨艺的方式。他把他最爱的一道菜交给了我,怀抱着能在我这吃到好吃的水煮鱼的希望,这就是对我最大的褒奖。

虽然那一天什么都没发生,老程吃完饭,我们坐着聊了一会儿乱七八糟的天儿,他就回他家去了,但是我的人生毕竟有了新的目标。我苦练水煮鱼技巧,还拿给日用品组的四川姐们尝了好几次,终于她点了头,我才算获得了这个新技能勋章。

然而,我并没有获得做给老程尝尝的机会。

这一年的公司年会,董事会决定带大家去外地。四天三夜,在当地玩几天。这个地方,好死不死就是我上大学的那个城市。

所有人都激动坏了,只有我不是特别激动,因为老程几乎不参加,只有最后的大年会才出席。

我们全公司三千多人,乌泱乌泱,密密麻麻,全部陆续在一天之内来到了那个我们入住的大酒店。可豪华了,可优美了,南方城市冬天湿冷的天气可新鲜了。重回故地我也有点激动。每天上午开会,下午大家都自由活动,我就带着几个要好的同事去我熟悉的地方游玩,也是挺有意思的。

最后一天,整整一天的大会,大家全部堆在酒店的大礼堂,听公司上层各部门各季度各层面的年终汇报,各部门老板挨个儿鼓劲儿讲话,只有我伸着脖子等老程出现,他却没有出现。

下午五点,大会散了,他却还没有出现。

大家都陆陆续续地来到了宴会厅,坐下来叽叽喳喳地等开饭。所有的老板都坐在一桌,只有老程的座位空着。每个部门都有人出了节目,大部分都是唱歌跳舞。下面几百桌早已闹成一锅粥,菜还没上齐,大家就都站起来开始各种敬酒了。

白萍带着我去跟平时工作有联系的各位敬酒。手里端的红酒喝光了,只好在人家那里被灌了啤酒白酒什么的,我很快就有点醉了,白萍也有点醉了,一片混乱中,等我回过神来,白萍已经不见了踪影。

玩得好的同事们聚在一起笑笑闹闹,这时候,别的部门的人也来找我们敬酒了。我看见销售部的一群人过来,之前小杆跟我提过的侯志铭也身在其中。

其实侯志铭确实很帅,在走过来的一群歪瓜裂枣啥样都有的男同事之间,显得格外耀眼。

但是对我来说,他的美貌根本不值一提。

他们过来起哄,大家一起喝了酒之后,侯志铭突然大声说,我得单独敬喆原一杯。说着他把自己手里的大玻璃杯倒满了白酒,一饮而尽。

现场所有人都炸锅了,尤其是小杆,简直像在周杰伦的演唱会现场。

小杆大吼道:"小温,你也得原样喝一杯,你不能不给面子啊!"

我脸红了,但是跟日常脸红不一样,而是感到生气和不适。侯志铭却可能误会了我的表情,他得意地说:"你要是不喝,今天我可就要提要求了!"

提个蛋的要求啊?

我伸出杯子,他用手里的白酒把我的杯子倒满,我也一饮而尽,然后在众人不可自控的嚷嚷声中,冲出人群,去厕所吐。

吐完胃里的白酒,我对着镜子疲惫地把自己清理干净,慢慢地走出洗手间,想起里头的嬉闹喧哗,觉得头很大,就绕到了冷清的走廊里面想自己待一会儿。

经过某个楼梯间的时候,我突然看到有两个人在接吻。

把一个姑娘压在墙上亲吻的男人,很像是郑总。

他怀里的姑娘,看不清面孔,只有如云雾一般美丽的长发从他的手臂之间流淌出来。

我吓坏了,赶紧蹑手蹑脚地往回走。酒店大极了,慌乱之下,我已经不知道自己在哪儿。走着走着前方居然无路可走,突然有个声音响起:"你怎么躲在这?"

仿佛天地间一惊雷,把我吓得跳了起来,扭头一看是侯志铭。

我捂着胸口说:"你可吓死我了!"

可紧接着我又发现他的眼神怀着不同以往的暧昧和情欲,而我们两个人身处酒店的深处,四周阴暗,冷清,完全没有人迹。

侯志铭手里举着一个白酒瓶子,向我走来。

我说:"你要干吗?"

然而我身后已经无路可退。

他的微笑在那个时候的我看来,狰狞极了。他说:"你早就知道我喜欢你是不是?"

我说:"你喜欢我关我屁事?"

他说:"没关系,你很快就会喜欢我。"

他逼近了我,把我压制在墙上,喷着酒气和蒜蓉蒸扇贝的气味,对着我的耳朵说:"阴道是通往女人心灵的通道。"

真是恶心极了。一股急怒攻心,我刚才喝的所有的酒都涌上了我的头脑。我推开他想逃走,却天旋地转地倒在了地上。

我记不清了,侯志铭似乎扑了过来,但我神志不清,拼命挣扎,终于逃脱。

我不知道我在哪儿,身边有没有别人的情况下,我遇到了老程。

实际上他刚刚抵达会场,讲了两句话,准备先回房间休息一会儿,就在大堂旁边的过道里遇到了狼狈不堪的我。而我什么顾忌都抛诸脑后,扑进了他怀里,失声痛哭起来。

老程没有推开我,他抬起头,看着我身后追着过来的,一脸惊慌的侯志铭。

老程的手,就像一双铁手,烙热了的铁手,牢牢地抓着我的手,力道如此之大,他带我向酒店房间走去。

还没反应过来,老程已经把我按在了酒店的走廊里,我的房间的门上。

他的舌头钻进我的嘴里,他的手指插进我的头发里。他如此粗鲁和大力,而他的嘴唇他的舌头他的手指带给我的疼痛,却让我如此语言不可形容之爽。

他在酒店的走廊里粗暴地把手伸进我的衣服,拆掉了我的胸罩,如同要掐死一只猫一般,把我的胸脯捏成一块不能自控的泥。

他含住我的耳朵,急促地问我房卡在哪里。我几乎不能成言,喘息着说在我裤子后面的兜里。他的手摸进我的兜,用力揉着我的那一半臀。他的唇舌就像不讲道理的蛇,缠上我的脖子,咬住我的皮肤。然后他从我的兜里掏出房卡,他的双手在颤抖,刷了好几次才刷开房门。

我们向后跌去,狠狠地踢上房门,在酒店房间的地毯上,他脱掉我的裤子,脱掉我的上衣,把我的已经被他揉搓得如同挂在身上的破布一般的胸罩一把扯掉,随手扔到白萍的箱子上。他一口咬住我的胸脯,他的双手把我的内裤撕成碎片。

我还没反应过来,直到一阵剧痛令我大脑一片空白,他已经成了第一个占有我的男人。

他的每一次进入都撤出到最远,又挺进到最深。我太爱他,我爱他太久。我的血如同黄河水,流淌在我的腿上,流淌在他的腿上,我的身体疼到极点,我疼得浑身发麻,在剧痛之中,在我意识到发生了什么,并感受到这件事带给我的极大的恐惧时,我到达了如同吞噬我的死亡一样的猛烈的高潮。在那几秒钟,天花板、墙壁,乃至整个世界,在一道强烈的白光之下全部消失。当我的双眼再次能看到时,我看到一双狼的眼睛,隐藏着势必要杀死我的决心。

这匹狼用它强壮如铁的手掐住了我的手腕。它在颤抖。它如同要摧毁这个世界一般疯狂地伤害我。

我蜷缩在浴缸里,我的血潺潺不绝,已经染红了浴缸里所有的水。

淋浴喷头打湿了我的头发,打湿我一丝不挂的身体,也打湿了穿着衬衫西裤的老程。

他低下头从我的头发之间寻找我的眼睛,看着我说:"不哭了?"

我点了点头。

"站得起来吗?"

我摇摇头。

他伸手从浴缸里把我抱起来。他的衣服上除了水,就是我的血。我就像被割了腕,把他弄得像一个杀人犯。

他把我抱回床上。我红着脸说我怕弄脏床单。

他低声对着我说:"叔叔赔得起。"

他把湿答答的我摆好,用被子把我裹起来,然后自己走进了浴室。

到底发生了什么?

酒店的被子散发着强烈的洗衣粉的味道,南方的冬天潮极了,这些潮湿的被子裹住我,我身上的水滴又渗进去,却带来奇异的舒适。

我觉得浑身都在隐隐作痛,低头看了看我的手臂,上面布满了斑斑点点的红肿。俗话说,今天红,明天青。如此的残暴,明天我势必是浑身瘀血,无法见人。

而且,我和白萍的房间一地血,厕所里还有一个正在洗澡的老程,万一她回来了可怎么办?!

我惊慌失措地裹着被子爬下床,狠狠地跟跄了一下之后,推开浴室的门,看到里面一丝不挂的老程。

老程笑呵呵地看着面红耳赤的我。

他说:"你干什么?想强奸我?"

别……别开玩笑了大哥……

我结结巴巴地嚷嚷道:"一会儿白萍回来怎么办?"

老程说:白萍今天不会回来了。说着他转过身去,抬起头来,让喷头冲刷着他的脸。他用他的手把黑发全部理向脑后。他的手，那么长，如野兽一般有力的手，半个小时之前就掐在我的手腕上，还掐在一些我根本无法往下想的地方。我沉醉地望着淋浴在水中的老程，望着他远古战神一般的身体，望着他赤木钢宪一般的钢铁一般的臀部，一股全新的鲜血顺着我的腿流了下去。

老程回过头来，看着我，看着我赤裸的肩露在被子上面。他一步一步向我走来，我的恐惧陡然升起。我转身就逃，却被他轻轻松松地捉住，按在床上。

我的眼泪又流出来，不知道出于什么原因。

程贯中看着哭个不停的我，轻轻擦着我的身子。他叹了口气说："你实在是太弱小了。"

趁着时间还早，大家都还在楼下喝酒吃饭，老程叫了个客房服务，送来了珍菇鸡汤面，终于喂饱了我。他钻进我狭窄的被窝，搂着我，用手指轻轻地玩着我的头发。

我又想起我看到的，白萍在楼梯间和郑总接吻。我把我看到的告诉老程，我说："白萍是郑总的女朋友，是吗？"

"是老郑的情妇。"他冷笑了一下说，"老郑的儿子都快上中学了。"

既然老程知道白萍是郑总的情妇，那公司上层一定都知道。她是一个那么美好、那么勤恳、那么幽默的姑娘，为什么她头上要顶着情妇两个字？

所以，我始终耿耿于怀，为什么老程要格外照顾她。他不是在照顾白萍，他是在照顾郑总。

我突然想起来，那我呢？

可是这三个字，我居然轻轻地说了出来。

老程没听清，他说："你说什么？"

我摇摇头说，我没说什么。

他说："你说那你呢，什么那呢？"

我低着头不说话。

老程说："你是说你是不是我的情妇吗？"

他的声音含着笑意。

我还是低着头不说话。别说了，我太伤心了，我心想。

他却含着笑意说："你怎么可能是我的情妇？你还叫我叔叔呢。我还跟人说你是我外甥女，不是吗？"

这算什么？我沉默不语。

老程全身赤裸着钻出我的被窝，他的湿发垂在他美不胜收的面孔前面，他的罪恶之狼垂在他修长的双腿之间。

他的离开令我突然觉得很冷。他站在窗边，点了一支烟吸了一会儿。我心里难过极了，除了发生的这一切之外，我更难过于自己提出的这个愚蠢的问题。

他背对着我，浑身笼罩着一如往常——然而此刻的我却格外不能接受的冷漠。

过了不知道多久，他说："你不是我的情妇。今天上午我已经离婚了。"

在我二十二岁的新年之前,在程贯中的女儿马上就要满一岁的时候,他终于离婚了。

不再争吵,不再摔东西,不再需要一遍一遍地约律师见面,不再需要尴尬地拿出这么些年的方方面面的小细节来分割财产,终于可以不再见面了。

在公司的大年会之后,就是新年的八天假期。老程问我要不要跟他在那个城市玩几天,我简直求之不得。

我们在那个城市待了七天,待满了整整一个新年的假期。

他带着我吃好吃的东西,我带他去有意思的地方玩。

在陌生的街道上,他拉着我的手,还会用他的大衣把我裹起来。

在寒冷的江边,他吻我。看见旁边有个打扫垃圾的老爷爷目瞪口呆地看着我们,他把我搂在怀里哈哈大笑。

他说要给我买一个三万块钱的包包,我说不要,我想要一个动物园的风车。他就带我去动物园,不但给我买风车,还给我买棉花糖。

我想永远记住我站在猴山前面撕扯着棉花糖的时候,他看着我的眼神。

我们坐车经过我实习的电视台,他说:"上次咱们在这里的时候不太愉快是不是?"他在出租车上搂着我的肩膀,问我:"你怎么老是被人欺负,要我来救你?"

他说:"以后不会再有人欺负你。"

我第一次看到他完全没有打发蜡的样子,柔软的头发让他看起来像个孩子。

我也第一次看到他刚睡醒,迷迷蒙蒙不知道自己身在何处的模样。

我第一次听到他把我抱在怀里,哼唧着说不要起床的语气。

我甚至还见到他宽阔的肩膀上披着我的粉红小熊绒绒睡衣的模样。

我从来没有如此爱过他。

他在那个昂贵的酒店换了一个豪华大床房,那张床好大好大,仿佛可以在上面发生任何事情。

那一年的跨年,从我们的酒店房间望出去,可以看到江水对岸的烟火。附近的鞭炮响成一片的时候,他在巨大的床上,一丝不挂地紧紧拥抱着一丝不挂的我。我从来没有那么幸福过。甚至从来没想象过,我会有那么幸福的时刻。

然而那一刻的我，怎么可能想得到，在那之后的人生中，无论我多么爱他，这样幸福的时光都再也不会有了。

离开这个城市之后，老程再也没有洗净他的发蜡，面对过我。

他再也没有拉过我的手，再也没有连续地一直地对我笑着。再也没有那么温柔地看着我，好像我真的是他一直都渴望的珍宝，好像他真的想要永远这样跟我在一起，过着无忧无虑的、没有发蜡的日子。

假期结束，回到公司，老程把侯志铭叫进办公室，然后把他开除了。他什么都没有说出去，公司的人热烈地讨论了一阵，都说他是利用公司资源从代理公司捞钱来着才被开除的。而我还沉浸在幸福中，老程就马上给我泼了最冷最冷的一盆冷水。他用最快的速度让我明白，不要让任何人知道我们的关系，不要妄想能撒娇，不要妄想能对他肆无忌惮地说话。

第二年，他突然让我辞职。其实那个时候我非常非常难过。我没有做什么逾越的事情，没有告诉任何人我们的关系。我不知道他为什么要把我赶走，不过他毕竟是不可违抗的人。

我拒绝了他要给我找工作的建议，自己通过高中学姐的介绍进入了一家媒体。跳槽一次之后，我的收入终于比较可观了，于是也从他的那个小房子里搬了出来。

他常常提出要给我钱，要给我租房子，还提出过要给我买房子。他也提出过要给我买车，可惜我压根也不会开。他每逢出差必会给我带一些礼物，各种名包、名表、珠宝钻饰。

这种提议让我觉得非常难过，仿佛是在说我是一个只要花钱就可以应付掉的女人。但是我却没有勇气对他提出任何异议，除了说我不要房子不要车之外，就只能默默地收下这些昂贵又丑陋的礼物。

我既没有戴过，也没有用过，全部收在一起。并不是想有朝一日分手的时候还给他，还给他这些东西可能算是对他的某种侮辱。

可是能怎么办呢？我不能不收，不能送给别人，不能放到网上去卖。我甚至不知道它们都是什么品牌，都价值多少钱。

唯一一次，我所在的公司搞活动，要我做主持人。我买了一件便宜的黑色的长裙，戴了老程送我的一个钻饰手镯，当作搭配。

结果在活动的间隙，当时跟我关系很好的一个同事过来说："那边一帮人在讨论，说你这个手镯得三十多万啊。"

三十多万？！我内心大吃一惊，表面非常平静地说："别扯淡了，我这是假的，淘宝买的，你要吗，我送你。"

那个女同事鄙视地说："你觉得假钻饰手镯跟我的文艺气质搭吗，喊。"

说真的，那时候我大大地松了一口气。

所以也许等我又老又残的时候，就可以把我存起来的这些东西变卖掉，然后就可以安度晚年。

和老程在一起的第二年，我辞了职，在新的（再也不能天天看到他的）公司，他一度有三个多月都没有联系过我。我给他发的所有信息都石沉大海，我曾经走入过很严重的瓶颈，想不清自己这样算什么，为什么要被人当作隐形人对待，而他又凭什么可以好几个月都不联系我一次。因为太痛苦，给他发过一些很长很长的短信，虽然倾诉了自己的痛苦，但是也尽量注意了措辞。就是在那个时候老程告诉我，他绝不会再结婚。他和我的关系再怎么亲密也就维持现状了，让我要想清楚，受不了就分手。

我想了半年，在这半年之中，我无数次地想要说服自己，要不要走向新的人生，要不要找一个会每天跟我守在一起的真心爱我的男人。那段时间虽然上班时候该怎样怎样，可是我的内心已经陷入了抑郁的边缘。最可怕的是，虽然我彻夜地劝说自己，给自己列出了一万条跟他分手的好处，可每当他突然心血来潮要见我的时候，我就会不由自主地去见他。钻进他的车，跟他去喝酒，去他的家里，跟他睡觉。我的自尊呢？我的智商呢？我不再是一个有大脑的女性了，甚至，我也不再是一心一意地爱着他，刀山火海都跟着他去的我了。

那段时间，我爸妈对我迟迟不找对象不结婚的行径，已经几乎要忍无可忍。我妈每周给我介绍三个对象，为了堵住她的嘴我还去相亲过一两次,对方简直,真的,别提了。我妈简直是个男的都要介绍给我,据说还在马路上跟踪过一个小伙子,最后还跟丢了。

我的精神压力大极了,摇摆不定,心神俱疲。终于在某一次跟他见面的后半夜,我从熟睡的老程身边爬起来,身上还留着他留下的感觉。我想要跟他分手。下定决心,带着世界上最完美的一次做爱的记忆,一了百了,跟他分手。

我从他的口袋里找了一根烟点起来,坐在床边抽起来。

老程醒过来的时候看到我坐在那儿抽烟,我听到他的声音从身后传来:

"你要跟我分手了吗?"

他的声音是那么温和,带着一丝笑意。

我突然想起他在会议室忍俊不禁地对我说:"咱们第一次见面的时候,你也是莫名其妙地哭了。"

可是哪怕是这样温和的声音,我都已经很久很久没听到过了。

我又莫名其妙地哭起来,背对着他,拼命摇头。

他走下床来把我抱回去,我再也不要想什么分手的事。人终有一死,或轻于鸿毛,或死在老程怀里。

我决定要做回那个义无反顾爱他的我,不结婚就不结婚,三个月见一次就三个月见一次。刀山火海我也跟着去,装满了蛆的大坑我也跟着去。

就这样,七年过去。

还好我遇到了宽粉儿。宽粉儿是老天派来拯救深陷的无脑的我的天使。如果不是宽粉儿,我一定就被老程给毁掉了。

眼下宽粉儿正忧心忡忡地看着我说:"你好瘦啊,你都瘦成这样了。"

吐了三个月,瘦了九斤。我看起来就像一把干枯的柴火。

今天是我要回公司去上班的日子。

虽然很无力,精神委顿,食欲也几乎没有,但我还是决心要回去上班。宽粉儿给我买了一堆孕妇可用的化妆品,我还是努力地把自己打扮起来。望着镜子里的自己,妆发完整,虽然看起来气色很糟,但比之前几个月的我要好得多了。

我回到公司,大家七嘴八舌地围过来说:"你气色好差啊,你行不行啊?"他们不敢给我很辛苦的项目来跟,在我回公司的前半个月,甚至什么事情都没有。结果我只是开心地跟同事蛋贫,吃饭,偶尔去厕所吐一下,就这样飞速地度过了几天。

宽粉儿说:"你看起来状态好多了。"

是啊,人还是要生活在人群里才好。

周末我又可以跟宽粉儿先去我家再去他家。双方老人我唯一真心愿意与之好好聊聊天的只有宽粉儿的奶奶。

虽然奶奶已经被医生判了死刑,但是她看起来很好,精神头很好,心情也很好。她看到我总是笑得那么慈祥。她说:"怀孕的时候吐得越厉害,以后孩子越疼你。"

真的假的?

宽粉儿点点头说:"我妈当时把眼珠子都快吐出来了。"

在我回去上班的一个多月之后,我的直属领导说,他在亲自跟一个案子,让我跟他一起跟。他说客户过来开会了,让我跟着一起去听。

我抱起笔记本,跟着往别的楼层走,走到会议室门口的时候,突然感到一阵剧烈的恶心。我赶紧捂住嘴,站在门口试试看能不能把这阵恶心压下去,却听到我的领导在里面介绍说:"程总您好,我是负责这次推广的策划,我叫 Sandy。这是跟我一起负责的 Zoey。Zoey?你人呢,Zoey?"

我早已抱着笔记本逃走。

程总什么鬼啊?!不要随随便便姓程好吗,这位客户?

我冲去了厕所,吐不出什么东西,对着镜子把自己尽可能地整理了一下,然后回到会议室。

专业、微笑、推门,程贯中就坐在那儿,看着我。

等我回过神来,我的领导在一个劲儿地问我:"你没事吧 Zoey,你没事吧 Zoey?"

"我没事,领导,不好意思。"

他说这是某某公司的程总:"程总,这就是 Zoey,她身体不太舒服,不好意思。"

我摆出一个非常官方的笑容来,对老程说:"真不好意思,耽误您的时间了。"

我们大家坐下来。作为一个大客户那边的大领导,连我司最大的领导都对他客气极了。大家坐在一起聊推广合作,而我居然又一次跟他坐在了同一个会议室里,仿佛回到了我刚进他的公司,在他的周会上的时候。可我毕竟不再是挤在盆栽旁边的实习生了。

我没有抬头看老程,我也没有来得及看看他怎么样。

好几个月没有见到他,天知道日日夜夜在不停想念他的我是怎么挺过来的,可我毕竟早已不是在他车上流着口水盯着他看的小姑娘了。

集中精神,认真地听老程带来的团队分析他们的推广需求,一边记录下来,一边把自己能想到的标注在一边。

需求讲完了,我的领导问我有什么想法,我花了几秒钟把刚才想的整理了一下,尽可能简洁清晰地讲出来。

我看到老程带来的主管张嘴要说什么,却马上又闭上了嘴。他在纸上记了几笔之后,说大思路没问题,那就等着方案出来吧。

准备散会,我收拾我的东西的时候,大老板说要请客户的团队出去喝杯茶。我的领导带着我告辞的时候,我听见老程说:"策划不去?"

我的领导嬉皮笑脸地说:"我们赶紧去写方案,等方案过了再跟您喝茶!"

曾经老程公司的产品我太了解,就算这么多年过去已经出了很多新产品,可我还是非常了解老程个人的偏好。可能比他带来的团队都更加了解。

方案出来内部碰的时候,有很多修改意见,我都尽可能地据理力争保留了自己的想法,因为那些不是我的想法,那些是老程喜欢的东西。

两周之后，一群人去老程的公司提案，我是主讲。去的路上我还有点心虚，万一他压根就不出席提案会，这个方案还没过他的眼就被下面的团队给毙掉了，那我在我们公司可就丢脸了。

还好他来了。

在讲方案的时候，我尽可能地不去看他。

我知道，看他一眼，我就讲不下去了。

我突然想起十七岁的时候，我幻想他正盯着我看。而我众目睽睽，擦完黑板，要走到他身边的座位去。

何等的精心安排自己的每一步，仿佛他真的会认真看一样。

可是其实他根本就不看，完全没在看我。

一边讲方案，我一边在心里嘲笑自己。

我只是一个媒体的小策划，在讲一个早就定下来主题的方案，有什么好紧张的。

我只是一个分手了很久的女朋友，哪怕是上次已经见过，他没有给我任何短信任何电话，我是已经付过钱了的商品，结过账的服务，不需要再联系的那个人。

讲完方案我把电脑交给领导，坐回角落去，准备记录修改意见。

他们团队的这个主管应该来了没多久，还没见识过老程的吹毛求疵和暴跳如雷，提出了好多不对路子的问题，我一边记录，一边忍不住笑了一下。

不经意间抬起头，看到老程正盯着我看。

我的心差点跳出嗓子眼。

但是我强作镇定地低下了头。

等这个主管说完所有的问题，老程突然开口说："你们回去准备合同吧，按时上线。"

主管脸都白了，画风突变，马上肯定了方案里的一切，并开始详细地聊起执行的问题。

我的领导很高兴，他提出要请客户吃饭，老程站起身来说："你们年轻人去吧，我不参与了。"

在做老程的方案的这两周之中，我好像打了鸡血。

怀着四个多月的身孕的我，腰不酸了，腿不疼了，上楼也有劲儿了，连加班我都甘之如饴。想起我吐到活不下去的那些日子，宽粉儿嘲讽我说，如果现在老程在我身边，我可能一个鲤鱼打挺就没事了。

真讽刺啊，他甚至都不需要在我身边。

然而，提案通过了，老程走出了会议室，我突然感到全身的真气都被人抽走了。

什么吃饭，我也不想去了，我说，领导，我难受得不行，我得直接回家了。

我一个孕妇他怎么敢难为我，赶紧让我回家，说后面的收手工作交给他就好了。

这个公司我太熟悉了，我恍恍惚惚地走到公交车站去。下午三点，我等了一会儿公交车，突然闻到一股熟悉到仿佛就是我自己的气味的味道。

紧接着一个熟悉极了的声音在我耳朵后面对我说："我就知道你不会跟他们去吃饭。"

我回过头，仿佛看到鬼一样地看到老程站在我身后。

我震惊地看着他，他却若无其事地说："公交车来了。"

就像美国总统下地干活，又像天上的仙女在路边奶孩子一样，老程跟我一起上了公交车。

车子很空，他跟我一起坐在某一个双人座，我简直无语，沉默了半天我说：

"程总，您出去啊？"

他无语地看了我一眼说："我想跟你聊聊。"

可是却没有人说话。

我的内心在咆哮，可是嘴上却不知道说什么好。

过了半天我说："第一次看到你坐公交车。"

他笑着说："我今天限号。"

快别逗了，你的另一辆车难道也限号？我在心里咆哮。

他说："刘宽给我发过一个短信，说你很不好，在医院住院，让我去看看你。现在看到你活蹦乱跳的我就放心了。"

可能是被宽粉儿洗了脑，我的心里并没有特别感激。我觉得他其实从来没有关心过我，也没有担心过我。他只是客气客气，只是这么一说。

他看我没吱声也没有任何反应，叹了口气说："我去医院看了你。"

"什……什么时候？"

"你在医院住院的时候。我去你的病房看了你。看见刘宽抱着你，我就走了。"

我震惊地看着他。

为什么？为什么？如果让我哪怕是看到你一眼我也会好多了，为什么偷偷地来了，又偷偷地走了？

我说："刘宽抱着我，是因为我刚吐完，会打一会儿哆嗦，况且……"

老程点点头说："我知道。但是我不喜欢看到任何人抱着你的样子。女人也一样。"

我居然笑了，我说："我妈也不行？"

他瞪了我一眼说："你妈可以，你爸就不可以。"

我笑着说："那我三舅姥爷呢？"

不知道为什么，我觉得这个时刻是我可以跟老程开玩笑的时刻。

三舅姥爷问出口，他就站起身朝车门走去。

我看着他,心想怎么一言不合就走呢!他站在那里说,你不下车?

我又屁颠屁颠地跟上去。

我说:"程总,下车也得刷卡,不然公交卡都扣光了。"

他狠狠地瞪了我一眼,很不熟练地刷了卡。

我们在某个高校的大门口下了车。他说:"咱们走走,你走得动吗?"

我点点头。他又说:"你冷吗?"

我摇摇头。

他自嘲地说:"这几个月,我突然很喜欢散步。可能是老了。"

他看起来一点都不老。

或者说,三十多岁的时候,他长得就不小。

我笑着说:"你怎么可能有时间做散步这么耗时间的事情?现在可是第四季度啊。"

他说:"我也差不多该休息休息了。"

程贯中和我走在一起的时候,总是走得很快。我就算能追得上他,也只能走在他的身后。但是我几乎从来不觉得有什么问题。

他扭过脸来笑着对我说:"我都四十五岁了,喆原。"

我们在这个很古老的大学校园里散步,他絮絮不休地对我说起这几个月公司的变化。他手下招了一个新的总监，很能干，很像当年的他自己。他手中的实权下放，无论此事是否是他自愿，他又是否乐见，结果是，他突然就有了空闲时间。

除了离婚前稍稍提过之外，他极少对我提起他自己的事，无论工作还是生活。关于他的习惯，他工作上的偏好，他个人的喜恶，无一不是我自己总结来的。我总结得如此精确，又如此铭记于心，当然与我的聪明才智、善解人意无关。我只是太在乎他，他的一言一行都被放在心里，归类、编码、总结、得出结论。

我熟知他的行程，即使他从不向我汇报。从前他就算不出现在公司，也一定是在媒体或者会场。就算在家里，也一定在处理邮件和公务。就算是周末，也总是安排了应酬和活动。他说过，他和前妻周末时唯一共同的活动，几乎就是一起去招待客户，或者是一起被招待出游。两个人装作其乐融融，相爱相携。

然而现在他说，有一天早晨他到了办公室，打开邮箱，一封需要他去处理的邮件都没有。整整一天，他坐在那儿无所事事，恨不得把员工叫进来汇报工作。

老程说着说着，竟然为了我，放慢了脚步。他和我并肩慢慢地走着，对我说："我突然明白，有朝一日，我会退休。每天早晨醒来，没有地方可以去。而我竟然没有任何想干的事儿。别人都悠闲得很，老郑天天去钓鱼，可以打球，还可以看电影，读书。"

我沉默地走在他身边，幻想着一个叱咤风云、风风火火了一辈子的男人，突然之间过上了只能钓鱼的生活，会有多么难过。

"老郑有老婆孩子，我没有。我什么都没有。"

我不知道说什么好，只好不吱声。

老程问了我的情况，我轻描淡写地讲了一下我的孕吐。他说他没有想到女人怀孕会那么难受，他说他的前妻似乎没有这么难过过。

在这个大学的深处有一个小小的咖啡馆，我们进去坐下来，老程点了一根烟。我还没说什么，他居然就看了我一眼把烟掐了。

"我忘了，抱歉。"他说。

随便聊了一会儿之后，他坐直身子，把双手交叉起来放在桌子上，对我说：

"喆原，你怀孕的那个月，咱们两个也在一起过。"

什么意思？

他说："这个孩子也有可能是我的孩子。"

"怎么可能呢？！"我脱口而出。我和老程，除了第一次之外，从来没有在没有措施的情况下在一起过。

"是有可能的，喆原。"

"不可能。"我头摇得像电扇。

"无论如何,我希望你能去做一次亲子鉴定,"他居然握住了我的手说,"这对我很重要,喆原。"

他喊我的名字,我就会缴械投降。

可是这一次却似乎有一个坚强的小战士在内心顶住我,她在心里说:凭什么?去做这个什么亲子鉴定,对宽粉儿算什么?

她是如此坚定,又颇为气愤,使我脱口而出:

"程总,你给我的分手费我已经收到了。"

老程苦笑了一下,却没有放开我的手。

他说:"我当时非常生气。"

"现在您就不生气了?"

我从来没有这样对老程说过话。

我故意喊他程总的时候,都是公务场合,或者是我有点胆怯的时候,从来,想都没想过,会用挑衅的语气对他说话,会在想要故意疏远他的时候这么叫他。

最有趣的是,老程居然没有拂袖而去。

他说:"我从来没想过要真的跟你分手,喆原。"

别,别喊我的名字!

我内心的小战士叫道。她还说:你只是突然想起了孩子的事,一切只是为了孩子。我怎么样你真的关心过吗? Never!

现实中的我当然没有说话。我的表情也很难看,于是老程补充说:"你也没有联系过我一次。"

联系你?我敢吗?你心情好得要命的时候,主动联系你我都要深呼吸三次。

我们俩都没有说话。老程感受到了我跟从前不同的情绪，然而他并没有感到这可能是因为他的所作所为太过分了，他突然想到了一条岔路上。

他绷起脸来说："所以你和刘宽已经是真正的夫妻关系了，是吗？"

什么叫真正的夫妻关系？天天啪啪啪？我一个刚过孕早期的孕妇？

我摇摇头说："我和刘宽的关系没变。"

他有点不相信，但是看了我的表情，又勉强信了。

我们俩对着坐了一会儿，他说，走吧，我送你回家去。

明明知道不可能,但"这个孩子有可能是老程的"这件事,萦绕在我的脑海,挥之不去。

"绝对不可能。"我一万次地在心中这样说。

我忐忑不安地回到家,宽粉儿已经回家了。他问我怎么回来晚了,我居然,不自觉地说了谎,说是和同事一起吃了饭。

宽粉儿在煮粥,他随意地说:"顺利吗,和老程?"

什么?我差点跳起来,不过我马上想到,宽粉儿知道我今天是要去给老程提案。

顺利,我说,一次过。

他说:"老程给你通过的?"

"老程哪儿有空参与这种小提案啊。"我居然又不由自主地说了谎。

宽粉儿挠了挠头说:"我还以为老程要勾搭你呢。"

然后他说:"橘子,我明天要出差,实在是推不掉了。你现在情况好多了,我让细粉儿每天来照顾你,晚上睡另一个房间,行吗?"

我不经意地点了点头,心里还暗暗松了口气。心里突然感到很厌烦,"孩子有可能是老程的"这件事梗在心头,居然令我无法直面宽粉儿那慈祥的脸。

第二天我照常去上班,回到家一开门看见细粉儿在煮粥,吓了一跳,才反应过来,宽粉儿出差了。

我跟细粉儿一起吃了饭,突然觉得,这件事在这人世间我居然没有别人可以商量,唯一可以商量的人就是细粉儿。

"细粉儿我跟你说件事,你别跟刘宽说。"

细粉儿很惊讶地抬头看我。"暂时,先别跟宽粉儿说。"我补充道。

我把跟老程见面聊了天的事告诉他。我说老程跟我分手有后悔的意思,而且他说希望我去做亲子鉴定,说这对他很重要。

"是,我理解。"细粉儿总是一脸非常真诚又平静的表情,他第一时间对老程表示了理解。

"所以说,虽然只有百分之一的可能性,又虽然老程已经四十多岁了,但可能性还是在的。"

"我觉得太可笑了,我绝对不会去做什么亲子鉴定,但是越想越难受,还不如去做一个亲子鉴定,确定是宽粉儿的,这件事也就过去了,你说呢?"我忧愁地忍不住找细粉儿拿主意,

"古人云孕中多思,我心里现在真是存不住事儿。"

细粉儿想了想说:"我赞成你去做亲子鉴定,而且在结果出来之前,咱们不告诉宽粉儿,如果是他的孩子无疑,那就不需要对他提这件事。"

然后博学多才张嘴就来的细粉儿告诉我说,我现在怀孕第十八周,正是做羊水穿刺进行亲子鉴定的最佳时机。他马上找了他在医院妇产科的朋友约了羊水穿刺,又很变态地去厕所收集了一些宽粉儿的头发,无论如何,此事有细粉儿挺我,我心里踏实多了。

几天之后细粉儿陪我去了医院,"这样唐氏筛查和亲子鉴定都一起做。"细粉儿对我说。躺下来肚皮上挨了一针。给我做羊水穿刺的医生说小柚子很活泼,在肚子里跑来跑去。细粉儿迷之幸福地说:"宽粉儿小时候也特别闹。"

做完了羊水穿刺的那天晚上,我又破天荒地收到了老程的短信。

"睡了吗?"

我的天,恍惚间我突然好像回到了大学时代。这位老先生是不是突然闲了下来实在没有事情做了?

我回答他说,还没睡,刘宽出差了。

他说,你一个人在家?

我说远洋来照顾我啦。

他问我远洋是谁,我说是刘宽的朋友。

简直不出一秒钟老程的电话就打了过来。

"刘宽的朋友?哪个朋友?男的?"

我一头黑线,又莫名地觉得有点心虚,我说对。

"你怎么随便就可以跟男人住在一起?"

老程用非常恐怖的语气说。

然而我居然没有害怕。虽然没有害怕,也还是没胆出言顶撞,只好不说话。

老程等了我几秒钟我没吱声,他就挂掉了电话。

十多分钟之后,门铃响了,我内心一阵大呼"不是吧,不会吧,不会是老程吧,不可能吧",就听见细粉儿去开门,然后说:"您是哪位?"

我在冲出门外的时候还不忘对着镜子整理了一下仪容,等我出去的时候老程正还算有礼貌地说:"我来接喆原走。"

他非常详细地打量着出现在他眼前的这个美貌的混血面孔的男子,狠狠地瞪了我一眼。

细粉儿恍然大悟说:"您是程总吧?您不用误会,我就是代替刘宽来照顾她。"

老程置若罔闻直接走过来,揉了揉我的头发说:"去换衣服,跟我走。"

我还没来得及反应,细粉儿说:"程总,您跟橘子已经是分手的关系，况且您也不是会照顾孕妇的人。我在照顾橘子，这是刘宽拜托我的，我不能让您把橘子带走。"

这两个都很高大的男人互相瞪着对方。

老程用眼神说：肚子里的说不定是老子的孩子关刘宽屁事。

细粉儿用眼神说：无论是不是刘宽的孩子我都不会让步！

老程用眼神回答说：你难道还能拦得住我不成？

细粉儿用眼神回答说：你看橘子也没想跟你走啊。

两人对峙了一会儿，可能是因为细粉儿一脸无比坚定和正义的气质，居然是老程败下阵来。

他伸手脱下来身上的大衣说："那我住下来。"

What？！

真是刺激的一天。我还没有回过神来，我们三个居然就已经坐在饭桌前各自喝着一杯热牛奶沉默相对了。

虽然我关于爱情的一切实践经验都来自于老程，可是无数的影视剧文学著作告诉我，两个人既然分了手，也没有说要再在一起，那一般是不能再睡在一起的。

更何况我和老程睡在一起，还没有一个晚上是老老实实睡觉的。

而号称自己已经老了的老程，从来都是宝刀不老。我甚至不知道自己有没有那个能力保护自己。

那既然我不乐意和老程睡在一起，他又不放心细粉儿跟我同在一个屋檐下，那今儿晚上怎么睡？

难不成我跟细粉儿睡？

突然跟一个不熟的男人睡一张床还是挺难受的。

那不然，老程和细粉儿睡？

"细粉儿是如此俊俏，老程会不会把细粉儿给睡了，把宽粉儿给绿了？"这个想法出现在我的大脑，我一下把牛奶喷了。

他们俩都无语地望着我。

老程说："我跟你说的那件事，你跟他们说了吗？"

我好不容易把自己和饭桌弄干净，挣扎着说："我没跟刘宽说呢。但是远洋知道了。"

细粉儿一言不发，他知道这是我和老程之间的事，要不要告诉老程什么由我做决定。

我想了一会儿还是开口道："今天远洋带我去做了羊水穿刺，做了亲子鉴定。因为托了远洋的朋友，所以一周左右就能出结果。"

老程说："你居然没告诉我？"

我后背一寒。我握紧了热牛奶，鼓起吃奶的勇气说："您都跟我分手了，我不敢联系您。"

我看到老程的拳头捏得青筋暴起。

老程说："刘宽什么时候回来？"

细粉儿说要到下个月。

老程说："取结果的时候我必须要在现场。"

……这也是挺合理的。

他把热牛奶一饮而尽，然后站起身来说:"时间不早了，喆原要早睡。"

说着他不由分说，我还没来得及发表任何反对意见，他就拉着我的手把我拖进了我们的房间。

我被程贯中压在门上，他带着令人恐惧的激情对着我的耳朵说:"好几个月了，喆原。"

他像某种非常巨大的野兽一样咬住我的嘴唇，把他的大爪子伸进我的睡衣里面。我一边拼命挣扎，一边尽我所能地不发出任何声音。这被细粉儿听到我简直不要活了。

正当我觉得绝对不可能守得住了的时候，老程居然停了下来。

他喘着粗气低声说:"我不会伤害我们的孩子。"

剧烈的情绪波动和毕竟无法自控的情欲使我发起抖来，程贯中紧紧地抱着我，过了几分钟才平复了呼吸。

他把我抱上床，就像第一次，在那个潮湿的宾馆的房间里一样，用被子把我裹住。

我不明白，这算什么？整整七年招之即来挥之即去之后，突然又把我视若珍宝？只是因为孩子吗？

老程从来都不喜欢孩子。他从未关心过他的女儿。跟我在一起的这七年中，为了避免有一个孩子，他从来没有一次松懈于保护措施。

再过一周,就会有个定论。孩子不是他的,是宽粉儿的,他就又会消失在世界上,消失在我的生活中。

十几年我赖以生存的这个气味,这个怀抱,这个男人,凭什么?既然又要把我弃之不顾,凭什么现在又来抱着我?

我不敢出声音,眼泪流个不停。

第二天早晨老程像以前一样早早地离开去上班,不知道是不是因为忙碌,在结果出来之前的这一周,他没有再出现,也没有再跟我联系。

宽粉儿每天都给我打电话,问我好不好。即便细粉儿每天都在跟他详细地汇报我的各种情况。

一周过去,细粉儿接到朋友的消息,让去医院取结果。

我想到老程令人肝儿都冻起来的声音:"你居然不跟我说?"还是厌厌地给他发了个短信,告知他是哪个医院,我们现在要过去取结果,不知道他有没有时间去。

我们到了医院,细粉儿的朋友正在看诊。坐在门口排队,老程还是没有出现。

我的心快要跳出体外,不知道有什么可紧张的。

不知道为什么细粉儿也紧张得要命,我们俩一言不发地坐在门口。

我不知道我到底在期盼着老程的出现,还是在害怕老程出现。

可能等了得有四十多年,细粉儿的朋友也觉得不耐烦了,就直接打开门,喊细粉儿过去,把两张纸塞给他。

细粉儿看也没看一眼地回到座位上找我,我们俩好像急迫地在对中奖号码的两个彩民,迫不及待地展开这两张纸。

我听见老程在喊我的名字:"喆原!"

我却没有动。等他紧赶慢赶地过来,扶住我的肩膀把我转过来,我已经满面是泪,三观尽碎。他震惊地看着我的模样,又看了一眼坐在我身边同样三观尽碎的细粉儿,抢过检查结果看下去。

第一张报告上写着,胎儿唐氏综合征风险属于:低风险。

第二张报告上写着,排除刘宽与胎儿的生物学亲子关系。

说不清为什么,我觉得这张报告在粉碎了我的三观的同时,也粉碎了我原本觉得会很平坦的、很祥和的生活。虽然这个生活中没有了老程,虽然他把我抛弃让我感到心痛,但我会一直跟宽粉儿过着幸福的、幽默的、互相理解的生活,我的女儿小柚子会有一个温柔的父亲,会有一个双亲和美的家庭,会成长为一个很好的小孩。

为什么我和老程在一起七年,这个只有百分之一概率的小孩子,会偏偏挑了这个月到来?为什么在云朵中寻找父母的小柚子,明明看到每天跟我生活在一起的是笑得那么温和的宽粉儿,可是她选择的爸爸居然是老程?

细粉儿说，只要这个孩子是宽粉儿的，就不需要把这一切告诉他。

现在怎么办？我怎么跟他说？

虽然我和宽粉儿之间没有男女之爱，可是他怎么可能接受得了，他一直高高兴兴地期盼着，这么疼爱，甚至不顾万难请了好几个月假悉心照顾的小孩子，居然不是他的孩子？

我坐在医院的长椅上，一脸呆滞，只有眼泪稀里哗啦地流个不停，震惊了身边的各种孕妇。她们可能以为我肚子里的宝宝出了什么问题，纷纷投来同情的目光。细粉儿见状抓紧时间拉我走，他把我拉到没有人的地方，双手握着我的手臂，用他充满正义感的坚定的双眼，坚定地盯着我的眼睛对我说："橘子，你没有做错任何事情，你明白吗？"

我没有做错任何事情？怎么可能呢？

我选择了老程，选择了飞蛾扑火，选择了一头扎进不可能给我幸福的男人的深不可测的魅力之中，也许在那么几个瞬间，我曾经想过，老程抛弃了我，其实是老天爷对我的一种赦免。假以时日我一定能走出来，我一定能逃离这个男人身边，我一定能逃离我的内心深处把自己死死地捆绑在他身上的那种感情依赖。然而老天爷说，那是不可能的，你是逃不脱的。你想拥有一个哪怕是看起来正常的和乐的生活，都是不可能的。

我怎么可能没做错任何事？

"宽粉儿会不会恨我?"我很小声地问细粉儿。

"怎么可能呢,橘子?我来跟他说。你什么都别操心。"

他抬头看了一眼还站在远处的老程说:

"你要不要跟他谈谈?"

我剧烈地摇头,摇得我脑仁疼,我说:"我必须得自己待一会儿。"

我没有回头看老程,一个人离开了医院。

我很感激细粉儿的善解人意。虽然他可能非常担心我的安危,但是他仍然没有拦我,让我一个人离开了他的视线。

我一个人从医院出发,漫无目的、满脑子一片空白地走着。直到经过一个烤冷面的摊位的时候,浓烈的香气唤醒了我的大脑。

宽粉儿连外面正规饭馆的饭菜都尽量不让我吃,何况是这种位置的摊位卖的未知材料制作的烤冷面。

可是不知道出于什么心理,我面无表情地走过去买了一份烤冷面。

"我他妈太想吃烤冷面了。"我对自己说。

我看着小贩把鸡蛋刺啦一声浇到烤冷面上,浓烈的油烟冲鼻而来。

"要辣椒吗,姐?"他问,我面无表情地点了点头。

接过烫手的烤冷面,我吃了一口。好几个月没吃辣椒,这一口带蒜味的辣椒直冲咽喉。

我好久没吐了,此刻却直接当着烤冷面的小贩的面一秒钟吐了出来。

小哥们也是吓坏了,他煞白着脸儿看着我,也没敢过来扶我一把。

为什么要吃这种不应该吃的食物?

我突然发现,在这一瞬间,我第一次对肚子里的小柚子怀有莫名的恨意。

即使是根本就不想要这个孩子,只是为了宽粉儿,只是为了宽粉儿的奶奶,才勉强怀上了这个孩子的我,这也是第一次对肚子里的小朋友怀有恨意。

可是选了程贯中做她爸爸的小柚子又有什么错呢?

我干吗要拿可怜的小柚子开刀?

我恨的明明是老程。

可是老程又有什么错呢?

七年前,不由分说把一个比他小十五岁、他自己的亲外甥的高中同学,还口口声声叫他程叔叔的女孩子拖到宾馆房间去,他有问过我要不要吗?

在我怀上小柚子的那个月,给我发一个短信让我去老地方等他,接我去喝酒、接我去他的家,连一句好听的问候都没有就一顿啪啪啪,在百分之一的概率下让我怀上了小柚子,他有问过我要不要吗?

问题是，我当然要，还用问吗？

再来一次我就不要了吗，当然还要，还用问吗？

所以老程又有什么错呢？错的只是我。而细粉儿居然还说我什么都没做错。

我把自己的人生弄得一团糟。

我从包里掏出水来喝了一口，把手里已经捏烂了的烤冷面扔掉，然后继续往前走去。

细粉儿跟宽粉儿说了吗？

宽粉儿会知道我居然对他有所隐瞒，居然背着他跟细粉儿商量这件跟他切身相关的事，而我们已经规划好的未来居然早已完全不同。

早知道有今天，我干吗要做他妈的什么亲子鉴定？我跟细粉儿很自信地商量说"只要确定是宽粉儿的孩子，心里不就踏实了吗"的时候，哪儿来的自信？

怎么就没有想过"万一不是呢"怎么办？

我的手机在我的裤兜里，我已经出来了半个小时了，宽粉儿还没有给我打电话。

在和老程的七年之中，我无数次地被冷暴力，被威胁要抛弃，被直接物理性地扔在街头。

我始终都诚惶诚恐，常常凄凄惨惨地回忆着我们曾经那屈指可数的幸福的瞬间。

然而和宽粉儿一起生活的五年,从来没有过任何风险。

他什么时候都在,任何时候都不发火,永远是那么可靠的人。即便我们的婚姻是如此的不靠谱,我居然从来都没有想过有一天这个婚姻可能会走到尽头。

老程消失在我的生活中,我还有宽粉儿。宽粉儿会递给我老程的围巾让我抱着睡觉,宽粉儿会给我做饭,会陪我散步,会听我从早到晚絮絮叨叨地讲述跟老程的一切,看我想骂老程就陪着我骂,不想骂老程就不骂。

可是如果有一天没有宽粉儿了呢?

突然,随着我的脚步,我的肚子一阵激荡疼痛。

我赶紧捂住肚子站住,对不起小柚子。

我对着肚子说,对不起,小柚子,我完全不顾小柚子的感受,冒着冬天的寒风走了这么远的路,中途还吃了一口辣的烤冷面。

我站在那儿不动,但是肚子还是隐隐作痛。环视四周,居然连个坐下来休息一下的地方都没有。

我就缓缓走向路边,准备在路边马路牙子上坐下来,结果在蹲下来的一瞬间,大腿胯关节一阵剧痛,没撑住一屁股跌了下去。

我大口大口地深呼吸,一边忍受着肚子的疼痛,一边掏出了手机拨出电话。

对方很快就接起电话,语气十分复杂地喊我:"橘子?"

"……"

我居然打给了宽粉儿。

宽粉儿远在千里之外我打给他有个屁用?

然而,在我自以为每当遇上了什么天大的事儿都会不由自主地去找老程的时候,其实我心里真正不由自主依赖的人早已变成了宽粉儿。

"……我忘了你出差了,"我说,"我在路边不舒服,结果没动脑子就给你打了电话。"

宽粉儿马上就急了,他大声问我在哪儿,让我自己冷静点先叫救护车去医院。

然而奇怪的是,在我听到宽粉儿声音的一瞬间,我的肚子就不疼了,我的胯关节也不疼了。

我把手放在还没鼓起来的肚子上,轻声对小柚子说:"你不生妈妈气了是不是?"

小柚子可能在肚子里点了点头,我第一次感觉到,好像有一只小鱼,在我的肚子里游。

"宽粉儿,宽粉儿,小柚子动了!"我激动得大吼大叫。

"天哪!太厉害了!柚子,叫爸爸!"宽粉儿也激动得大吼。

然而话音刚落,我们俩都陷入了深深的尴尬中。

"细粉儿跟你说了是不是?"

"嗯,"宽粉儿说,"你确定你身体没事儿了?你可吓死我了!"

"你生我气了吗?"我问宽粉儿。

宽粉儿可能是仔细想了一下，才说："传宗接代是人类的本能，橘子。所以就算我觉得生气，那也是人类的本能。就好像你本来是一个根本不想生孩子的少女，但是现在你走在路上总是本能地护着小柚子，是一样的。你明白吗？"

"我明白。"我说。

"我当然也想过你那个月也跟老程在一起过，我还想过第一个月总会失败的，下次你就不能再跟老程见面了，但是谁能想到居然当月就怀上了。谁能想得到，我居然如此技不如人。"

这个节骨眼扯什么技不如人，我忍不住喷了。

"总之，"宽粉儿叹了口气说，"我刚才跟冯远洋大吵了一架。"

我一头黑线地说："你们俩是不是三十多年都没有吵过架了？居然害得你们为我吵架，我可真内疚啊。"

宽粉儿没理我，正色地说："橘子，你要稳定一下情绪，要相信我，退一万步说，咱们买卖不成仁义在，我永远都是你的朋友，好吗？"

我的眼泪又不受控地涌了出来，抽泣着说："你这半天也没给我打个电话，我还以为咱们俩彻底决裂了呢！"

宽粉儿说："冯远洋死活不让我给你打电话，他说你说了你要自己待会儿！这书呆子，他太不懂女人。"

细粉儿上哪儿去懂女人啊，我翻了个白眼。

"橘子，我明天就回去，如果不行回头我再出差也行。但是无论如何，你要先鼓起勇气跟老程聊聊，听听他的想法和他的计划,无论如何小柚子毕竟是他的孩子。"

我的天,从看到报告到现在,我居然一次都没有想到,老程是怎么想的。

为什么他到现在也没有联系过我?

那一天晚上八点钟,我坐在老程家的客厅里。

这个老程独自居住的对我来说无比豪华的房子,是我们每次约会的地点。

在这座房子里,没有我的换洗衣服,没有我的牙刷发卡,连我掉在地上的头发都没有。无论谁走进这个房子,都能看得出,这是一个男人独自居住的地方——一个很有钱的男人独自居住的地方。

离婚之后的七年里,老程又购置了几处房产,但是他只把那些房子委托给中介公司出租。一个人住别墅,太冷清了,他说。

他从来没有一时一刻地设想过,未来他有可能不再是一个人了。

他雇了一个保洁阿姨,每天白天来给他做饭。然而我觉得他是故意的,从没有让我和这位保洁阿姨打过照面。

除了跟宽粉儿在一起撞见他带着女儿看病之外,他身边跟他有关的任何人几乎都不知道我的存在。

我曾经在这个房子里给他做过几次饭。但是我猜每一个做过饭的人都明白,给不同的人做饭,感觉是完全不同的。

比如给宽粉儿做早饭的时候,满怀温馨,而且心里很清楚宽粉儿永远不会挑剔我。所以我总是发挥稳定,极少出现失误。做完饭两个人轻松自在地大吃一顿,哪怕满地饭粒一桌子牛肉酱也不怕。

而给老程做饭,好比是大长今给皇上做饭。皇上哪天不高兴,老娘就死了。

我在他一尘不染的厨房里谨小慎微,好像一个医生正在无菌室做手术一般,又好像一个化学家在做实验一般,身手稳健,战战兢兢,时时刻刻保持强迫症一般的整洁。

眼下我坐在老程巨大的牛皮沙发上,他站在阳台上抽烟。他被阳台的顶灯照着,在客厅里投下了巨大的阴影,这可能是他第一次在自己家里被赶到阳台上去抽烟。

下午我跟宽粉儿打完电话之后,却迟迟没敢联系老程。

宽粉儿的态度好像给我吃了一颗定心丸,我的理智又回到了身体里。回想了一下在医院时的情景,老程看到报告书是什么反应?什么表情?他说过什么没有?我居然一无所知。我满脑子都是宽粉儿,在面对老程的时候,满脸眼泪,连他长啥样都看不清。

我给细粉儿打了电话,告诉他我没事,自己回家去休息,然后刚到家,屁股还没坐热,就接到老程的电话。

他无比简短地问了我在哪,就开车来接了我,先带我去吃饭,然后又带我回家。

全程我们两个除了"你吃什么""什么都可以"之外,几乎没有任何对话。进了他的家,他就跑去抽烟,我一言不发。

不抽烟的我算不清老程抽了几根烟,总之他在阳台上待了很久才回来,带着一身浓重的烟味。

他身上带着莫名的杀气,虽然我不明白我哪里得罪了他,但还是忍不住地害怕。

老程沉默无语地从裤兜里掏出了一个小盒子,放在我面前,看我不敢动弹,就开口说:"给你的,打开看看。"

我摸过小盒子打开,一只巨大无比的钻石戒指闪瞎了我的狗眼。

在一阵眩晕之中,我的脑内不断回想着一个声音:这他妈是什么意思?

我和大钻石面面相觑,老程和他自己的膝盖面面相觑。

可能我们两人都不知道过了多久,他终于开口说:"喆原,我没有做过这样的事情,真是难以启齿。"

我僵硬地抬起头看着他。

他杀气腾腾地看着我说:"你愿意嫁给我吗?"

在这个瞬间,出现在我脑海中的居然是肖小群的脸。

我看见高中时矮小的肖小群对我说:舅妈。

我缓慢地说:"可是程总……"

他又把拳头捏得青筋暴起,咬牙切齿地说:"别叫我程总!"

我突然明白,他不是杀气腾腾,也不是怒气爆棚,他只是异常的紧张。

他看都没有看我一眼,把他巨大的手握住又松开,握住又松开。

过了好几分钟,他才看着我的眼睛,不可置信地说:"你不愿意?"

我凭什么愿意?

从我认识他开始,有那么任何一个瞬间,他给过我这种奢望,能当上肖小群的舅妈吗?从来都没有过啊!

如果五年前的我知道有一天他会问我愿不愿做肖小群的舅妈,我为什么还要嫁给宽粉儿?

如果五年前我没有嫁给宽粉儿,早已被我妈打入"老处女"行列的我,如今终于嫁入豪门。然后呢?

我突然抬起头来环视着这个豪华的房子。嫁给老程吗?

我猜,如果我嫁给老程,他会带我搬进一座可能有四层的别墅(我不知道,因为我也没见过一个真的别墅)里去,他会给我雇一个保姆,给我做饭、打扫房间。然后我会生下女儿,他会再给我雇一个育儿嫂,帮我照顾宝宝。然后我就会在一座比我眼前的这座房子更加豪华的、辽阔的房子里,和我们的女儿一起过着自生自灭的生活。

我对谁都没有说过,对宽粉儿没有说过,给细粉儿讲起老程的时候也没有说过。

当年我还在程贯中的公司里做一个小职员的时候,虽然自以为是他的女朋友,但绝对、绝对没有任何人知道我们的关系。除了被开除的侯志铭之外,没有任何人撞见过我和他在一起。而同事们周末出游,曾经见过他带着美女逛街、吃饭、看电影。他们私下讨论得如火如荼,也把我当作兴致勃勃的围观群众之一,为了尊重我的知情权,把我也拉进了讨论群。

如此等等的事情并不止这一次,他身边的美女也仿佛不只有那一个。我从来没有深想过这件事。仿佛只要不想,只要不对任何人提起,和他一起吃饭看电影的美女就一定是他的妹妹、他的客户、他的小姨妈,我永远是"唯一能坐在他膝盖上的那个女人"。而我只要想了,我的人生就会是一场笑话了。

在这一刻,我的脑海中肖小群不停地在喊我舅妈的时刻,我却仔仔细细、相当清楚地回忆起了这些。

程贯中这样的男人,怎么可能忠于"我"呢?或许从头到尾,我只是他众多女人中的一个。如果我嫁给他,我就会成为这些女人中最可悲的一个。

别人都是高级音响或是奥斯卡奖杯,时不时还要仔细擦一擦,只有我是一把笤帚、一块抹布。他就终于会对其他女人说:

只有在你这儿我才能获得片刻轻松。

可能我东张西望的样子看起来特别的漫不经心,终于把老程真的惹火了,他低声吼道:"温喆原!"

我反射性地回答说:"哎,程总。"

如果眼神能打人,我的脸一定青了。

老程并不是没有冲我发过火。实际上在我的记忆中,他经常冲我发火。发火的原因可能只是我多说了一句话,甚至是走慢了两步路,或是觉得太难过了所以露出了哭丧的表情之类的。他曾经让我滚,曾经对我砸东西,曾经捏青了我的手腕,然而他却说,他从来没有真正地对我发过火。

可能当年的小杆在他办公室里经历的那些恐怖的事情,是我永远也无法想象的吧。

但是我觉得今晚,如果不是我仗着肚子里有小柚子,老程一定要"真正地发火"了。

他深吸了一口气,喝了一口茶几上的水,然后说:

"你今天看到了检查报告,然后哭了。为什么?"

我觉得还是不要火上浇油为好,就避重就轻地说:"我真的没想到,这孩子居然不是刘宽的孩子,太震惊了。"

"所以就哭了?震惊了就哭了?"

我点了点头。

"你不愿意嫁给我?"老程突然非常直接地问道。

我鼓起勇气点了点头。

他又深吸了一口气,自己闷了好一会儿,才好像非常沮丧和泄气一样叹了口气。

老程居然笑了。

他无奈地笑着摇了摇头,仿佛在嘲笑自己一般。和刚才的模样相比,几乎一瞬间就让我软了心肠。他说:"我居然也有今天。"

气氛好像一下子放松了。他站起身来说:"我喝点酒。"他走到冰箱旁边,拿出一瓶我闻所未闻的洋酒,说:"你别那么看着我,我不会喝醉了发酒疯,伤害你的。"

然后他淫笑着补充说:"喝醉了强奸你倒是有可能。"

他看了一眼我惊慌失措的表情,又很无奈地叹了口气说:"强奸你也不会的,喆原。"

他一只手拿了洋酒和玻璃杯,另一只手拿了一盒果汁,递给我。坐在沙发上,沉默无语,三杯酒下肚之后,他说:"我今年四十五岁了,除了你之外,世界上很少有我掌控不住的东西。"

"别逗了大哥,你还想咋掌控我啊?"

这句话居然不是我心里的吐槽,我居然说出口了,而且还是用东北话。

我百思不得其解。老程为什么会向我求婚？

在细粉儿担心我的安危，宽粉儿纠结于他的生物繁殖本能的时候，老程跑去买了一个这么大的钻戒来向我求婚。虽然对于他的求婚我不知做何回应，但小盒子的盖子我可是舍不得盖上，便不时地瞥一眼那个逆天的大钻石在幽暗的灯光下发出纯净无瑕而又富贵至极的白森森的光芒。

老程坐在我对面的沙发上，喝他手里的酒，很长时间都没开口说话。我不知道他想说什么，只是在那巨大的钻石的照耀之下，我突然想起来——

这个男人是我肚子里小孩子的爸爸。

我的同事小C曾经跟我说过，说她的小孩子很少有机会见到爸爸，但是每次见到爸爸总是特别的高兴，这就是生物的本能，就是血缘关系的奇妙之处。

所以，或许，未来的小柚子，见到了这个世界上任何人见到都噤若寒蝉,连老郑都不敢随便跟他开玩笑的程贯中的时候,会开心地张开小手,笑着要爸爸抱。

而也许小柚子会成为程贯中在这个世界上唯一一个要星星不给月亮的对象。

老程坐在那儿,十几年的岁月只让他更帅。

四十五岁的英俊可能来自于他十几年如一日的锻炼,也有可能来自于他越来越有钱,越来越有钱的生活。他坐在那儿一小口一小口地喝着洋酒,不知道在思考什么,然而他的脸上仍然毫无温情。他的脸无论是面对我,还是面对他的前妻,还是面对他的女儿心儿,都从来没有过什么温情,没有过慈祥,没有过幸福。他只要对我露出一丝丝和善我就好像中了大奖。

我居然莫名地期待着他未来面对小柚子的模样。

老程突然抬起头死死地盯着我,缓缓开口说道:"你最近老提我之前跟你说了分手的事儿。"

我点了点头,心想你就是说了啊,银行还能查着收款记录呢!

他慢慢地说:"我现在要反悔,你是不是也要拒绝我?"

我拼命地摇头。

他继续缓慢地、一字一顿地说:"就算你还没决定要嫁给我,但还是我的女人,还是听话的,对不对?"

我点了点头。就像一只很乖的狗。

老程漆黑如黑洞一般的眼睛里终于有了一丝笑意,他说:"将来咱们可以去住吴云山的那个房子,我问一下我的助理,应该下周就能办完过户了。"

"啊?"我突然接收到这个信息,一下子没反应过来。

老程抬起头来说:"吴云山环境很好,对孩子也很好。"

这是什么意思?

我瞠目结舌,老程对我笑了一下说:"你不愿意嫁给我可以,但是我的女人和我的孩子我得照顾。"

我张了张嘴,什么话也没说出口。

我想说的是,住在宽粉儿家里对我来说没有任何不好。哪怕老程所说的山里有菩萨跟我当邻居,我也不觉得会比我和宽粉儿一起装修起来的两室一厅一卫一厨房的房子更好。就算他说的山里遍地能摘仙菇,吃了就能变成仙女儿,我也是要吃完了仙菇之后再回我和宽粉儿的小区附近补一顿麻辣烫的。但是我没能说出口。

老程说出的这一切如此斩钉截铁,仿佛已成定局。话又说回来,无论我和宽粉儿的婚姻关系多么合法,无论我们双方父母是如何期盼着这个婚内小朋友的降生,并热切地盼望着一起来一边掐架一边带孩子,我现在又有什么立场,出于什么身份,能够继续若无其事地跟宽粉儿同居?

曾经我和宽粉儿商量要结婚的时候,对他开诚布公自报家门说:我是一个虽然有男朋友,但是男朋友永远都不会跟我结婚的女人——现在都不再是了啊。

我沉吟了一会儿说:"程叔叔,无论如何,我原本和刘宽想要个孩子,是为了安抚他的奶奶。我没跟他商量这件事,但是我有一个想法——"

面对程贯中的目光如炬,我咽了口唾沫鼓起勇气说道:"我想跟他,在我们双方父母的面前保持婚姻关系,造成孩子是我们的合法小孩的假象,直到他奶奶离世。"

程贯中无论眼神,还是身体,还是额头上的头发丝都纹丝未动。

我只好又咽了一口口水继续说:"刘宽对我很好很好,作为朋友他对我仁至义尽,他奶奶对我也很好,出于朋友义气我实在没法看老人家失望难过。"

程贯中盯着我,仿佛在看我的眼神和表情中有没有除了我说的内容之外的内容。

我战战兢兢地迎着他的目光,直到他开口说:"但是你不能再在我不知情的情况下跟刘宽见面。"

我没说话,他这话说得好像我和宽粉儿搞婚外情一样。

他又说:"也不能再跟他们那些人孤男寡女待在一起。"

"他们那些人",老程总是老程,我在心里叹了口气。

我说:"每个周末我和刘宽都要回我们两边父母家里去打招呼。"

老程说:"那你就去,我送你去,然后接你回来。"

不知道为什么，老程会对他自己未来的空闲时间这么有自信。

在过去的七年中，除了最早我们在外地共度的那个跨年长假之外，他能分给我的醒着的时间每天不超过三小时。即便我跟他一起出差，他也再没有拿出整块的时间来陪过我。

然而他现在却在说，未来我的每一个行动都要掌握在他的手心里。而我也没有想过，这种掌控会让我感到不适。

我不敢表现出来我的失望，似乎我和宽粉儿的生活已经成为泡影。这么突然，伴随着一张亲子鉴定书，整个这段轻松自在的生活就像一个屁一样消失在了空气中。

然而我却知道，宽粉儿一定会尊重这一切。

他会尊重孩子是老程的孩子，我是老程的女人，我们的婚姻是假的婚姻，唯一不是假的的是我们的友谊，是在面临我的爱情的时候随时都可以被抛弃的东西——这一切他都能够理解，可惜对我而言，一遇到爱情就抛弃他的友谊并不那么简单，而且也不是出于仗义。

我曾经想过如果宽粉儿是个异性恋男人该有多好，也许我就可以跟他相爱，跟他做一对真正的夫妻。可是现在我却想，如果宽粉儿是一个女孩子该有多好，他会是我最好的朋友，不被老程忌惮的好朋友。

那天晚上老程提了很多要求，比如要我辞掉工作专心养胎，比如要我转到一家隐蔽在城市中的非常高级的私立医院去。我恳求他不要让我马上辞职,因为我暂时还无法向我的父母交代,他说那就先办一个停薪留职吧。而这件事,他只给我公司的上级领导发了个短信,就搞定了。

我不知道在向全世界的所有人瞒着我的存在这么多年之后,突然之间又公布了我的存在,他是怎么想通的。而这段关系中显而易见的扭曲,得知这件事的人又是如何做到立刻接受而且不多问一句的。在我的生活之外,我其实根本就不了解这个世界。

而我已经习惯了做一个隐形人。我只是一个普通家庭生的女孩,从普通的学校毕业,有过普通的工作经历,怀着一个普通的小孩。我突然不知道,如果真的有那么一天,我和老程结婚,我成了肖小群的舅妈,我手上戴着三十万的钻石手镯,手指上戴着价值未知的钻戒,我如何去面对这个世界。

而老程提出的其他的东西,由于实在超出我的理解范围之外,所以我几乎都没能记住。比如说,他找人给我推荐一个营养师,每天告诉我该吃什么。

最后他抱了抱我,说:"喆原,我非常非常高兴。"

我醒来的时候，瞠目结舌地望着天花板上的水晶灯。这是哪儿？过了一会儿我才想起来，老程说要让我好好休息，所以我人生第一次睡在了他家的次卧。

不睡不知道，昂贵的床垫跟普通床垫就是不一样，我身子下面的床垫几乎只花了一晚上就治好了我的腰痛。

走出卧室的时候有一个陌生的女人站在客厅里，她穿的与其说是整洁，不如说是时尚；她长得与其说是专业，不如说是美貌，她就是程贯中的保姆。

她朝我微微一笑，说早饭好了可以吃了。

我虽然常常跟老程过夜，但是却从来没有在他家吃过早饭。我总是起床、梳洗打扮，然后就离开老程的家，在路边买一个鸡蛋灌饼或者是煎饼馃子，然后去上班。早年老程会开车送我去上班，在地下车库我溜下他的车，然后去买一套煎饼馃子或者是鸡蛋灌饼。

所以这是第一个早晨。老程已经穿着休闲服坐在饭桌边。

饭桌上放着一壶咖啡、一壶牛奶、一大瓶橙汁、一大瓶白开水。三个非常漂亮的煎鸡蛋,上面撒着葱花酱油做的酱汁。除了每个人一碗骨汤乌冬面作为主食之外,还有林林总总大菜小菜近十份。此外还有每人一个的猕猴桃,已经去皮切块,上面插着小小的水果叉子。

老程说:"傻愣着干吗呢?吃吧,吃完饭我先带你去医院。"

我坐下来吃饭,吃了一口骨汤面,顿时好比雷峰塔么粗的一根金灿灿的光柱从我的口中直冲云霄。猪骨,这就是猪骨!好像全世界的猪都被扒得只剩下骨头炖在了这份面汤里!乌冬面如此劲道,可惜只有这么一小碗,我尽可能地克制自己还是没能克制住,在一分钟之内便扫光了这份乌冬面。虽然菜色很多,照顾我要多摄入蛋白质,煎鸡蛋也给我煎了两个,但是我还是觉得,不够!不够!不够!每一样都不够!

是的,味道非常之好。但是其实,所谓的美味,所谓的不够,都只在我心中。我故作优雅地吃着这一切(虽然骨汤面吃得是快了点),但也实在是拘束极了。

我觉得保姆孔姐都比我要从容很多,她作为一个保姆的不合理的美貌简直衬托得我更加无地自容,类似于——连保姆都这么好看,你这个渣渣。

吃完饭之后,老程带我离开家,带我去医院报到。先去取了原来医院的病例档案,又去了新的医院。

这哪儿是医院啊。

这是一个装潢极其温馨舒适的地方。护士们不但笑靥如花,而且声音也很小,对我说话呵护宛如婴儿。她询问了老程的预约情况之后,就带我来到了一个非常之宽敞的诊室,等了大约有三十秒吧,就进去见到了我的主治医师——何大夫。而在这三十秒钟护士居然还给我盛了一碗红豆沙。

虽然我刚刚做过产检,但她还是让我躺下来,给我测了胎心、测了宫高腹围、测了我的血压和我的体重。她微笑着说一切都好,告诉我下次何时产检,如何预约,并给了我她的私人联系方式,说有什么问题随时联系她。之后我就跟着老程离开了诊室。

我长这么大还没有受过这种待遇,更何况是在医院。

出来的时候我们碰见了另一个孕妇,她头发做得一丝不乱,脖子上戴着一串珍珠,我长这么大还没见过珍珠能这么亮。

老程看到我在盯着人家脖子看,小声对我说:"你喜欢?"

我尴尬地笑了一下说:"真亮啊。"

老程说:"她那一串太小了,我给你买一串大的。"

我赶紧说不要,他拍了拍我的手说:"珍珠养人。我是买给咱们的孩子的。"

从医院出来上了车,老程说:"我带你去吴云山看看房子。"

我以为吴云山是一座山,比如说,海拔三千米,山上有好几个庙,我就像甄嬛被流放凌云峰一样住在那么一个地方。

然而吴云山其实是一个小区的名字,而且这个小区离市区也并不远。

老程带我去看的这座房子,是我这辈子第一次走进去的别墅。在这个别墅区中,老程拥有一个独立的小院子,院子中种着很多树木。可以想象到夏天一定郁郁葱葱。小楼地面上有三层,地下还有一层,单层面积我不知道有多大,只是一层就比我这辈子住过的任何一个房子都大。走进去我就震惊了,一层四面墙都是黑色格子的落地窗,窗外的树枝就像油画一般。在冬季,整个房子非常明亮。虽然是水泥地板和普通的白色墙壁,但是这个房子看上去如此美好,美好得超过了我所能幻想的极限。

当年和宽粉儿一起装修的时候我非常之开心,天天都在想怎么把我们的家布置得舒舒服服,然而那间房子其实面积很小,原始格局很不合理,几个承重墙又把我们弄得很为难。总之为了把房子弄成我们住着舒服的样子,我们绞尽了脑汁。

我心想,如果当年我们装修的是这么一个梦之豪宅就好了。

我们渴望能拥有的,一个阳光下的、铺满了地毯、堆着好几个懒人沙发的、可以无限打滚的懒人区,就有了。我想要的一副卡座,别的啥也不干光坐在上面喝咖啡吃早餐的地方,也有了。

老程见我看得痴迷,笑着拉了我的手说:"下周过户好了,钥匙交给你。这个房子怎么装修怎么布置,你看着办。"

啥？！我震惊地看着老程。

他说："钱是你最不用担心的，工程负责人我会给你找好。所有的材料都用环保的，你也不用盯工，你只要选你喜欢的东西就可以了。"

"我哪儿会装修这种房子啊！"我说。

我喜欢的那一切都是多么小家子气，怎么能配得上这么大的房子？这种房子没有真皮沙发能行？没有水晶吊灯能行？不养二十平方米见方的一大缸海水珊瑚能行？

老程瞪起眼睛说："跟着刘宽就会装修？"

我缩了缩脖子说："那回头别骂我。"

老程笑着说："不骂你。"

看完房子他又带我去吃饭，不再是平时我们每次都去吃的那个黑到恨不得连盘儿都看不到的馆子，而是一个非常高级干净的大饭店。

老程看着我说："别人怀孕都变难看，你怎么反而越来越好看了？"

好看？！我在心里吐了吐舌头心想，你知不知道我早晨起来对着镜子折腾了多久啊。

宽粉儿知道我（在某种前提下）不化妆活不下去，所以专门给我到处代购了全套的孕妇可用化妆品，甚至还有孕妇染眉膏。我当时还纳闷，心想眉毛还有这危害胎儿的本领呢？

饭吃到最后，我鼓起勇气说下午想去跟宽粉儿聊聊。

老程半天没说话,之后倒也没反对我。他说他下午有事儿必须要去公司,然后打了个电话,说让一个司机来接送我。

"以后你不管去哪儿,都叫高师傅带你去就行了。"老程说。

高师傅很快就赶到了,快到我怀疑他可能一直在用 GPS 跟踪老程,然后就长期潜伏在他附近等他召唤。此人是一位非常高大威猛的男士,使我不由得怀疑他还兼顾保镖的职责。这位高师傅从他驾驶的豪车上下来,恭恭敬敬地说:"程总、太太。"

……

老程强忍着笑瞪了我一眼,然后还是没忍住微笑了起来。他拍了拍我的背对高师傅说:"不用叫太太,她还小呢。叫小温就好。"

上了高师傅的车我给宽粉儿发了个短信,问他在哪儿,我去找他。

"我在公司呢,你怎么来?我去公交车站接你?"

我实在是不好意思说,有一个专门的司机开着豪车送我,只有支支吾吾道,不用接我,等着我就行!

宽粉儿说,好,那我下楼等你。

于是言出必行真的站在楼下等我的宽粉儿,就真的眼睁睁地看着我从一个豪车上下来,然后高师傅也从驾驶座上下来,恭恭敬敬地对我说:"小温太太,您什么时候需要我来接,打我电话就行。"

然后驱车离去。

寒冬的风中我和宽粉儿面对面地站着,一分钟之后,同时发出一阵爆笑,引得路人纷纷瞪我们。

宽粉儿拍着大腿说:"太夸张了,橘子!这老程太浮夸了!"

我忍不住大吼大叫道:"你没看见他带我去的医院和带我去看的房子!"

我还以为,看见宽粉儿会很沉重,会觉得特别难过。然而没想到气氛居然如此欢乐,一秒钟就打破了我的沉痛的幻想。

我一边跟宽粉儿一起走在路上,一边非常激动地给他讲我这两天的所见所闻,除了这个非常之戏剧性的高师傅之外,还有神秘的孔姐,我甚至怀疑她其实可能是老程的血滴子之类的,只是潜伏在他家里以保姆的身份伪装自己。还有那个豪华的房子,我仔仔细细地给宽粉儿描述了那个房子的巨大和美好,朝向、布局、周围的环境,一一描述给宽粉儿听,宽粉儿听得相当激动,当场就产生了很多美好的畅想。他脑洞大开地说:将来我们柚子就可以有一个卧室、有一个游戏房、有一个书房、有一个琴房,还有她自己的衣帽间,就像电影里的小公主一样!还可以拥有自己的沙坑、自己的滑滑梯,还有自己的一个超大的娃娃屋!

我看着双眼放光的宽粉儿说:"你说的都是你自己想要的吧?!"

宽粉儿生气地说:"你胡说八道什么呢,我可是男的!"

我问他,你小时候都玩什么?

他说,男孩子小时候当然是打架,我和细粉儿经常在小公园的沙坑里肉搏。

"简直是太恶心了。"我嗤之以鼻地说。

"温翔你能不能不这么污?!"宽粉儿使出了撒手锏。

温翔这个名字真是戳我笑穴的神器。如果心情不好,只要宽粉儿喊我温翔,我就可以笑一个天崩地裂。

可是如果我妈真的丧尽天良地给我起名字叫温翔,我可能就不再是如今的我了,而是肥胖、自卑、行走缓慢、一事无成的我。

走在街上笑弯了腰之后,我突然想到,我还没有学会去珍惜跟宽粉儿这样相处的欢乐的时光,然而这样的时光以后很难很难再有了。

笑泡被戳破,我垮下脸来,对宽粉儿说:"老程对我求婚了。"宽粉儿一脸无比震惊地看我。

他还没说话,我就接着说:"我没答应他,是因为我觉得跟他结婚这件事实在太复杂,牵扯得太多了,我不可能一下子想清楚。我也想不清楚他到底出于什么目的居然要向我求婚。但是虽然我没有答应他的求婚,我肚子里的小孩子毕竟是他的孩子,他既然明确地表示要承认这个孩子是他的孩子,而我又……"

我停顿了一下,想了想说:"并不想否认这件事,当然也不想跟老程从此就相忘于江湖。所以,貌似将来我是要跟他生活在一起了。但是我向老程争取的是,无论我跟不跟他结婚,将来要不要跟你离婚,我都保持着表面上跟你的婚姻关系,保持着小柚子是咱们俩的婚内生子的表象,直到……"

我说不出"奶奶去世"这种话,宽粉儿当然明白我的意思,他点了点头。

我们俩走在冬天的街上,行走使我并不觉得冷。虽然双手冰凉,但是身子是热的。虽然身子是热的,心里却凉飕飕的。

在宽粉儿没有开口回应我的这段时间之内,我望着这条我们两个经常一起散步的路,不由得非常忧伤地回忆起过去的五年中,我们无数次的,多么快乐的散步的时光。我还回忆起有一次我在这条路上穿着高跟鞋摔了个大马趴,宽粉儿把膝盖稀烂的我背回家,除了帮我上药、给我做饭之外,我们俩就肉身不离床地花了两天的时间看完了电视剧《阿娜尔汗》,导致我现在一看到膝盖上的小疤,脑海中就会回响起动人的新疆歌曲。

然而我不可能再跟宽粉儿一起躺着看电影了。

未来我可能会拥有一个那么巨大无比的家,我可能还会拥有比我和宽粉儿省吃俭用买的音响好一万倍的音响,也许我可以拥有自己的3D影院,可以在那儿看《一个滑翔伞选手从高空落地》的3D影片,然而那又有什么意思呢?

正在我感到非常忧伤的时候,宽粉儿终于开口了。

他真诚地看着我说:"恭喜你,橘子,你终于等到这一天了。"

我艰难地张了好几次嘴才终于发出声音:

"恭喜个屁啊!我以后怎么办啊?!我从来没想过有可能会跟你离婚,跟老程结婚啊!我怎么跟你爸妈说,怎么跟我爸妈说啊!我以后怎么做人啊!我以后还有可能要见到老程的家人啊!我以后怎么面对肖小群啊!你又不是没看见那哥们叫我小温太太啊!以后他天天都要开车带我去这儿去那儿,天天我都要被人喊小温太太啊!刘宽你成心的吧,还恭喜我!"

宽粉儿随着我的咆哮抱着肚子笑弯了腰。然后他脸孔通红如火地说:"多严肃的一个事儿,还挺悲情的,你能不能不要这么搞笑啊?"

我抽了他手臂一巴掌继续咆哮道:"搞笑你个大头鬼啊!我多悲情啊!你难道不悲情吗?你喜当爹啊你!"

当我和宽粉儿好不容易冷静下来,宽粉儿开始用他的智慧帮我分析将来该怎么办。

他说:"既然小柚子是老程的孩子,铁板钉钉了,那回头我就说我发现你红杏出墙,居然给我戴了绿帽子,悲痛欲绝,咱俩离婚,你跟老程结婚,不就得了嘛。"

"那我不就成了臭狗屎了吗?!"我生气地说,"凭什么不能是我发现你居然跟细粉儿有不正当的男女关系,一气之下非要跟你离婚,你当臭狗屎啊?"

宽粉儿好脾气地说:"你想想,橘子,我跟细粉儿有一腿,被我爸妈知道会怎么样?别说我的腿了,细粉儿的腿肯定是要被卸了,对吗?本来我妈闲得没事就看细粉儿的腿不顺眼。但是你跟有钱人有染,回头还要嫁入豪门,你爸妈会卸了你的腿吗?"

这是一个新颖的论点,我不由得陷入了沉思。

"推论起来,我爸妈,尤其是我妈,不但不会卸了我的腿,还会表扬我干得好。然后她可能就会每天找老程要很多很多珠宝。"说到这里我不由得浑身打了个寒战。

"你不是囤了老程给你的那么多珠宝首饰限量款箱包吗?你慢慢地转移给你妈不就得了。"宽粉儿满不在乎地说。

我说:"宽粉儿,我其实真的挺害怕的。那个世界对我来说……"

怎么说呢?我停下来想了一会儿,宽粉儿安静地等着我开口。

"那个世界对我来说太好了,太高级了,太高端了。而我,又不好,又不高级,又不高端,我觉得我配不上那个世界,我觉得我会丢脸。"

又想了一会儿,我说:"况且,比起骨汤乌冬面,早晨我觉得地沟油鸡蛋灌饼更好吃。"

我慢慢地说:"比起豪宅珠宝名车,我觉得,你给我的生活,咱们俩在一起的生活,我是说从物质上来说,就已经非常非常好了。"

宽粉儿说:"由奢入俭难。你才在这个豪华世界里过了一天,我问你,还让你把病历转回公立医院,回回产检都排大队,看医生还要挨训,你还乐意吗?"

这人怎么这么一针见血?!我目瞪口呆地想了一会儿,难过地摇了摇头。

"等你在那个豪宅里真正地生活了起来,你会受不了咱们住的那个小房子,你会觉得怎么放眼望去哪儿哪儿都是东西,外面连个院子都没有怎么活。"

宽粉儿说:"有钱人最看重的就是自己的钱。老程愿意把他的钱让你随便花,已经代表了他最大的诚意。他给你一个豪宅让你随意布置,你就认真地布置。等这个房子里一方一寸都是你的心血,你对它自然会有不一样的感情,你会住在里面过上很好的生活。"

他想了想又说:"当小温太太,肯定比当我的媳妇要没劲多了。你肯定要面对很多应酬,很多无可奈何,当然老程也势必会冷落你,这都是嫁入豪宅要付出的老生常谈的代价,但是你还有小柚子呢。你要相信,你的孩子,一定会是特别好的孩子,一定会给你带来巨大的幸福,她一定会跟我一样逗你开心,陪你好好生活。"

我都快哭出来了。

宽粉儿双手搭着我的肩膀,直视着我的眼睛说:"你很好,不比任何人差,温翔。"

那天我和宽粉儿约定要在下个月见面,一起带奶奶去复查身体。并且宽粉儿让我一定要跟他保持联系,有什么事儿想不开不要自己憋着。

"你就只当是跟我偷情,一旦被老程抓到了,你再摆出一副身正不怕影子斜的姿态。"宽粉儿歪理邪说。

"陪奶奶去完医院,我带你去吃水煮鱼米粉儿。"宽粉儿承诺。

这个承诺让我觉得高兴多了,我就召唤了高师傅。此时我和宽粉儿已经从他公司出发,遛弯遛了好几公里了,高师傅仍然在一秒钟之后出现在了我们面前。

他从车里下来,恭恭敬敬地说:"需要送这位先生回刚才的地点吗?"

宽粉儿吓得脸都白了,他拼命地摇着手,好像见了鬼一样。

于是我就爬上了(我的)豪车,高师傅还问我要不要去哪个商场转转,我表示已经累屁了,不需要再转了,直接回家吧。

高师傅从前面递给我一个长形的盒子说:"这是程总让我给您的。"

我接过盒子,打开一看,忍不住飙出了一连串的脏话,我看到前座的高师傅庞大的身躯不由自主地抖了抖。

盒子里是一串我活这么大不但从来没有见过,而且想都没想过可能会存在在这个世界上的,明亮、通透、硕大、散发着宛如仙境一般的凛冽、带着温情的万丈光芒的珍珠项链。不夸张地说,这串珍珠项链照亮了我的脸,照亮了车子的内饰,照亮了高师傅的后脑勺,照亮了这个世界。比起这一串,刚才医院里那个趾高气扬的孕妇脖子上的那串简直就是渣渣。

在这个瞬间,我耳朵上正戴着一对儿淡水珍珠耳环。我一直觉得我这对耳环是真的珍珠不是塑料珠子已经非常高档了,此时我摘下来,把它放到膝盖上的珍珠项链旁边。

就像电影《泰囧》的最后,宝强哥和冰冰姐合影一样。

在从宽粉儿的公司回家的路上,我一直在把玩着这串珍珠项链。从一开始碰都不敢碰全方位看个没够到摸个不停,到最后反反复复把项链堆在我的膝盖上去聆听(巨大的)珍珠撞在一起发出的非常悦耳的声音。等车子停在了老程的公寓的地下车库,我不由得把珍珠塞在胸口,长长地叹了一口气。

有钱真好。我对自己说。

失去了我的工作之后，我比自己想象中更快地适应了阔太太的生活。

还以为自己是一朵白莲花呢，结果还不是极快地堕落成了一个贵妇。

虽然一秒钟过上了跟我想的一模一样的见不到老程的面，却被保姆和司机包围着的生活，但是这种生活远比我想象的愉快得多。

孔姐的存在感比我想得还要强。她除了每天给我做好吃的三餐之外，还做主给我买了胎心仪、血糖仪和各种孕期用品，并且她简直就是一个怀孕育儿的活字典、活宝库，这个领域她无所不知、无所不晓。在热烈地讨论起怀孕育儿的话题的时候，她专业完美的面具会出现裂痕，她会兴高采烈、手舞足蹈，展现出一个真正的大妈该有的失控和热情，导致老程回到家的一瞬间立马变得沉默寡言又忙忙碌碌的她，让我会有突然跨过了结界、转换了时空的错觉。

老程给我雇了一个孕期营养顾问,是一个非常苗条漂亮的姑娘,她来访的第一次,剧烈的香味差点把我熏晕。如果说当年的白萍是因为真的太漂亮而我又太没安全感所以把她当了假想敌,这位营养顾问则是浑身散发出一种"我要抢你的男人哦"的气质,明明应该给我讲孕期营养知识,俩眼睛却笑眯眯地总盯着坐在一边用手机打字打个不停的老程。

我虽然比老程小得多,但毕竟也小三十了,眼前这个有着水葱一般的长腿的姑娘无论怎么看也就二十出头。我居然忍不住摆出了一副正房的嘴脸,面对她的时候绽放出非常明显的假笑。

她滔滔不绝地讲述着孕期控制体重的重要性,并把手里的菜谱递给老程看。老程眼皮都没抬地指了指我,她就又转而递给了我。我接过来看了一下每顿饭所有的主食、蔬菜、蛋白质,加起来可能也就一拳头那么多。我忍不住干呕了起来。

"您闻不了这个香味吧?"孔姐大声地说,瞪了营养顾问一眼,"也不知道什么东西这么香。"

营养顾问无辜地说:"香吗?不会啊,我们每天面对的都是孕妈妈,不能喷香水是我们起码的职业要求哦。"

我摸了摸胸口平复了呼吸,和善地说:"是吗?那可能是你天生的体香。"

孔姐马上就笑喷了,营养顾问尴尬地看了一眼老程,老程俩眼睛始终瞅着他的手机。

在我再次忍不住干呕了一次之后,老程终于抬起了头,拍了拍我说:"不舒服?"

我可怜巴巴地点了点头。

老程朝营养顾问挥了挥手说:"你先回去吧,以后再说吧。"

我把这个故事偷偷地讲给了宽粉儿听,并着重描述了我的正房嘴脸之后,他毫无节操地用语音发来一连串的笑声,接着用文字发来了评论:你个小婊子。

总之营养顾问的事从此就不了了之,孔姐嘀咕道:"什么营养顾问,都是骗钱的,我还能不知道怎么搭配营养?!什么都不让吃,水果也不让吃,神经病。"

说着把一盘新鲜欲滴、令人食指大动的黄桃大力地摆在了我面前的桌子上。

同时我也比自己想象得更为愉悦地在进行着新房装修的工作。

第一周我就炒掉了老程的施工团队里的设计师。老程无条件支持我的决定,虽然我知道他是怕麻烦,但看着那个水蛇腰的男设计师被我气得半死又不能把我怎么样的样子,我还是觉得非常高兴。并且自己高高兴兴地进行了设计和构想,拿给老程看了之后,他居然对我大加赞扬。他说:"要不是我不许你出去工作,你可以去做室内设计这一行。"

炒掉了设计师之后,我直面施工团队的工长,此人非常好沟通,也有一定的品位,明白人对明白人,我按照自己的构想大刀阔斧地忙活着。

当一个房子大到很多区域不知道干什么才好,而不是很多想要的家具没地方放,而手里的资金又充足极了的时候;当无论去哪里都有车接车送,甚至还有人帮我买水递水的时候,装修真的不是一个苦差事。

在跟高师傅朝夕相处的过程中,我发现此人巨大的身躯深处蕴藏着难以察觉的幽默感。

无数次被称为"小温太太"之后我崩溃了,我要求他停止叫我任何太太。

他恭恭敬敬地回答说,无法不称呼我为太太。

"所以能修改的只有小温俩字儿?"我问。

"没错。"他居然说。

我说:"那你叫我橘子太太行吗?听着还挺像个绘本里的人物的。"

结果高师傅肉眼可辨地哆嗦了一下,没说话。

我纳闷地问:"不行?"

他过了好一会儿才说:"我怕酸。"

什么玩意儿?!我诧异地问:"听见酸的东西都不行?"

他表情异常严肃地点了点头。

我尝试着说:"菠萝?"

他又哆嗦了一下。

"山楂?"

他的右手抽搐了一下。

啊,好神奇,再过分一点会怎么样呢?我不由得好奇。

难不成还会抽我?

怀抱着这样的猎奇心态,我一字一顿地开口道:

"柠,檬。"

高师傅的右手猛地抬起来,捂住了他的脸,叫道:"牙酸牙酸牙酸……"

所以高师傅其实是牙口非常的不好,可能又具象能力超群,所以无法称呼我为橘子太太。

但是好处在于,我威胁他说再叫我太太我就一直说柠檬,他终于可以顺畅地称我为小温了。

我无论去哪个建材市场或是家具城都很爱带着高师傅一起,他一开始沉默不语,几个礼拜之后就开始叽叽喳喳地给我出主意。

我把跟高师傅的友情转告给宽粉儿之后,他说:"你问问他是不是 gay。"

我瞠目结舌地说:"不可能吧?"

宽粉儿看热闹不嫌事大地说:"你问问啊。"

我想了想觉得刘宽这个人不厚道，万一高师傅右手一抽给我一拳，我就从建材市场的东侧直接翻滚到了建材市场的西侧。

于是，我原以为会度日如年，其实转瞬即逝的一个月过去，约定的那一天一大早，高师傅把我带到宽粉儿的父母家附近，我在路边和宽粉儿会合，一起去他家接他奶奶。

宽粉儿上下打量了我一下说："真是不一样了哈。"

"哪儿不一样了？"

"气质。"

"我原来气质不就特别高雅吗？"我攥着拳头问宽粉儿。

宽粉儿说："你现在，一看就是有钱人，被人伺候着的那种人。而且我觉得你没穿得花红柳绿的我特别的欣慰，你还是有脑子的，没有把自己打扮得跟小三上位一样。"

我想起老程曾经试图带我去商场买衣服，我当场忍不住地说，我不想打扮得跟小三上位一样，老程还骂了我一顿，说我怎么变得满嘴胡说八道。

正当我在内心感慨我和宽粉儿果然是心有灵犀的时候，他补充道："你气质高雅？哈哈哈哈哈……"

我的肚子已经隆起了，进了宽粉儿的家，脱下大衣，就能看到在紧身毛衣下面隆起的小柚子。

宽粉儿忍不住伸手摸了摸，我感到小柚子在里面很开心地动了两下。

多可惜呀小柚子，你本来可以叫爸爸的这个人，如今却只能叫叔叔了。

还不一定叫得到。我难过地想。

我在家已经吃过了孔姐做的早饭，香滚牛肉粥、烤面包、煎蛋、很甜美的橙子切成的片片、甜牛奶，于是还没吃早饭的宽粉儿为了避免暴露也没吃东西，我们就带着奶奶出门了。

站在路边打车，早高峰的路上人声车鸣一片鼎沸，出租车全体满员，公交车站已经挤得宛如一场集会，人们面露凶光地拼了命想登上公交车。

我挽着奶奶的手臂，看着宽粉儿东跑西颠儿地到处打车，不由得皱了皱眉头。

他说得果然没错，由奢入俭难。

曾经早晨起来面对这一幅景象是多么多么的正常，然而才刚刚过了一个月出没于高级公寓、高级轿车、高级别墅区、高级餐厅的我，此刻已经感到无比的不耐烦，恨不得打电话叫高师傅过来。

宽粉儿站在远处大喊，说他要往前走走，打到车再来接我们。

说着他就消失在拐角。

我低头看了看奶奶，她白发苍苍，又如此瘦弱矮小。站在路边这一片喧闹浮躁的尘世中，她的脸庞如同老程送我的珍珠项链一样，散发着柔和的光芒。

我的心骤然平静下来。

奶奶用力握了握我的手,抬起头问我:"你和宝宝都挺好的吧?"

我笑着说:"这小东西淘气得要命,一刻不停地在肚子里头乱动!"

奶奶慈祥地说:"小孩子好动最好,小宽小时候淘气极了,我被他气得不行,就打他的屁股。"

一辆大公共汽车一边按着喇叭一边从我们面前绝尘而去,我仿佛听到奶奶说:"有了小孩子,就有了希望,我也就可以放心地走了。"

原来奶奶对她自己的病情心知肚明。而这场病带来的日日夜夜的痛苦,除了她本人之外,谁也体会不到。

我不知道说什么才好,只能假装没听到,内心一片凄凉。

后来我也没跟宽粉儿说这件事。

"奶奶还不知道自己的病情,还可以嘻嘻哈哈地哄她高兴。"这可能是宽粉儿唯一的安慰了。

宽粉儿终于打到车,我们跟打仗一样到公立医院走了一遭,进行了各种化验。奶奶再怎么乐观温和,也终于满脸疲态。我们总算把奶奶送回了家,所有的化验结果大概要一周时间才能出来。宽粉儿说到做到地带我去我们的家附近吃水煮鱼米粉,路上我提出要跟他一起去取结果。

"你干吗要跟我一起去取结果?"宽粉儿惊讶地问。

"我不想让你一个人去啊!"

"我不会一个人去啊,细粉儿会陪我去。"宽粉儿说。

也对,比起我,细粉儿应该能在这种时刻给宽粉儿更大的支持吧。

话题有点沉重,宽粉儿说:"你最近怎么样?你房子装得怎么样了?"

我马上兴奋起来,掏出手机给他看我手机里的图片,宽粉儿啧啧称奇,表示将来好想去我这个家里做客。

"我要盘腿儿坐在这儿。"宽粉儿指着图中的一个目前还暴露着水电走线槽的角落斩钉截铁地说。

我们俩点的水煮鱼米粉上了桌,这一股混杂着浓浓的味精味的无比麻辣的香气冲头而来,我不由得沉醉其中。

这个馆子如此简陋脏乱,这碗即使已经吩咐了要少辣还是被厚厚一层辣椒油满满覆盖的水煮鱼米粉的碗边上,还有一小坨不明的黑色物体。

可是这才是这世界上最好吃的东西。

我陶醉地叹了一口气,缓缓地吃了一口。

"你悠着点,尝尝鲜得了,一会儿回去我再给你做点东西吃。"宽粉儿担忧地看着我。

我伸出一只手掌说:"别拦着我。"

我吃完了整整一碗米粉,除了真的太好吃之外,我还知道,过了这个村没这个店儿了。

我对宽粉儿说:"我还以为跟老程身边的那些人在一起的生活会特别的无聊,没想到他们人都特别好。"

宽粉儿温和地看着我说:"你不觉得你不管走到哪儿,都会遇到很有趣的人吗?"

我想了想,好像是,除了老程。

"所以上辈子我是救了银河系?"我说。

"因为你本身就是一个很好的人啊,橘子。"宽粉儿说。

他越过脏兮兮的桌子握住我的手说:"橘子,如果你想跟老程长长久久地过下去,就把你真实的一面给他看。给你自己争取更愉快的生活。"

怎……怎么可能呢?

我现在跟老程相处的时间,达到了我此生的巅峰。他基本上每天都回家,而且几乎每天都在我睡觉之前回家。个别时候我会绷不住冒出几句不恭不敬的话来,他总是会狠狠瞪我。

不光是我,无论是热情奔放的孔姐还是牙口不好的高师傅,在老程面前,都会变成一个机器人,一个木头人。我想起曾经那个上蹿下跳如猴子一般的高小虎,一看到老程就会变得还不如一个拖把那么活泼。

我站在路边打电话给高师傅,请他来接我。宽粉儿知道高师傅总是一秒钟之内就会出现,也就放心大胆地没有陪我等,结果他居然破天荒的二十分钟都没有来。

正当我已经冻得不想活了,满地跺脚,心想高师傅不会是发生了人力不可抗拒的因素,类似于被远古巨猿绑架了吧之类的时候,一辆黑色的豪车停在了我的面前。

我定睛一看,那是老程的车。

在我背着老程和孔姐偷偷吃了一肚子水煮鱼、两瓣嘴唇正被无与伦比的麻辣给刺激得红肿如猪的这个黄昏,老程突发奇想,说要接我出去过周末。

他笑着说:"小孔帮你把行李都收拾好了,在后备厢里。你就放心地跟着我吧。"

"去哪里?"我怯生生地说。

一边张嘴说话,我一边在内心把自己跟老程说话的语气跟对宽粉儿说话的语气相对比。

"你要在老程面前表现出真实的你。"宽粉儿这话说得完全是想当然,以及胡扯。

"东山。"老程间断地说。

东山是哪儿?我闻所未闻,既然附近的度假场所我都没听说过,那问了也是白问。于是我按他说的闭了嘴,安静如鸡地坐在副驾驶座上。

无论这个东山是哪儿以及是干吗的地方，此地显然都非常的远。开着开着，天就黑了，而我们的车驶入山中，只有车灯照着阴森森的山路。

"下雪啦！"我叫道。

车灯照着纷乱的雪花，我不由得兴奋地趴在了车窗上。

突然，我听到老程在我身后笑出了声。我不由得大窘，赶紧坐正坐好。

老程问我："你多大了？"

"快三十了。"我沮丧地说。

"这么大了？！"他惊讶地看了我一眼说，"现在快三十的女人看起来都这么小？"

我不知道接什么话，就乖乖地坐着。

"咱们认识那年，我也才三十二岁。"老程说，"我当时一点也不觉得我前妻长得年轻。"

说着他又微笑着回头看了我一眼，说："你可能都忘了，咱们第一次见面的情景。"

开什么玩笑啊，我隔三岔五还跟电影回放一样梦见一次呢，我心想。

然而我其实很想知道，十七岁的那天下午，我遇到了天神。这一切在他的眼里是什么样子呢？

我开口说："我不记得了，给我讲讲吧。"

他说："真的不记得了？"

我故作天真地摇了摇头。

老程掏出一根烟叼在嘴里,接着可能又想到他不能在车里抽烟,就把那支没有点燃的烟夹在手指中间,扶住了方向盘。

然后他才开口说:"你不记得了,可是我记忆犹新哪。"

前面有一个急转弯,他按了按喇叭,喇叭的声音在夜晚的山间发出凄凉的回音。

车内一片寂静,老程久久没有开口。

正当我马上要被他给憋死的时候,迎面来了一个急速行驶的大卡车,老程急打方向盘避过去了,然后他伸手握住我的手说:"吓着你了没有?"

真吓人啊,这孙子不要命了吗?我点了点头。

老程笑着说:"我这驾驶技术你就放心吧,不会出事儿的。"

……

话题就这么被岔了过去,我什么也没打听到。以后再追问,打死我也开不了口。

可是他说,那一天的事,他记忆犹新。

回想起这句话,我莫名地开心了起来。之后没有开多久,我们终于到达了目的地。

黑漆马虎的什么都看不到,我们开进了一个深山之中的度假庄园,天空飘着鹅毛大雪。一下车,一股非常新鲜的大山的味道伴随着寒冷的气味迎面扑来。在大厅办完手续之后,服务员安排我们入住了一个独栋的别墅。一层是豪华的客厅,二层有两个卧室,还有一个金碧辉煌的浴室,里面有一个石头做的大池子。

"这个是温泉。"老程说。

"孕妇可不能泡热水,小孩子会变成傻瓜!"孔姐的殷殷嘱咐回响在耳边,我叹息道:"啊,可惜我不能泡温泉。"

"不能泡吗?"老程惊讶地说,"为什么?"

"小柚子会缺氧,会变傻。"我鹦鹉学舌。

"小柚子是谁?"

"……是宝宝的小名。"我嬉皮笑脸地说。

不知道为什么老程的脸阴了下来,我感受到他不喜欢这个名字。

以后只能在心里偷偷叫她小柚子了,我心想。

站在我无法受用的石头温泉池子面前,老程从后面抱住了我。他亲吻着我的耳朵说:"等孩子出生,我会给她起最好的名字。你不要胡闹。"

我头脑一片空白地点了点头。

他又说:"我不知道你不能泡温泉,回头我再带你和孩子来玩,让你泡个高兴。"

"好。"我头脑一片空白地说。

老程巨大的手摸向我的毛衣里面,他说:"我好不容易有时间带你出来玩,这两天好好放松。明天早晨我带你四处走走,这里很美。"

正当我被他摆弄得渐入佳境的时候,他的手机突然响了。

老程骤然抽出双手,接起电话,说道:"你们到啦?好,你们先收拾一下,半个小时之后咱们大堂见。"

啥?!谁?!谁到了?!说好的好好放松呢?!

我突然之间浑身都僵了。

我想起宽粉儿说的,你做一个阔太太,就要面对不愿意面对的应酬。

可是好歹提前跟我说一声啊,说什么好不容易有空,说什么带我来放松。

我不善于应酬,虽然上班这么多年,各种场合都能应付,但毕竟对这些事充满了生理厌恶。

我不由得想起小时候,我爸带我和我妈去参加厂里组织的活动。全程除了"叫叔叔""叫阿姨""表演个节目"之外,就是"你看人家娟娟妹妹,比你个子还高""你看人家豆豆哥哥,张嘴就能背英语",我个子高不高我自己还能说了算吗?

直觉告诉我,老程既然带我来了,他刚才又说"你们",说明对方一定也是拖家带口,也就是说,对方至少也有一个老婆或者女朋友。

我该怎么办?我该怎么办?我能给老程长脸吗?我现在去整容还来得及吗?!

无论我幻想得多么尴尬、多么可怕,都没有我真正面对那一家子人的一瞬间更可怕。我简直没想到我僵硬的身体居然还可以更僵硬，我简直都要变成脆脆鲨碎掉了。

要和我们一起共度周末的，是老郑一家。意思是，老郑，他的妻子，他的小姨子，他的儿子。

而我在看到阔别多年的老郑的一瞬间，脑子里都是他把白萍按在酒店的墙壁上蹂躏的场景。

然而，显然，现场明知道老郑和白萍的婚外情的每一个人，都泰然处之，平和以对，仿佛这个世界上从来没有过白萍这个人一样。

老郑一看到我就笑着说："你看看，谁能想得到，你这匹野狼居然是被这个小丫头给收服了。"我满脸堆笑地跟老郑握手，他拉着我的手看了看我的肚子说："好好争气，给我这老弟生个大胖儿子！"

我的笑容差点僵在了脸上，不由得扭头看了一眼老程。

他是如此的泰然若素，脸上对于"大胖儿子"四个字没有产生任何反应。

老郑把他的家人介绍给我。

他的妻子，我要叫榕姐，虽然长得不能说不美，但毕竟年纪到了，一身昂贵的休闲服难掩老态。他的小姨子婉姐却是异常娇美，哪怕在厚重的冬装下都能看得出身段柔软，一旦上床一定是一尾活鱼。他的儿子小凯，已经是高三的学生。他的脸如此冷淡，甚至没有露出一个微笑给我。

当然老郑的妻子和小姨子除了最低限度的微笑之外，也并没有对我表现出任何热情。

我能感觉到，这次见面，或者说一直以来都是老程有求于老郑，而我显然有必要去热情地讨好他的家人，自然不需要他的家人来热情地讨好我。

话说回来，老郑和老程认识这么多年，说不定他们都认识老程的前妻。

我一边胡思乱想地猜测他们都会怎么看我，又会怎么看待我肚子里的"大胖儿子"，一边感到我的整个身心都随着时间的流逝一分一秒地紧张了起来。

我们这群人表面上亲亲热热、客客气气地一起在度假村的大堂喝了一些饮料、吃了点点心，我已经在一边装作温柔文静、笑得身心俱疲的时候，他们突然纷纷站起身来，要去打牌。

他们打牌的地点，是在我和老程住的那座别墅里。貌似是因为我们这座别墅有麻将桌，老郑住的那座没有。我说我不会打牌，于是就坐在旁边微笑着观看，天知道我有多想掀了他们的麻将桌。

老郑的儿子小凯也坐在一边。我不知道为什么一个高三的学生也要在这里围观打麻将，为什么不可以早点去睡觉，或者至少装模作样地去读点书。他的脸孔如此麻木，就像一个木头雕刻的人。

难道我不是木头雕刻的人吗？区别是，我这个木雕，雕得是个笑模样儿。

如此熬到子夜一点多,我已经摇摇欲坠,再不睡我真的怕会危害到小柚子的身体。我就壮着胆子问老程,我能不能先去睡了。

老程点了点头,做出一副非常关心我的样子,还站起身来送我上楼睡觉。

他一转身我就垮了下来。若说这个世界上干吗最累,仁者见仁智者见智,有人说跳 *Pump It Up* 最累,有人说做"腹肌撕裂者"最累,有人说跳郑多燕已经很累了。然而对我而言,什么都没有这样坐在那儿假笑来得累。

更何况,他们的话题七七八八,东来西去,没有一个话题是我能插得上嘴的。他们的年龄,他们的阅历,他们的层次,没有一项是我够得上的。显然他们中也没有人会花心思考虑我,去考虑有什么话题是我能参与进去的,除了有时候眼光相遇,他们会对我笑一下之外,再没有任何交集。

然而我甚至没有露出一个不耐烦的表情的自由。小凯显然也没有这样的自由。

然而他作为老郑的独生子,我无法想象他的成长经历中,经历了多少次这样的所谓的度假,他虽然不被允许露出不耐烦的表情,也不被允许离席,也不被允许随便开口说话,但他也早已不屑于露出哪怕一丝的微笑了。

我累到浑身抽筋,躺在床上忍不住哆嗦。然而楼下时而非常静默,当我困极了终于睡着的时候,又会传来如同原子弹爆炸一般的笑声。反复几次之后,我都快哭出来了,觉得自己根本不可能入睡了,但还是在半梦半醒之间睡着,做了一夜莫名其妙的噩梦,直到被老程叫醒。

在被老程叫醒的瞬间，我正做着一个莫名其妙的梦。哪怕是在我的孕早期，被老程抛弃，睡眠非常糟糕，各种梦境千奇百怪的时候，我也没梦见过这种内容。

我梦见和一个陌生的男人接吻。

他的模样，他的身材，我一无所知，唯一知道的两件事是：第一，他穿着一件非常柔软的黑色扭花毛衣，因为我的手就抚摸在上面，沿着毛衣上优美的扭花一路向下抚摸；第二，他的味道非常好闻，跟老程那种对我来说不可思议的异香不同，这是一种踏踏实实的味道。

而这个男人的嘴唇与我嘴唇相贴，非常柔软温柔，这个触感过于真实，导致我醒来看到老程的脸的时候大吃一惊，先是想了一会儿这个异常英俊的老男人是谁，又恍然大悟地觉得自己好像是跟别人偷情来着，忍不住脸都红了。

幸亏小柚子毫不客气地踹了一脚我的膀胱，我才意识到，老子是个孕妇，就算有那贼心又有贼胆，我也不会有那个机会。

老程说："起来收拾收拾，咱们出发。"

"出发去哪儿？"我嘴唇上还停留着梦中那个男人的嘴唇的触感，红着脸问。

"滑雪。"老程说。

我们住的别墅区，叫作"东山温泉度假村"。从度假村开车出去不远，就能看到一个大牌子，写着"东山滑雪场"。我忍不住在心里翻了个白眼儿，从来没见过比这更体贴孕妇的行程了！

老程当然没指望我能滑雪，他可能觉得，身处这片远离城市的雪山之中对我来说就已经是很好的活动休养了。或者说他压根就没想过我怎么觉得，只是要出来应酬，只是要带一个女伴儿。

老程、老郑、小凯都去滑雪，老郑的老婆榕姐说要开车去度假村，那边正在举办珠宝皮草展销会，问我去不去，我笑着说我不去。她又问她妹妹去不去，这位已经穿上了自己带来的全套玫粉色滑雪服的美人儿挽住老郑的手臂，娇笑道："姐夫说来了带我滑雪的，是不是，姐夫？"

老郑拍了拍她雪白的手说："是是是，带你滑雪！"

老程穿着一身银色和黑色相间的滑雪服，戴着锃光瓦亮的雪镜，站在冬日山中清透无比的阳光下，头顶蓝天，脚踩茫茫白雪，帅到语言不可描述。他问穿着棉袄夙夙地站在路边的我：

"真的不跟榕姐去逛皮草？看上什么随便买。"

我笑得天真明媚："我就在这儿走走就好，空气多好啊。"他点了点头，就转头和其他人一起向索道走去。

好了，人都走光了，就剩下我了，我在初级滑雪道旁边瞎溜达，老郑和他的小姨子时不时地缠抱在一起滑下来，他小姨子尖锐的笑声昨晚就一遍遍回荡在我的梦里，如今又回荡在雪场上。我向他们报以微笑，他们也基本不屑于理我。

我没睡好觉，觉得有点腰疼，正准备要撤（然而其实也不知道撤到哪儿去）的时候，有一个身穿蓝色滑雪服的细条儿停在了我的面前。他说："你不去休息区待会儿？"

这是谁啊？这个细条儿掀起他的雪镜，原来是小凯。

"休息区在哪儿啊？"我说。

他把滑雪板捡起来抱在怀里说："我带你去，我先把这些东西放回车里。"

"你不滑了？"我屁颠屁颠地跟在后面。

他说："没劲，我不滑了。"

我先跟着他去了停车场，又跟着他去了休息室。殊不知休息室里人山人海，连个座位都没有。

他说："不然我请你吃点什么吧？"

我尴尬地笑着说："你请我？我请你吧！"

他说："哪儿能让女生请客？"

这有钱人家的高中生就是不一样啊，我整个气势都输了！

结果他给我买了一杯热牛奶,我特别眼馋那些烤肠儿,虽然觉得太丢人没说出口,但是郑小凯这个高中生骨骼清奇,他居然瞥都没瞥我一眼就知道我想吃烤肠,买了两根儿,分给我一根儿。

他说:"雪场后面挺安静的,还有个小茶社,要不要去走走?"

"好啊好啊。"

我已经十多年没有接触过一个活的高中生了,完全不知道该聊什么。

只有开口说:"学习很忙吧?"毕竟高三,这个话题总没错吧?

这时候迎面过来两个老外,用很磕巴的中文问路,郑小凯面不改色地张嘴就用英文跟他俩聊了十几分钟,两个老外高高兴兴地走了。

然后郑小凯居然回答了我愚蠢得一听就是没话找话的问题,我不由得觉得他比他的父母要懂礼貌多了。他说:"学习不忙,上完下个学期的课我就出国读大学了。"

啊,对啊,人家又不是我们这些普普通通的学生,除了高考没别的路可走。

郑小凯含着一丝嘲讽的微笑说:"我爸根本就不相信我高考能考好,直接就砸了一笔钱帮我把学校联系好了。他怕我给他丢人,你知道吗?"

我们已经离开了雪场那边的人声鼎沸。在雪场的后面,有一片很可爱的小树林。地上铺着软软的白雪，白雪吸收了天地间的声音，非常的安静。山里的空气真的非常新鲜，我深深地吸了一口气送给我肚子里的小柚子，说："郑总有身份有地位的人，维持面子可能也是必需的吧。"

郑小凯有点惊讶地看了我一眼说："你不觉得我爸其实是为了我好，不是好面子吗？"

这……我还真不觉得。

所谓父母永远都为了孩子好，作为我父母的孩子，我早已不抱任何幻想。我也一点都不觉得老郑完全是为了他的儿子好，这种场面话说出口容易，可是面对郑小凯，不知道为什么就是说不出口。

我只好实话实说："可能人都是很自私的吧。我爸妈也是这样，很多时候他们硬要我做某件事，根本就不是为我着想。"

郑小凯半天没说话，然后他看了看我棉袄的中段，说："你呢？"

我？

我故作轻松地笑着说："我又不是什么了不起的人，没什么了不起的目标要牺牲我的小孩子来实现。"

"以前我们经常跟程语心一起来这个滑雪场。"他看了我一眼补充道，"当然陆阿姨不会来。"

我愣了一下才明白程语心肯定是老程的女儿，而"陆阿姨"无疑就是心儿的妈妈。

小凯说:"我觉得,生在这种家庭,真的挺可怜的。"

我忍不住笑了,我说:"那是你没生在我们这种普通家庭,只有更惨,没有最惨。"

"你的爸爸妈妈也一天到晚工作不理你?"

我正义凛然地点了点头说:"他俩要真是工作也就罢了,我小时候,他俩一个爱打牌,一个爱跳舞,我就一个人在家里自己热饭,自己吃饭。我才四岁的时候,自己热饭,头发被火燎了,头皮上还被烫了好几个泡,自己把火灭了,自己用冷水洗了头皮,自己哭完睡了,结果我妈回来还把我揍了一顿。"

"为什么揍你啊?!"小凯惊讶地问。

"因为头发烧了难看了呗。"

郑小凯不由得啧啧称奇。

"你至少不会挨揍吧?"我得意地说。

郑小凯一直都像扑克牌一样的脸上终于露出了笑容,他说:"不会揍我,但是我妈会关我禁闭。"

"关禁闭?!"轮到我啧啧称奇,这什么洋气的惩罚方式?"给你关你屋子里,你屋里又有电脑,又有书,什么都有的这种关禁闭?"

郑小凯笑着点了点头。

我说:"断你 Wi-Fi 不?"

"不断!"他笑着说。

"那我敢问这个惩罚的点在哪儿啊?"

"哈哈哈，羞耻感！"他开怀地说。显然在我的点拨之下感到自己是个幸运的 boy。

"羞耻感？你知道我爸妈小时候怎么揍我吗？"

"用皮带？"郑小凯显然是从文学作品中获知了这个常识。

"皮带拆下来裤子不就掉了吗？"我说，"我爸揍我的时候，用的是一根直径 1.5 厘米的木头棍子。"郑小凯对这种凶器表示耸人听闻，瞪大了眼睛。

"然而这还不是最疼的！"我自豪地说。

"这还不疼？！"

"男人的阴招，永远都没有女人的阴！我妈怎么打我你都想象不到。"

我在林子中间一片空地上站住，绘声绘色、比比画画地说："我小时候有一种铁门锁，是一个厚的铁片儿，钉在门上。你可能都没见过。完后扣上之后，再往上挂大铁锁。就那个铁片儿，露出来一截，对吧，我妈想揍我的时候，就跟我说，你去那儿站着。我虽然害怕也不敢不听我妈的啊，我就去那儿站着。"

郑小凯一脸看鬼片儿的表情看着我。

我说："我妈就举起我的手，你看见了吗，抡圆喽，用我的手指关节去砸那个铁片的边缘。"

郑小凯听见就好像他被揍了一样，浑身瑟缩了一下。

"疼得啊，直接钻心。"我得意扬扬地说，"你看过《哈利·波特》里的钻心咒吗？我当时就觉得，钻心咒差不多也就这么疼。"

我觉得我用我挨揍的经历彻底收复了郑小凯的心。他看着我的眼神满是崇拜，而我也因为暴露出了自己的实力而感到腰杆子挺直了起来。

我就抱着表面关怀实则八卦的态度说："不过你家人感情真好啊。"

郑小凯嗤之以鼻地说："你是说我爸跟我小姨感情真好吧？"

现在的小孩子何苦如此直白。

他说："不过你别多心，我小姨跟谁都这样，我爸还嫌她脏呢。"

脏脏脏脏？！

我不由得咋舌。我还不如别起这个话头，信息量太大。

我赶紧转移话题说："你有女朋友吗？"

他满不在乎地说："有啊。"

"以后你出国了，她也去？"

他说："她也出国，但是去欧洲。我出国就分手呗。"

哈？这么轻描淡写？

他把穿着蓝色滑雪服的双臂伸向天空，伸了个大大的懒腰说："这种时候谈的恋爱，不就是逢场作戏嘛。"

我突然幻想到，十几年后的小柚子，一身她爸给她买的名牌，满不在乎地对我说："我和我男朋友不就是逢场作戏嘛。"

这么一想，一顿顿地挨着打的我，成长环境倒是意外的非常单纯。

"你还没和程叔叔结婚吧？"

"……嗯。"

小凯说："不过他已经带你来参加这种活动了，你已经离目标很接近了。"

你个小屁孩什么意思？

我不爽地说："说得好像我削尖了头要嫁给他一样。"

郑小凯说："你不高兴了？对不起，不过削尖了头要嫁给他又不丢人。"

果然还是个赤诚的少年，我想，是啊，为了爱努力又有什么不……

"反正大家都是为了钱。"郑小凯说。

我震惊地抬头看着他。

这个男孩子还不到十八岁，在他眼中，这个世界上已经没有亲情，没有爱情，没有真情，什么感情都没有，大家都是为了钱，而这就是世界的常态。

我的小柚子以后也会长成这样的小孩子?

"我其实真的不太想嫁给程总。至于为什么,"我看了他一眼说,"咱们俩刚认识,我也不想跟你说。"

郑小凯说:"是因为你不想让你的孩子变成我这个德行吧?"

他说:"不会的,你的孩子有你这样的妈妈呢。"

我蓦然眼眶一热。

气氛变得有点尴尬,我们俩默默地走了一会儿,我冲口而出:"回头你来找我玩,我带你去认识一些真正有意思的人。"

小凯一直跟在我身边,他还带我去高级滑道看老程像蝙蝠侠一样滑雪。过了中午,大家都聚在一起,各自回房间去洗澡换衣服,然后去附近吃什么高级海鲜。接着又是泡温泉,又打牌,又吃饭,又喝茶,又打牌。周日的中午所有人又聚在一起吃了饭,这才算,这几天的度假结束了。

从小凯的爸爸妈妈出现在他身边起,他就再也没有单独跟我说过一句话,连看都没有看过我一眼。

坐着老程的车回程的路上,他问我为什么不说话。

"我累了。"我回答他说。

"第一次来这种地方吧?"他问,我点点头。

第一次来又怎样?我宁可没机会来"这种地方",不用客气!

接下来的礼拜三,我正在跟高师傅一起在建材城高高兴兴地找瓷砖，接到了小凯的电话。

"你不是说要带我玩吗？"他说。

"你不是应该要上学的吗？"我震惊地说。

"你上高中的时候难道不逃课？"

"我一堂课都没逃过，还差点被打死呢！"我说，"再说了，我带你玩，我带你玩什么啊？"我耍赖道。

这一天中午，我、宽粉儿、郑小凯和高师傅一起坐在了水煮鱼米粉店里。

"这是我的好朋友刘宽，这是郑总的公子郑小凯，我今天带他玩的项目是：平民的一天。"

郑小凯向宽粉儿问了好之后问我："这位是你的外遇对象？"

我差点把嘴里的水给喷了，我说："这个世界上并不是一男一女坐在一块儿就是有一腿的。"

郑小凯点了点头说："嗯，就像我爸和我小姨。"

不是，不是那样的，你父亲和你小姨虽然关系纯洁，但是，也不是那样的。

"友谊，友谊你明白吗？"我挥舞着手里的筷子说。

"啊朋友再见，啊朋友再见，啊朋友再见吧，再见吧，再见吧！如果我在，战斗中牺牲，请把我埋葬在山冈。"

我们所有人都非常无语地听高师傅唱完了这整整一首歌。在那一瞬间我觉得，形婚的话嫁给高师傅和嫁给宽粉儿其实也没什么区别。

郑小凯点了点头说:"我明白了,友谊就是我死了你得埋我。"

我崩溃地大吼说"不是"的同时,宽粉儿和高师傅异口同声地说:"对。"

然后我们三个面面相觑,宽粉儿和高师傅同时开口问我:"不对吗?"

我突然又觉得我不应该让宽粉儿和高师傅认识,有朝一日可能细粉儿会杀了我。

郑小凯不理睬我们三个平民,他环视了一周说:"这个地方真的好脏啊。"

我浑身一麻,仿佛看到米粉店老板的视线在我后脑勺上燃烧。

我赶紧大声地说:"但是这是世界上最好吃的东西。"

郑小凯毫不客气地说:"不好吃你赔我三包烟。"

跟这种熊孩子在一起真是白眼翻得没个完。

宽粉儿问:"你觉得什么东西最好吃?"

郑小凯斩钉截铁地说:"麦当劳。"

正当我差点把桌子掀了的时候,高师傅说:"我也觉得是。"

高师傅,你的成长经历我很感兴趣。

四碗米粉上来了。

水煮鱼米粉×2,麻辣牛蛙米粉,麻辣牛肉米粉,油汪汪地泛着地狱之光。

郑小凯吃了一口之后就没再抬起头，他呼呼地吃了一整碗，还嘻嘻哈哈要求高师傅和宽粉儿分给他其他口味的米粉。

吃完米粉之后宽粉儿把瘦小的、满嘴辣油、满脸陶醉的郑小凯夹在腋下走出了米粉店，他问郑小凯："回头拉肚子，怎么跟你爸妈说？"

"肠胃流感。"郑小凯满脸高潮相。

"好孩子！"宽粉儿拍了拍他的后背。

第二天中午郑小凯在我们几个人的微信群里说："我都快拉脱肛了。"

宽粉儿很冷漠地说："习惯了就好了。"

郑小凯说："明天中午再去吃啊？"

我说："好啊好啊！"

宽粉儿发来一条语音吼道："温翔你再给我吃一次试试！"

"啊，原来你叫温翔啊。"郑小凯说。

然而不知道是这回米粉店老板家的鱼出了问题，还是我孕期的肠胃不同以往，在郑小凯拉得快脱肛的时候，我也正拉得如痴如醉。

孔姐很担心，她说："你不要觉得拉拉肚子没什么大不了的，怀孕拉肚子可是容易流产的！"

"啥？！那岂不是把孩子拉在马桶里了？！"

孔姐一脸的耸人听闻："那当然喽。"

咦哟……

"你乖乖的，多喝一些热水，多躺下来休息。"

躺在床上我觉得没意思，就拉孔姐跟我聊天。

我想起那天在雪山里，老郑说的，让我给老程生个大胖儿子。

我问孔姐："你看我这个肚子像男孩儿还是女孩儿？"

孔姐瞪了我一眼说："肚子看男女都是老一辈人胡闹，你也信？"

"哦。"我沮丧地说。孔姐这个人可真是新时代的科学先锋。

她说："不过我跟你讲，还是生儿子好。"

哈？刚表扬完科学先锋的事儿，这就开始重男轻女了？

我说："我就觉得姑娘好。"

她推我一把说："姑娘哪里好？当然生儿子好。"

我有点生气地坐起身来说："我就是女的，我不觉得自己哪里比男人差！"

当然潜在意思，你孔姐不也是女的？！

孔姐瞪我一眼说："生个女儿，十几岁要来例假，一个月一次疼得难过，交了男朋友怕她被人欺负，回头怀孕生孩子又要受罪，你不心疼？"

她叹了口气说："还是生儿子好，生个儿子，都去拱别人家的女儿。"

……这些中年妇女用起动词来也是十分精准而又别致。

原来孔姐自己也有一个女儿，如今也是十几岁，正在家乡的护校学习。她常年在外面做工，女儿在家里跟着继父一起生活。

"说起我家老张，"孔姐聊起她的丈夫，"再也找不到比他更好的人了。可是你说说，知人知面不知心，我的女儿十几岁正像花朵似的，他们两个一点血缘关系也没有。万一呢，你说说？"

就是啊，这可真揪心。女儿万一不说呢，女儿万一不懂呢，受了委屈当妈的不知道可怎么办？

孔姐叹了口气说："要不是程总给我开这么高的工钱，我心想，好好多干几年，给我闺女攒好多嫁妆，将来嫁个好人，我哪里舍得她。"

我只好安慰她说："疑人不用，用人不疑。"

接着我又问她那姑娘的亲爹去哪里了。

她说："我那前夫，打孩子！我就跟他离婚了！他后来又娶了个老婆，又生了孩子，还打孩子。"

我说我爸也打孩子，孔姐问那我妈怎么不拦着，我说我妈打得更狠。

啧啧啧，孔姐坐在我的床边瞅着我啧了十几分钟，从此之后我觉得她更疼我了。

我这才明白为什么上节目都爱卖惨，卖惨可真好使。

这天下午我拉肚子还没完全好转,老程就回来了,说让我准备准备跟他去个饭局。

孔姐从来没有任何一句忤逆老程的话,但是今天她居然挺身而出说道:"小温今天不舒服,程总,能不能改天?"

老程完全没有接她的话,这意思显然就是不行呗。

我倒是觉得拉肚子没什么大不了的,只是实在不愿意去什么饭局。

于是关起门来,孔姐帮我找衣服,帮我梳头打扮。她叹了口气对我说:"男人啊,尤其是程总这种男人,不会疼人,都是正常的。你别往心里去。但凡不开心的事情不往心里去,日子过得就好了。"

我问她如果是她的女儿要嫁给老程这样的人,她会不会答应。

孔姐说:"女儿要是非要嫁,有什么答应不答应的。"

我突然很想跟孔姐聊聊我的家人，聊聊我妈我爸，聊聊他们对我的干涉，他们对我的不公平。

可是眼下我必须要去什么鬼饭局。

可能老程觉得带我出门的效果还不错，所以饭局居然越来越多了起来。有时候我们还会见到老郑一家，老郑和他的妻子始终对我极其冷淡。同时也见到过很多其他不认识的人。

他们是干什么的，他们和老程是什么利益关系，我一概一无所知。每当老程带着我的时候，他们自然也都带着家眷。有些人很年轻，他们的家人也年轻，一派天真。有些人年纪很大了，他们的家眷也是很年轻，一派天真。各位家属环肥燕瘦高矮胖细，而我不会讨好人又不会聊天，一概都是笑眯眯地坐着。

我唯一的优势就是我肚子里的小柚子。偶尔会有真的很爱聊育儿经的女士，就会对着我的肚皮渐渐打开话匣子。而我对育儿几乎仍是一无所知，满脸乖巧，求知欲旺盛，大家也就聊得很开心。

这样的饭局，一般很难会只有一顿饭而已。饭后要么喝茶，要么打牌，有时候还会去一些高级会所打打台球什么的。无论对方是高雅冷淡，还是侃侃而谈，从来没有人关心过我的感受。哪怕是打牌到凌晨，也绝对不会有人问我累不累。

宽粉儿说，可能他们不觉得这些事会累，他们觉得这就是休息。可是对我来说，唯有瘫在床上一边摇着腿一边吃薯片看电视才是休息。

一瞬间好像有什么东西勒紧了我的肚皮。

我甚至不知道老程的家里还有谁,父母还在不在,他的家人在此之前知不知道我。我什么都不知道,只知道他有个外甥叫肖小群。

那我要见到肖小群了?我终于能听到肖小群叫我一声舅妈了?

在我的幻想中,第一次把我介绍给家里人,应该是只有几位重要的家人,大家在家里相聚,吃吃家常菜,客厅里坐下来聊聊天吧。

结果当天出现在饭店大厅里的人有:

A贸易公司的F总及家人,B广告公司的E总及家人,C娱乐中心的老总D及家人,老程的姐姐、姐夫、弟弟、弟妹,还有程语心。

对,程语心。

对,就是他前妻的女儿。

上次见到心儿的时候,我还跟宽粉儿在一起,在医院,作为宽粉儿的妻子,坐在老程的后车座上。

我笑得僵硬极了,满心希望程语心千万千万不要记得我。

结果,所有人聚在一起,甚至都还没有人注意到我,心儿就大声地说:"阿姨好。"

我从她小小的脸上看到了无与伦比的敌意,虽然她爸连看都没有看我一眼。

老程的姐姐，简直就是一个矮小版的老程。这张脸长在老程的肩膀上无比的英俊迷人，可是长在一个女性的肩膀上就武断地令人觉得过于刚硬和无情。

她笑了一下，满脸细细的皱纹就像一个来自西藏的老人。她问老程："这是谁啊？"

老程居然转而问我："你是谁啊？"

我的脸都绿了。

开玩笑也不要在这个节骨眼好吗？

如果是宽粉儿，一定会在任何人开口发问之前就率先把我的来龙去脉介绍清楚，以前见过我的、以前听过我的，全部解释圆，不要让任何人用看到鬼的眼神看我。

当然，宽粉儿也根本不会把我带到这种局上来。

当然，宽粉儿也根本不会让我陷入现在这个局面。

我又感到肚子一阵紧缩，定了定神，正要勉强开口，程语心说："我见过这个阿姨，她是爸爸的朋友，是另外一个叔叔的老婆。"

显然老程已经完完全全忘记了我和宽粉儿一起见过程语心的事。他听了吃了一惊，然后，面对这个无论如何也解释不清的局面，居然轻轻松松地开口说："小孩子就知道胡说八道。"

心儿也吃了一惊，没想到她爸爸居然会指责她胡说八道。

人在童年，人微言轻，最怕被人说什么"胡说八道"。

然而她也不敢跟爸爸争辩，只是低下了头。

我看到她从刘海之间恨恨地瞪了我一眼，她的爸爸也根本没看到。

这么一来我更不敢开口说我是谁了，我明明是"别的叔叔的老婆"，现在再争着开口说自己是老程的女朋友，程语心会误认为我在正面跟她对抗，会认为我在欺负她，更会认为我证实了她在胡说八道这件事，而我明明就是故意的。

我可怜巴巴地看了一眼老程，他却说："你说啊，你是谁啊？"

话已至此，我也不需要再张口说话了。

我的脸是年轻的脸，我的表情是慌张无措的表情，我的肚子挺着显然不是因为发福。程贯中的姐姐一边微笑着，一边极快地上下打量了我一遍，她那隐藏在细细的皱纹之间的微笑，也变得更加凌厉和僵硬。

而她这样的表情，显然证明，在此之前，老程从来没有跟家人提过我。

席间，我坐在老程身边。我的身边既不是老程的姐姐，也不是程语心，而是B广告公司的E总的夫人。

他们所有人显然都非常相熟，你来我往聊得愉快。我得知老程的姐姐目前自己经营着一家家政公司，而她仿佛是家里的顶梁柱。比起好像一个西藏老人的老程的姐姐，老程的姐夫才更像一截来自西藏的枯木。

程语心坐在她的爸爸和大姑之间，小小年纪就一派成熟稳重，举手投足都是淑女风范，引得一片赞扬。

在座的几位可能跟程语心的妈妈也有业务往来,他们话里话外一问起来,心儿便一阵自豪溢于言表,滔滔不绝地谈论起她妈妈的近况。

席间的人,几乎都当我不存在。

我虱子多了不痒痒,麻木地味同嚼蜡地吃着我眼前的菜,同时保持着宠辱不惊的微笑。

本来一个没身份、没背景、没出身、没钱的、年纪又不算太大的女性,贴在英俊多金的中年人身边,无论是谁都会觉得是这女的对男人有所图,穷追不舍臭不要脸。如今挺着肚子跟着一个男人来了,连一个正式的介绍都没有,自然连个正眼都不用给。

我不知道老程是真的没想到这一切,还是他完完全全没有把我放在心上。

心儿提到她妈妈的时候,时不时地瞪我一眼。

小小的孩子自以为心计多得很,其实还不是藏不住,锋芒毕露。

我心里叹了口气。他如今在大庭广众之下说他女儿胡说八道,他对心儿又何曾上过心。他对身边的人都何曾上过心,都是被忽视的人,相煎何太急。

他们聊来聊去,聊到心儿的妈妈最近好像非常的忙,没时间管女儿,孩子放了暑假,家里只有保姆怕照顾不周,才在大姑家里暂住。

程语心甜甜地对她爸爸说:"爸爸,不然我去你家住吧?"

我在心里忍不住骂起来。

老程则说:"好啊。"

我在心里第二次骂起来。

程语心不知道在心里酝酿什么,她高高地抬起了眼睛,大声问我:"阿姨,您丈夫怎么没来?"

不知道我当时是怎么想的。可能是我实在无法原谅老程了。他凭什么把我当隐形人?还不如别把我带来,虐我也就算了,连小柚子一起虐算什么英雄?!

我平静地微笑着坦然地说:"他忙,今天没时间来。"

全场一片死寂,老程死死地瞪着我。

我一面感到一口恶气已出,接下来的烂摊子爱咋地咋地,我是不想管了,一边微笑着坦然地吃了一口菜。

接下来的整顿饭,他们叽叽喳喳地谈论着他们的生活和生意,我也好,程语心也好,一句话也没再说过。

吃完饭,又要在这个酒店里"娱乐"。所谓娱乐,不过是男人们抽烟打桌球,女人们做按摩足疗。还有一个房间可以上网,程语心就点了蛋糕去上网。还有游泳馆,不过谁也没有扒光了去游泳。

我呢,又不能去打桌球,又不能做足疗做按摩,又不能去游泳,程语心在那儿上网我也不想去上网,就呆呆地坐在大堂里。

我以为吃完饭之后老程会找机会跟我算账,问我说那话什么意思以后怎么收场,然而他也没有。他沉浸在每一个话题中,游刃有余，完全没有理会过我。

我突然觉得受够了。

这一个月的饭局，一个月的应酬，这两个月来的各种贵妇的生活，我受够了。

我宁可不待在老程身边了，想到此处我心如刀绞，在我怀孕初期那么难过的岁月里，没有他，我还不是一口饭一口饭，一口水一口水，一口气儿一口气儿地，活了下来。有什么了不起的？

我猛地站起身来，打算从这个根本不知道是哪儿的地方打车走。

当然不是回老程的家，而是去找宽粉儿。

我身无分文，然而我知道我无论要花多少车钱，宽粉儿都会给我付的。

然而走到这个娱乐中心的大门那儿的时候，我突然震惊了。

一个老程从外面绷着脸走了进来。确切地说，是一个年轻的老程。是一个我十七岁的时候，第一次见到老程的时候，那样的老程。

他看到我也震惊了一下，然后说："温喆原？！"

"肖小群？！"

我还以为这一天不会更糟了。

现在，我不但是老程身边的狐狸精，还是别人的老婆，还是老程的亲姐姐的亲儿子的亲高中同学。我更不要脸了。

我和肖小群十几年没有联系了,如今骤然在他的家庭聚会的现场出现,还挺着肚子。他来去如风,我只能抓重点说:"我跟程总一起来的。"

"你先等会我先进去打个招呼。"

于是他先去台球室打了招呼,又去足疗室打了招呼,又去网吧摸了摸程语心的脑袋。然后才回到大堂,坐在我的对面。

我看到程语心从网吧的玻璃墙那边盯着我们俩。

"好嘛,先勾引我爸,又勾引我表哥。"我内心替程语心说道。

肖小群高中的时候可能只有一米五几,高中毕业之后的那个暑假突然抽条到了一米七几,成了一个篮球王子一般的小帅哥,然而现在,此刻,已经是三十岁的肖小群,比他舅舅可能还要高,将近一米九的身高,简直是倾倒众生。

"好久不见啊,温喆原!"

中学同学和小学同学就是这样,一见面连名带姓地互相称呼。

"嘿。"我尴尬地说。

"我听说你结婚了?马月兰还去参加你的婚礼了她说。"肖小群说。

"嗯。"我尴尬地说。

他看了看我的肚皮说:"你这是,有好消息了?"

"这是程总的孩子。"我尴尬地说。

沉默。

肖小群可能才想起来,我刚才说我是跟程总一起来的。

他可能又才想起来,我曾经向他倾诉过我是何等的迷恋他舅舅。

"我舅妈可凶了。"当时一米五几满脸稚嫩的肖小群这样回答我。

"傻孩子,以后我才是你舅妈。"三十岁的我对十七岁的肖小群慈祥地说。

"那……"肖小群终于张口,然而那也那不出个所以然。

"我还没跟程总结婚。"我索性张口,不知道他回头会不会去跟他妈说,以及我在他家到底能混成个什么德行,反正已经这样了,事情再坏还能坏到什么程度?

"我还没跟我丈夫离婚。"我说。

肖小群显然三观都碎了,他目瞪口呆地看着我。

一般的姑娘想嫁给有钱人,不都是男方还没离婚,女孩子已经怀着孩子登堂入室吗?

像这种自己还没离婚就怀着孩子跑别人家登堂入室的,显然是不太多见。

肖小群毕竟顾念老同学的感情,他想了半天才问了一个超级搞笑的问题:"你老公知道吗?"

"……知道。"我据实以告,然而也无法做出解释。

肖小群夸张地瞪大了眼睛,屁股在沙发上稍微往后撤了一点。

沉默。

终于他开口道:"那你以后打算怎么办?"

"我……我也不知道……"

肖小群居然笑了,他说:"你还不知道以后要怎么办,也没离婚,就跑来见我姨了?"

我一时火气上顶,嚷嚷道:"老程非要让我来,我也不知道是这种场合。"

我说:"肖小群,你别跟你妈妈说我是你同学好不好?"

"为什么?"他问。

我咬了咬嘴唇,勉强解释道:"我觉得,让她知道我是你同学,她会瞧不起我。"

"更、更瞧不起我。"我补充道。

肖小群想了一会儿,点了点头说:"你也别想太多,什么乱七八糟的。你和我舅舅两个人知道以后怎么过就行了。"他坐起身子靠在沙发背上说:"说白了,我们一家子都是我舅舅在养活着,我妈还能说什么?"

我没有拂袖而去,当然我拂袖而去的话也不知道如何收场。幸好我在门口遇到了肖小群。

我们在大堂里聊了会儿天,我问他结婚了没有,他说没有。

我开玩笑地问他不会还没忘记高中时候的那个校花吧,他挥挥手说,结婚太耽误时间。

我不禁暗自咋舌。

肖小群现在也是在事业奋斗期。仗着他舅舅给他铺路，起点可比老程当年高得多了。

但是我从他眼神中看出了隐隐的不甘，可能他觉得，无论他怎么努力，无论未来成功与否，人家都会说，你有这样的舅舅，不成功才怪。

后来他就去了台球室，跟摇钱树们应酬。我一个人继续坐在大堂，找人点了杯热果茶，又找了本书来看。直到不知过了多久，做足疗做SPA的都换好衣服红光满面地出来了，女眷们叽叽喳喳地去找男士们，问他们要不要换个地方谈，一众人在台球室嘻嘻哈哈，一顿说说笑笑之后，鱼贯而出。有个妇女拉着肖小群啧啧称奇，表示要给他介绍对象，还告诉他"男人没有家，没人伺候可不行，千万不能任性"。

这时候老程破天荒地说："喆原身体不舒服，我先带她回去了。"

心儿马上就蔫下来，仿佛她爸爸对她的承诺又成了空。

但老程却还记得。他对肖小群说："小群，一会儿吃完饭你帮我把程语心送我家去。"

然后他就带着我走了。

一路沉默无语。

我能感觉到空气里都浓密地流窜着老程的怒火，然而他不开口，我也不开口。

"我又不是那种搂着男人撒娇的姑娘,你又不是不知道。"我心想。

就这样一路回到家,孔姐可能是被告知不需要做晚饭,就正在打扫房间。她跟在老程身边这么多年,一眼就看出不好。

可是她却没有躲开,而是紧张得脸色煞白,却坚定地握着双手站在一边。

老程背对着我点了一支烟。

我们都没敢开口说让他别当着我的面抽烟。

他说:"你想干什么?"

我自以为这一天做错的事情只是说了我老公忙不能来,于是张开嘴,正要解释说心儿问,你老公怎么没来,我回答她说我老公没空,也是有问有答。再说了就算我要嫁给老程,我是个二婚的事一查就查得出,有什么可隐瞒的,早晚得跟他姐姐解释,何苦憋着不吱声呢?

然而我还什么都没说出口,老程已经继续说了下去:"我带你出去,你就这样说话?你就是这么跟别人交流的?所有人都在活动你一个人坐在那儿?跟谁怄气呢?你见有谁跟你一样自己坐在外头?我还以为你是个聪明的女人,我还以为你有脑子。你这个样子要你干什么用?!"

我瞠目结舌,并且觉得无从开口。

与此同时,今天的第三次,我的肚子一下子缩紧。我情不自禁地捂住了肚子。

孔姐当然看到了我的这个动作,她正要过来扶我,但老程却继续吼道:"我带你去了这么多地方见了这么多人,你平时天天的都在干什么?我带你认识的人你回来之后联系过没有?隔三岔五发过微信吗?上周我见到齐总,他说他的夫人从国外给各家都带了东西,唯独没有给你带。你知道为什么吗?因为人家根本都不记得你。"

他转过身来,仿佛我做了什么特别令人不齿的事一样瞪着我,恍惚间我突然觉得看到了我爸,看到了我小学时候考了99.5分,半分之差无缘全班第一的时候,回家看到的我爸。

"你告诉我,你为什么不做这些事?"

我手足无措地看着他。

"说话!!"老程大吼一声。

他的声音如此之大,而我已经很久没见到他如此暴怒。

我浑身一抖,肚子又紧缩起来。

"你没有说让我做。"我勉强开口道。

老程一脸的震惊,仿佛我说我背不下来九九乘法表一样:"为什么这么简单的事情,我不说你就不做?"

孔姐可能看到我脸色不对,她仿佛冲过暴风雨和龙卷风一样冲过来扶住我说:"你快坐下,有什么事坐下说。"

但是我没有坐下。我感到肚子隐隐作痛,但是我已经不想再把所有的委屈都憋在心里了。

人生第一次,我对老程顶嘴道:"您觉得是很简单的事,我不觉得。您不告诉我怎么跟他们相处,我就不会。这一切您可能天生就会,我是普通人家出生的孩子,我不会。您告诉我了我也还是不会,我不知道跟他们说什么才好。"

老程看着我的样子仿佛他第一次看到狗开口说话了。

我觉得在他作为领导的一生中可能也很少听到有员工这样跟他顶嘴。

因为太震惊了所以老程一时没张开嘴,我就接着说道:

"您今天带我去见您的家人,事前没有对我讲都会见到谁,都会遇到什么事。您也没有对家人提过我,您的姐姐很显然对我的存在表示了不齿。在这样尴尬的情况下,您应该在现场对家人正式地介绍我,表示您对我的尊重,可是您不但没有,还假装不认识我,让我自己介绍自己。这个行为让我感到很羞耻,是您在羞辱我,我觉得您根本就不尊重我。"

说着说着我开始浑身发抖,渐渐声音也剧烈地抖了起来。我的手脚冷得好像冰块,与此同时我的肚子又缩紧了一下,而我根本不知道这代表什么。

"您带我去见这么多人,在现场您对我没有一丝一毫的维护。我是一个孕妇,我会疲倦,我会累,我不能闻烟味,会对孩子有害,这一切您都完全不关心。正是因为您对我没有表现出任何尊重,所以您的朋友也完全不尊重我,这不是因为我的年龄、我的身份,或者我的谈吐,完全是您的错。我在您带我去的各种场合受尽了羞辱,可能也损害了孩子的健康,可是您完全不在乎，还指责我事后没有觍着脸去继续亲近这些瞧不起我的人，去寻求更多的羞辱。您完全没有为我想过，您可能从来都只想到您自己。"

老程的脸色惨白，他手指尖的烟头快烧到他的手指了。

我的声音已经抖得几乎听不清我在说什么，然而我的大脑比什么时候都清醒，我一鼓作气地接着说道："两个月之前，您正式地问我要不要嫁给您，当时我就很清楚，您对我从来没有过感情，求婚完完全全是因为我肚子里的孩子。这两个月以来您给我您自以为非常好的生活，仿佛我应该对您感激涕零，仿佛这种生活比我原本的生活好千万倍，但这一切也只不过是您自以为是罢了，您从来没有问过我高兴不高兴，喜欢不喜欢。现在我不但确定您对我没有感情，我也确定您其实对任何人都没有感情。未来您对我肚子里的孩子也不会有什么感情，您只会忽视我，忽视孩子，就像您现在完完全全地不在乎心儿一样。"

在我说完的一瞬间,我忘记了我都说了什么。

与此同时,我看到老程高高地抬起了他的巴掌。

我不知道人们会怎么评论老程的这种行为,我是比他小十五岁的女朋友,我肚子里还怀着他的小孩子。

只是因为我说了一些我想说的话,他就对我扬起了巴掌。

然而此刻的我,却不觉得他扬起巴掌有什么不对的。

当年的我爸就是这样。只要我说了什么惹他不高兴的话,他就会对我扬起巴掌。

我妈也是,我只要做了什么她不喜欢的事,就会对我扬起巴掌。

怀着孩子又怎样,我还是我,我还是温喆原,还是渺小的、没有出路的温喆原。在屈辱之中,在不可选择的禁锢之中,循环往复,来来回回。我甚至不想挣扎,我已经习惯了这一切。

因为我生于这样的家庭,因为我作为一个人,遇见的头两个人，就是这样动辄对我扬起巴掌的人。我听到的最初的语言，就是对我的羞辱，对我的不在意。

既然如此，老程对我毫不在意的羞辱，又有什么错呢？

我跟着老程这么多年，他并不是第一次羞辱我，并不是第一次不在意我。

只不过在得知我怀了他的孩子之后，或者是说，得知我居然没有第一时间跪下对他的求婚感激涕零之后，他开始对我好了起来。

他不在乎我的感受，他不在乎我的尊严，只是一如既往罢了。

正如我爸妈打我，我从来没有哭过一样，老程无论怎么对我，我都很少哭。我哭都是在宽粉儿面前。

然而此刻我却无端地开始流眼泪，一发不可收拾。虽然表情还是那样的表情，但大颗大颗的眼泪从我眼眶中落下。

老程可能也是第一次看我这个样子，他缓缓地放下了巴掌。可是他却不会知道，我之所以突然落下眼泪，是因为我突然想到了宽粉儿。

我想到，如果没有遇到宽粉儿，我这个悲惨的人，甚至不会意识到他在羞辱我。

老程可能对我已经无话可说，他抓起茶几上的车钥匙和烟，朝大门走去。可是后来我却听到他说："心儿？你怎么在这儿？你在这儿多久了？"

可是我已经无暇顾及心儿，我腿一软几乎是跪了下去。

孔姐也无暇顾及老程和心儿，她赶紧把我带到床上躺好。

我和老程怒火冲天地进门，连门都没有关。而程语心回到家，站在门口听到我们的争吵，我们都不知道她听了多久，听到了什么。

现在老程出门了，心儿坐在客厅里，我躺在被窝里。我听到孔姐在跟她说，小姐要吃什么？我来做。心儿可能是摇了摇头，然后孔姐去厨房给她倒了一杯什么东西，又回来看我。

她坐在我床边摸了摸我的头发，温柔地说："你看看你，平时看着乖乖的，怎么突然这么倔强。这些道理说给男人听有什么用？男人能听得懂，还能做得出来吗？"

我的肚子又缩了起来，我的脸上露出痛苦的表情。

孔姐紧张问："你怎么了？"

我说我的肚子一缩一缩的。

孔姐大喊："什么时候的事？多久了？"

我告诉她，已经一天了，这一会儿可能是受刺激，隔一会儿就缩一次。

我被孔姐一顿大骂之后，才知道什么是"宫缩"。她火急火燎地打电话叫了救护车，然后我又听到她可能是偷偷在给老程打电话，说什么"小温身体不舒服"。在救护车赶来把我送到医院之前，老程自然是没有出现。

离开家之前，我看到程语心坐在沙发上，惨白着脸孔看着我被急救人员抬走。

程语心第一天住进她的爸爸家,却听到这一番争吵,又看到我这个样子。临走前,我抱歉地对她笑了一下。

又是先兆流产,又要输液保胎,老子又住院了。

只是这一回住的是高级医院,自己一个人一个房间,房间里有高级浴室,浴室里有洗浴喷头,还香喷喷的像个五星级大酒店的厕所。我的病房里还有电视、冰箱、沙发茶几,像个小型的公寓。护士们都客气极了。每天一大堆人监护我的血压、血糖、胎心和各项指标。

宽粉儿在得知我住院之后,第一时间跑来看我,他还给我带了一大堆好吃的。除了各种常规水果之外,居然还有他亲手做的炒面。天知道我有多么怀念宽粉儿做的炒面。

天下再也没有第二个做炒面的人,做的炒面里有这么多大块的红烧鸡、红烧土豆块、炒脆笋、杭椒粒、剁椒粒,还有香喷喷的红油了。宽粉儿还会给我浇一大勺醋。

在无数个深夜,尤其是跟着老程吃了莫名其妙的一些佛跳墙、蒸鹅掌之后的夜晚,我会在梦里想念宽粉儿做的炒面。当然也会想念宽粉儿做的凉粉,和宽粉儿做的其他食物。

我狼吞虎咽地吃完了这份炒面之后,恬不知耻地把空饭盒递过去说:"还要吃!"

宽粉儿面无表情地接过空饭盒,又递过来一个装满了炒面的饭盒。

天哪，天使！

我吃得实在是吃不下了，肚子胀得好像快生了一样，才开口对宽粉儿讲了我之前说的那些话。

宽粉儿却不觉得我厉害，也不觉得我大快了人心。他说："那你下一步打算怎么办？"

我说："我哪儿知道啊。"

宽粉儿忧心忡忡地说："橘子，你要是真的把老程放下了，我才会为你高兴。你现在这样，又放不下，又作死，回头痛苦的不还是你吗？"

他伸手抓住了我的胳膊，好像一个慈祥的姨妈那样说道："你逞口舌之快，倒是嚷嚷得挺高兴的。万一老程从此就不要你了，你真的受得了吗？你想想，吴云山的房子下周就要铺地板了，你难道能放得下这一切吗？！"

我的脸马上灰暗下来。

是啊，我是多么的想看吴云山的房子铺上地板的样子啊。

"别贫了好吗？！"我甩开宽粉儿的手叫道，"你就是想等我房子装好了你去玩玩，再撺掇我把老程踹了吧！"

"我是什么人你还不了解吗？"宽粉儿小心翼翼地捡起我掉在被子上的炒面并念叨着别回头还得赔钱一边说，"你自己得想清楚，知道吗，橘子？再说了，你这么一闹，以后怎么跟老程的家里人相处啊？他姐姐怎么样咱们不说，心儿怎么办？心儿那么恨你，你以后怎么办啊？"

我理直气壮地说:"我跟老程的家里人处不好,尤其是心儿。我要是她,我也恨我啊。谁不烦后妈啊,天下还能有好的后妈不成?"

话音刚落我听到门口嚷嚷道:"胡说八道什么呢?!"然后眼见着孔姐带着一脸铁青的心儿走了进来。

她可能没想到我床边坐着个长得还不错的年轻男人,就愣在原地。

心儿更震惊,她看着宽粉儿坐在我床边的样子,小小的三观可能跟她表哥一样地碎了。

我硬着头皮向孔姐解释说宽粉儿是我的好朋友,来医院看我。

明知道程语心会当面拆穿我,我像要挨打一样忍不住挤住了眼睛。程语心却居然没吱声。

孔姐也给我带了好吃的,我说我刚吃完炒面实在是吃不下了,她就唠唠叨叨地琢磨了半天是给我放冰箱里晚上吃,还是晚上再做了给我带过来,想了半天还是决定顿顿让我吃新鲜的。

宽粉儿叫道:"您不用那么小心,她自己还跑出去吃脏摊儿上的米粉吃得直拉肚子呢!"

孔姐气得扬起手里的空塑料袋来打我,满嘴大骂我胡闹。

我仇恨地盯着宽粉儿,他一脸"你活该"的模样。

我把我最近的各项指标向孔姐汇报过之后,孔姐就要回去,意外的是全程一言不发的程语心居然不想跟着一起回去。

宽粉儿看出她好像有话要对我说,就识趣地跟着孔姐一起走了。

我起来洗了一盘子水果放在床上让心儿跟我一起吃,她却睁起漂亮的眼睛,非常严肃地看着我,问我这一切到底是怎么回事。

我叹了一口气,再怎么小的孩子,也能看得出来这件事乱得一塌糊涂。

我只能说:"说了你也不明白。"

程语心却好像受到了伤害,她没有再问,而是低下头自言自语道:"总之谁也不会跟我说清楚任何事情。"

我挣扎了很久。

并不是怕别的,我是怕这一切真的击碎了程语心的三观,而我,既不是她的父母,还不是她的后妈。事实真相对她造成的影响和后果,我负担得起吗?我凭什么摧毁别人生的孩子的三观?

然而我却看不了一个小孩子这样受伤害的表情。为什么因为年纪小,就不能知道任何真相?难道我和她父亲的事跟她没有任何关系?

我深深地吸了一口气,鼓起勇气说:"如果我告诉你整件事,你能不能保证,不对任何人说?"她郑重地点了点头。

我说:"包括同学、老师、你妈妈?"

程语心不耐烦地又点了点头。

我说:"我不让你往外说,是为了我这个故事里别的人,不是为了我,也不是为了你的爸爸。希望你能明白。"

虽然似懂非懂,程语心还是郑重地点了点头。

于是我从十七岁开始,给她讲了整个故事。包括我在电视台经历的事。包括宽粉儿和细粉儿的关系。

除了她爸爸在床上的行径之外,我告诉了她一切,包括不加粉饰的残酷的事实,比如她还没出现在这个世界的时候,我就已经爱上了她爸爸;比如妈妈辛苦地怀着她的时候,她爸爸却千里迢迢赶到别的城市来救我;比如她爸爸妈妈离婚的当天,她爸爸就要求我和他在一起了。

我说:"我没有故意推卸责任,从一开始,我和你爸爸在一起,就是他主动要求的。要我肚子的小孩子,作为他的孩子生下来。虽然我从来没有跟他提过我爱他,但是我毕竟是在他还是你妈妈的丈夫的时候就爱上他了,我也没什么好推卸责任的。所以我说,你要是恨我,我完全认。你不想要你爸爸跟别的女人生活,不想你爸爸有别的小孩,我也完全理解,换了谁都一样。"

程语心说:"真的?谁都不愿意爸爸有别的小孩?你也不愿意?"

我仔细想了想说:"我也不愿意,毕竟是我的爸爸。"

"你都这么大了,也不愿意?"

我坚定地点了点头。

程语心仿佛松了口气。

我说，这里面有什么她听不懂的地方，就尽量开口问我。

她皱着眉头想了一会儿，我问："刚才那个叔叔，和别的叔叔在一起这件事，你能理解吗？"

她点了点头说："同性恋，我当然明白。"

好吧，现在的小孩子果然懂得很多。

她却开口说："我不明白，你和我爸爸是怎么生出小孩来的？为什么你一开始觉得那个是刘宽叔叔的小孩？为什么小孩的爸爸还能变来变去？我的爸爸也能变吗？"

我表情没变，身子却不由自主地摇晃了一下。

小孩子不是什么都懂吗，怎么连这个都不知道？！

我强作镇定地开口说："这件事说来话长，跟今天的主题无关，你可以自己上网搜索。"

可是话音刚落，我想了一下程语心上网搜索的话可能会搜到什么鬼东西，老程家的电脑说不定要中病毒，痛苦地闭上了眼睛。

老天爷为什么要让我来当这个告诉程语心"孩子是怎么生出来的"人？

我深呼吸了几次，让程语心直视着我的眼睛对她说："以下我要对你说的事，其实是非常正常，非常美好，也没什么可羞耻的事。虽然如此，其实不该我来告诉你。虽然如此，我并不确定你去问你的妈妈或者你的老师，她们能好好地告诉你。因为很奇怪,世人总会觉得这件事很羞耻,不能宣之于口,所以即使我今天好好地告诉了你,你也要装不知道,好不好?"

程语心非常成熟地点了点头。

"尤其不能让你爸爸知道,他会撕了我,好不好?"

程语心显然对于她爸爸会撕了别人这件事深信不疑,她又坚定地点了点头。

于是我从男女生殖器开始讲起,告诉她什么是性行为,什么是精子、卵子、受精卵,我们人类如何受孕。又告诉她在我们这个故事中,事情和别人家有什么不一样,我肚子里小孩子的爸爸为什么会变来变去,又给她举了几个例子,证明,在一个普通家庭中的小孩子的爸爸是不会变来变去的。

全部讲完,我看到程语心好像一块海绵一样,完全吸收了这一切知识。她的表情非常冷静,甚至脸都没红,我的脸倒是红得要命,我不由得松了口气,这才感到口干舌燥,端起水杯喝了口水。

程语心看着我说:"我原本打算住到我爸爸家里,想办法让你流产。"

我把嘴里的水一喷十几米。

程语心却仿佛什么都没有发生一样接着说:"不过其实我心里也很明白,我爸妈是不可能再和好了。"她耸了耸肩说:"我还不愿意他俩和好呢,一见面两人都跟吃了枪药一样。"她眼中充满了鄙视地看了我一眼说:"我其实也不太恨你,他俩感情破裂跟你也没什么关系。我只是很烦你肚子里的孩子。"

我不知所措地看着这个八岁的小姑娘，她居然轻而易举地说出了"让你流产"这四个字。

她却看着我说："你放心，我既然告诉你了，就肯定不会干什么了。而且，"她又耸了耸肩说，"你告诉了我这些，我才觉得，让别人流产好像挺不好的。"

我拼命点头。

正当我眼看着眼前的小姑娘轻轻松松地拿了个水果啃的时候，她又突然直视着我问："你为什么要告诉我这些？"

我差点又呛死。因为你问我了啊！这什么诡异的问题？！

在医院的第五天,我睡到半夜,被尿憋醒,一睁眼看到一个黑影坐在我床边。

我吓尿,不由自主地发出来一声短促的尖叫。

那个黑影用非常低沉的声音说:"你醒了?"

"程……程叔叔……"

这么多年来,私下我仍然叫他程叔叔。

也不是某种幼稚淫荡的游戏,只是实在不知道除了程叔叔我还能叫他什么。

他说:"你为什么醒了?"

我胆怯地说我想尿尿。

于是他居然扶我去尿了尿,然后他又在我床边正襟危坐,说:"你接着睡吧。"

这太幽默了,试问普天之下,谁在程贯中坐在旁边的时候还能睡得着。

我突然好像把这一刻的经历转让给我曾经的同事小杆,他不用花钱就能体验一把超越鬼屋的刺激。

然而我也不敢反驳,只能乖乖装睡。

装了十几分钟实在装不下去了,我叹了口气。

老程的声音低沉得穿透土地,我怀疑隔壁的倒霉的孕妇也能听得到,他说:"为什么不睡?"

"睡不着。"我只好老老实实地回答。

我打开床头灯坐起身来,意外地第一次在老程的脸上看到了疲惫和苍老。

我说:"程叔叔,你这么晚来干什么?"

他瞪着我说:"你终于不跟我您来您去了?"

我低着头不吱声,默默地等他开口告诉我他到底这大半夜的来干吗。

他过了半天才说:"我没什么事,就是想来看看你。"

那也不带大半夜的过来的啊,我心想。

他又说:"我不想让你知道我来过,因为我不想跟你说话。"

老程居然会说"我不想跟你说话"这种话,我看了看他灯下的脸,气鼓鼓地看着我,这,就是传说中的反差萌吗?

他说:"好了,我在这你睡不好,那我回去了。等你好了咱们谈谈。"

我冲动地开口说:"反正我也睡不着了。"

他刚抬起屁股又坐下来说:"真的?那咱们现在就谈谈。"

他说:"温喆原,为什么我把我所有的注意力都放在你身上,所有的感情都给了你,几乎所有的空闲时间都跟你在一起,你居然是那个指责我不在乎你的人,你怎么回事?"

我目瞪口呆。

一时之间我只能心想,那程总真的无论是注意力,还是感情,还是空闲时间都不多的。

他深呼吸了一下,继续说:"这几天我一直在想要怎么跟你谈,要谈什么。后来我发现现在我要对你说的话,在此之前只对程语心的妈妈说过。"他真诚地直视着我的眼睛告诉我:"我不知道你们女人想要什么,因为这一切都不重要,我没有那么多时间和精力去管你。但是我要跟你一起生活的心是不会变的,你要相信我。"

我继续目瞪口呆地盯着他,老程显然并不知道这段话里信息量有多大。

第一,他也曾经对心儿的妈妈说过"我和你在一起生活的心是不会变的",然而心儿的妈妈觉得太扯淡了,终于还是选择了离婚。

第二,他说"你们女人",并且强调说"在此之前只对心儿的妈妈说过"的意思是,在他跟程语心的妈妈离婚之后(在那之前与我无关也就不予追究)到现在,显然是有和有过不知道多少个女人的。

唯有我和程语心的妈妈是配听到这番话的,别人连听着这种（混账）话的资格都没有。

第三，这些话虽然槽点多得无从吐起，却是老程掏心窝子的肺腑之言。

并且我觉得，"你们女人"四个字中，也包含程语心。

其实他说的这番话，我早就知道，我哪能不知道呢。

无论是过去他对我的忽视，还是最近他对我的羞辱，细枝末节，婆婆妈妈，对他来说都太过于细碎。要求他去关注和理解这些细节，仿佛非要一个斯巴达的英雄去摘菜一样的荒唐。

但是他却还说，他其实已经把所有的关注都给了我。

他还说，他要跟我一起生活的心是不会变的。

而我却是从来没敢想过，我活这一遭还能听到老程对我说这种话。

老程看我目瞪口呆，就追问我："你能听懂吗？"

我点了点头说："我一直都明白这些事你顾不上管。"

他说："那你还闹什么？！"

果然，老程觉得我拼了毕生的勇气说出来的真心话，只是一场闹剧。

我不是闹，我之所以说出了那些话，是因为我开始不再想要选择跟老程一起生活下去了。

但是事到节骨眼儿，我还是没有勇气宣之于口。

老程伸手握住了我的手，垂下脸盯着它俩，低声说："你不知道，我对你的感情，说起来也有十几年了。"

什么,十几年?

我突然想起在去雪山的路上,他说起来我十七岁那一年,我们第一次见面的情景,他说他记忆犹新。

我轻笑了一下,装作尴尬的样子问:"不会吧,程叔叔?"

其实我的眼角已经湿润,我的心里久违地澎湃了起来。

幸好医院的床头灯在我的后脑勺那里,照得到老程的脸,照不到我。

他竟然很不好意思地笑了一下,说:"你当时还太小,什么感情,你什么都不懂。可是幸好你还小,不然我可能就会对你下手了。"

他抬起头来对我笑了一下,说:"幸好你还小,我等了两年,才慢慢发现,我对你的感情跟对别的女人不一样。我不能把你当成简单的婚外情对象来对待。所以我就想,那就干脆别想了,只不过是一个小丫头片子罢了。"

我第一次见到这么手足无措的老程,他因为尴尬,就用手拨弄着我的手指头。

他说:"你不知道吧,你上高中的时候,我经常隔三岔五地去你们学校外面接小群,其实就是想看看你。我确实是挺可笑的。

"后来你去外地上大学了,我还松了口气,心想这回可就能放下了。结果,也不知道你到底哪里好,我就是忘不了你。后来我前妻怀孕,我们两人的矛盾越来越深,我就更经常想起你。

每次跟她吵架,看见她那张像母老虎一样的脸,我都会想起你的脸。

"我就想,如果在我眼前的人是你,就绝对不会露出这种戾气。你那么乖,绝对不会这样对我嚷嚷。可是我也还是没想把你怎么样。你还是个学生,我总觉得你太小,小得什么都不懂。

"可是后来你跟我说你被人欺负的时候,我差点气疯了。什么都没想就跑过去找你,我本来想,把你一个人放在外头果然不行,一见到你我就必须得到你。不然以后你还得被别人欺负,说不定还会被别人拎走。可是一进你家门看到你,看到你那么小的个子,那么害怕的表情,我才觉得自己动过那种念头,简直不是人。"

老程抬头看了看我,惊讶地说:"你怎么哭了?"

我说不出话,摇了摇头。

我何止是哭了,我早就哭到满脸鼻涕眼泪横流,拼了老命才没发出声音。

如果早知道这一切该有多好,如果早知道我那么深那么孤独那么可怜的单恋,其实根本不是单恋,该有多好!

我就可以知道,原来这么多年,我不是那么卑微的追随者,我才是那个被追的人。

原来我不用这么害怕会失去眼前这个人。原来我其实不用这么战战兢兢、小心翼翼、委曲求全地生活。

我从床头扯了一张纸,擦干净自己的鼻子和脸,抽抽搭搭地问:"如果你喜欢我,为什么不跟我结婚?"

"当时我跟你说过了,我觉得婚姻是很没意义的,纯粹是浪费时间。"他抚摸着我的头发,眼神前所未有的温柔,"我没有骗过你。"

"但……但是我爸妈催我结婚,那个时候我如果真的嫁给别人了呢?"

老程苦笑了一下,放下他的手说:"说真的。我没想到我会这么在乎你。我总觉得,世界难道没了谁就不转了不成?可是每次好长时间见不到你,我才真正觉得难受,真正觉得,这么下去不行。我还是不能让别人得到你。"

我的眼泪边擦边流,源源不断。我泪眼迷蒙地望着他,他看起来是那么温柔深情地面对着我。这个自私的、无情的、狠毒的傻瓜,我心想。

就像一个魔法师挥了挥魔杖,我的心里堵住我的嗓子的东西不见了,我想对老程说的话,都可以说出口了。

我问他:"所以你是真的喜欢我,不想让我离开你,对不对?"

他拍了我一下说:"你不相信我吗?"

我说:"那我是个笨蛋,不会讨好别人怎么办?"

老程说:"我会慢慢教你。你毕竟还是太小了,是我疏忽了。"

他看到我的脸沉下来,说:"以后咱们是一家人。我好了,你也就好了。"

我又说:"可是,你姐姐不喜欢我。"

老程满不在乎地说:"你别在乎那些,我要做什么她管不着。"

果然,还是不一样的。我还是无法对他说出所有心里话。

这么想着,我的眼泪又干了。我露出了假装的微笑。这个时候我又想,如果不是宽粉儿告诉我什么才是真正的以诚相待,现在我会觉得多么幸福。我可能就是天下最幸福的女人了。

可是我难道不是天下最幸福的女人吗?原来我一直一心一意爱着的男人也一直在爱我,他想跟我携手走过后半生。

可是我为什么会露出"假装的笑容"?

住院半个月,先是各种打针,接着又静养观察,之后确定小柚子没事了,先兆流产假性宫缩的症状消失了,我终于可以收拾东西回家了。

老程几乎每天都来看看我,当然他也无法总在这待着。

令我感到惊讶的是,有一次老程正在我床边坐着的时候,门外突然传来一声喊:"你病了怎么没跟我说啊?"接着郑小凯大摇大摆地走了进来,在看到老程的一瞬间,风云突变,天降好少年,郑小凯面不改色心不跳地说:"程叔叔好,我听说温阿姨生病了就来看看她。"

程贯中很惊讶地问他听谁说的,郑小凯说:"我是听宽……语心说的。"

"谁?"

"程语心,我听程语心说的,程叔叔。"

老程显然很是惊讶。我也不知道他是震惊于郑小凯什么时候跟程语心这么好了,还是惊讶于程语心居然会关心我的死活,还是惊讶于郑小凯居然真的一个人跑来看我。

因为老程也没有要走的意思,郑小凯也不能跟老程耗到世界尽头,坐了一会儿之后就恭恭敬敬地告辞走了。他还说:"程叔叔,温阿姨对我很好,语心也说温阿姨很好。"

我暗中递给他一个眼神,意思是:"仗义!!"

郑小凯也会给我一个眼神,意思是:"少废话,请客!"

郑小凯告辞之后,老程对我刮目相看。

他说:"我说你不会拉关系、不会做人,可真是骂错你了,原来最厉害的在这儿呢!我还没见谁能跟小凯说得上话。老郑对这个儿子也是头疼得很!"

他仿佛又想起了什么,问我:"你什么时候跟程语心搭上话的?我看她不怎么喜欢你还担心呢,心想让你们俩住在一块儿多沟通一下感情。结果你猜怎么着,昨天她居然问我,小温阿姨什么时候出院回家啊?"

他用手指关节砸了一下我的头说:"你是给孩子们下药了?"

我一边揉着真的被打疼了的脑袋一边心想,这什么阴暗的心理。

结果我真的出院回家了,满面微笑地面对程语心的时候,她居然不理我,面孔冷若冰霜,转脸儿就走。

我还不理你呢,我心想,就淡定地放好了东西,回房间去换衣服。

老程的这个住宅只有两个卧室，原本是老程睡一间，我睡一间，现在程语心来了，老程要我睡到他的房间里去，我说那样两个人都休息不好，还不如支一张床跟心儿睡在一起。

我心想跟程语心相处没问题，没想到小屁孩子脸变得比翻书还快。

我就回到老程的卧室，关上门，换了衣服，准备去好好洗个澡，出来的时候老程已经去工作了，家里就剩了我和程语心。

程语心臭着脸站在门口问我："你不是要跟我住一个房间吗？"

我满不在乎地说："你不是不愿意跟我住一个房间吗？那我只好跟你爸睡了。"

程语心着急地说："谁说我不愿意跟你睡一个房间了？！"

我说："那你给我笑一个？"

程语心瞪我一眼说："有病。"

有其父必有其女，这一眼瞪得跟老程一模一样。

我也不理她，自己换好衣服洗完澡，收拾好，发了个短信给高师傅，说："求来家里接我。"

高师傅一秒钟之后回复我："到楼下了。"

我问程语心："你要不要跟我去看房子？"

她坐在电脑前面不屑地说："我不看你们俩的爱巢了，谢谢。"

我说："那你的房间我可就随便弄了啊。给你贴点 Hello Kitty 的墙纸。拜拜。"

高师傅没想到程语心也跟我在一起，他本来兴高采烈，也一秒钟变得非常严肃和专业，叫了声小姐。

心儿高昂着八岁的头，垂了一下眼睑当作回答。

我不由得感叹这个圈子里的人都是多么的一秒钟变脸以及变态。

只可惜我们三个人的装模作样并没有坚持多久。一路一言不发的三个人到达了吴云山别墅区，一进门，高师傅可能有半米宽的手掌就狠狠一巴掌打在我的后背上。

他大吼道："你看看！我就说这个颜色的地板好！你服了没有？"

我一边默默咽下喉咙里的鲜血一边说："我、我也没说不好看啊，壮士何苦出手伤人。"

高师傅完全不管我的死活，就兴高采烈地跑上跑下，各屋各层地看，并且一路大喊大叫说自己的品位是多么的惊人。

我回头看了看站在门口的程语心，高傲地问她："你觉得怎么样？"

她说："跟我以前住的地方不一样。"

我说："反正你也放暑假，这阵子就跟着我跑吧。你上楼挑个房间，怎么布置随便你选。"

"真的？我想怎么布置都可以？"

我惊讶地说："当然了，你的房间你当然想怎么布置都可以。"

八岁的程语心眼睛灿灿发光，我不由得有点心疼。

程语心选了一个二层把边的房间，很大，有弧形的大窗户。

她又给自己选了颜色非常深的壁纸，选了一套有上下铺的家具。上面是小床，下面是书桌衣柜什么的，比较特殊的是，这套家具很像一个独立的房子。床上有顶棚，书桌也带门和锁，她不但可以把自己缩在自己的房间里，也可以把自己缩在床上，或是缩在书桌前。

"你确定我爸能同意？"程语心说起她爸声音就发颤。

"你爸那儿交给我。"我说。虽然我其实也毫无把握，不过订金都付了，一个月就送货了，我为了程语心必定全力以赴。

吴云山房子的装修工程快要完工了。一草一木，一砖一瓦，无不充满了小巧思。

硬装风格是黑白灰，墙面是简单的白墙，没有吊顶，没有水晶灯，没有壁纸。地板是仿水泥的大面积花灰色地砖。公共区域的家具多采用造型纤细简洁的黑色或深灰色家具，沙发地毯等则大胆地采用了鲜艳的大色块色彩，达到时尚的撞色效果。

因为资金多，所以在装饰方面我也是敞开了心扉。什么加拿大手工假树，什么欧洲古董油画。我甚至联系了我一直非常喜欢的一个童话绘本作者，定制了三张墙画，挂在小柚子的床头。

时值盛夏，窗外的绿树郁郁葱葱，黑色框子的细长的落地窗好像美丽的油画的画框。我挺着快要八个月的肚子，站在这个房子里，看着渐渐丰满起来的一切，感受到我对这个房子的爱。

我能鲜明地感知到，我渴望着在这个倾注了我和高师傅的心血的豪宅之中，开展我美好的新生活。

毕竟，谁不喜欢在一座如此辽阔的豪宅之中开展自己的新生活呢？

程语心跟着我跑来跑去了一个月，显然也懒得跟我装什么高冷了。

她不遗余力地表扬我，说："我就不明白了，为什么我妈家里非要弄那什么大沙发，巨鼓，坐上去都能滑下来。这多好。"她喜爱地伸手抚摸着我买的宝蓝色沙发，非常之羡慕。

正当我陶醉地看着这一切的时候，我听见高师傅的声音从最顶层传来："小温，你电话在震。"

我的手机就在我包里。

高师傅是怎么听到的，我都没听到。

我一看，打电话的居然是细粉儿。

我高高兴兴地接起电话，心想马上完工了，就可以邀约细粉儿一起来玩。

但是细粉儿的声音是沉闷的，他说："橘子，你方便说话吗？我跟你说一个事儿。"

宽粉儿的奶奶病情突然恶化了，已经预约了手术。

"你要是方便的话，多去看看奶奶。"细粉儿说，"我不方便去，你知道。"

我马上就打电话给了宽粉儿，他可能正跟奶奶在一起，说要过一阵子给我回电话。

我如坐针毡地等了半小时，宽粉儿终于回了电话。

我质问他这么大的事为什么不跟我说，他佯装乐观地说："跟你说有啥用啊，跟你说就不用做手术啦？"

我一听就知道他有多害怕，也知道病情可能真的很糟糕了。

于是当天下午我就去找宽粉儿，先在宽粉儿奶奶家附近的咖啡馆跟他碰头，问清楚他详细情况。

宽粉儿还怕我担心不愿意说。

可是，除了我，还有谁能跟宽粉儿一起承担这件事，还有谁能缓解奶奶的病痛呢？细粉儿心里再着急，再担心，再想跟宽粉儿站在一起，可他是什么身份？

我不是代表我自己，我是代表细粉儿。

我代表的是细粉儿对宽粉儿和宽粉儿的家人的一片心意。

一再坚持，宽粉儿才犹犹豫豫地开口说："我奶奶，十天之内，瘦了将近二十斤。你一会儿看到她就知道了，真的，很可怜。"他用力握了一下双手说："去做了检查，说癌细胞在大面积高速扩散，已经扩散到了很多别的器官上，手术非常凶险，医生说，"宽粉儿用力咽了一下口水，我知道他在拼命忍着眼泪，"手术成功的概率很小，甚至还有可能比现在更糟……"

我伸出手用很大的力气握住宽粉儿的手，他的眼泪已经滚出了眼眶："但是，如果不做手术的话，我奶奶可能很快就更加恶化，不出一两个月，就走了。"

我不知道说什么好，只能大力地握着宽粉儿的手。

"所以，"宽粉儿终于吸了吸鼻子继续说，"手术嘛，毕竟还是有那么一点点可能性能控制得住病情的,总比什么都不做的好,对不对?"

我点了点头。

宽粉儿激动地说:"可是我特别害怕。自从确定了要做手术,我就特别特别害怕,想起手术两个字我的心就怦怦地跳。"

他说:"橘子你说这是不是预兆?是不是不祥的预兆?"

我能说什么?我觉得,这就是不祥的预兆。

可是做手术或不做手术,当然不能因为有一丝不祥的预感就做决定的。作为家人,怎么可能什么都不做,眼睁睁地看着奶奶一天比一天更虚弱和痛苦。

我说:"你别害怕,相信医学,相信奶奶的命是很好的。"

这话是多么的苍白无力。我问宽粉儿:"奶奶自己怎么想?"

宽粉儿说:"奶奶说,我们怎么决定都好。"

他终于崩溃了,把脸埋在自己的双手之中痛哭起来。

宽粉儿呜呜咽咽地说:"橘子,这一切实在太可怕了。我奶奶一直都好端端的,高高兴兴的,我还以为不会有什么事了。我还以为我奶奶不会走了……"

生老病死，再如何是人之常情，真的放到每个凡胎肉体的人身上，谁都无法接受。

我不知道还能为宽粉儿做什么，一切唯有尽可能地宽慰他的奶奶。

然而最能宽慰奶奶的，我肚子里的小孩子，居然也不是宽粉儿的。

这个世界何苦如此残忍？

跟宽粉儿告别之后的路上，我满脑子都是宽粉儿凄苦至极的表情。

我突然想起郑小凯说过他女朋友的姨姥姥是某个大医院的主任什么什么的，仿佛就是宽粉儿的奶奶做手术的医院，心想，说不定我能尽一点微薄的力量，就发了信息给郑小凯。

心急如焚地等啊等啊，手机终于响了。

我很高兴地打开来看，不是郑小凯，是一个陌生号码发来

的短信,这个短信是这样说的:

小温,你好,我是贯中的姐姐。请你明天上午九点半到××地址,有要事详谈。

这……我马上向高师傅求证,这个手机号码居然真的是老程的姐姐的手机号。

"能有啥事?"我纳闷地问高师傅。

"长姐如母,她突然约你单聊,我估计凶多吉少。"高师傅深沉地叹着气摇了摇头。

此时她又补充了一条短信,说:"请勿告知贯中。"

我马上朗读给高师傅听,他说:"凶多吉少。"同时用非常严苛的严密的节奏摇着他的头。

哪怕这位长姐大人没有提出"不要告诉贯中",这种事,我也不会跟老程提起。无论用什么方式提起,都有告状的嫌疑。而老程又不是能护着我的人。

说来奇怪,他趴在我床前无比深情地告白,说他已经爱我很多很多年了。在那个瞬间,我还以为我们的关系会有所不同。还以为我能慢慢放松下来,也许慢慢地,即使我们的生活不会变成和宽粉儿那样,也会向那个方向趋近。

然而,处于某种语言不可表述的不可抗力,我仍然丝毫无法敞开心扉。

我跟高师傅说:"你知道吗,其实是你程总先追我的。他说他从我才是十七岁,才上高中就喜欢我了。"

高师傅说:"那有什么可奇怪的?"

咦?我坐直了身子问他:"你是说,喜欢我没什么可奇怪的?"

他说:"对啊,像你这样的女孩子,谁喜欢上你都没什么可奇怪的吧。"

我高兴地说:"你意思是我长得好看喽?"

高师傅面不改色心不跳地说:"好看啊,非常好看!"

"那你也喜欢我喽?"我忍不住调戏他。

"我不喜欢你,我喜欢男人。"

……

车里长达十几分钟的沉默之后,我说:"这种事可以这样直接说出来吗?"

"为什么不能?!"高师傅甘之如饴地反问。

第二天一早,高师傅送我去老程的姐姐短信上说的地点。

"我在这等你,受了委屈哭着跑来就行。"高师傅说。

我翻了个白眼觉得他很贱。

怀着马上就要满八个月的小柚子,我开始觉得很疲倦。她又非常的活泼,一天到晚动个不停,走路的时候有一次居然把我晃得丧失了平衡。

程姐姐约我见面的地方在一个偏僻的咖啡馆,需要爬楼上去才能进入大门。

我艰难地爬上楼,喘了半天粗气。进门便看到老程的姐姐,穿着花红柳绿的POLO衫,已经坐着了。

我堆上一脸谄媚的微笑走过去,甜甜地说:"姐姐您到得真早!"

她皱着眉头说:"你怎么让我等你?"

我看了一眼表,九点十分。

我心头浮上不好的预感,头皮也忍不住硬了起来。然而话说到这里,我也只能很有礼貌地说:"路上堵车,我也着急呢!"

她说:"是贯中那个司机送你来的吧?我经常说他,让他的司机送你,他怎么办?他在外面喝了酒怎么办?谁送他?"

我无言以对,只能尽可能保持着温柔善良的面部表情坐在她对面。

近距离地一看老程的姐姐,这张脸更神似老程,冷漠,凶狠,尖刻。然而因为她是个女人,皱纹又比老程多得多,所以冷漠凶狠尖刻的程度就比老程更甚。

我不由自主地更加不自在起来,恨不得下楼投入高师傅的怀抱。

她坚硬的白发从她努力梳理得规规矩矩的辫子中间支棱出来。她高傲地喝了一口手里的茶。

我瞅她似乎没有先张口说话的意思,只好主动问道:"程姐姐,您说有要紧事要跟我说?"

她皱了皱眉头,瞪了我一眼,也没有急着开口。眉眼之间好像在责怪我不懂规矩,她还没酝酿好气场呢,我就逼着她开口。

于是她又认真地酝酿了一会儿气场,窸窸窣窣地喝了好几口热茶之后,才摆好了姿势说:"贯中不经常喜欢给别人讲他的成功史,但是他说他要跟你结婚,所以你不能不知道。你知道他是怎么获得今天的成功的吗?"

我确实不知道。老程不但不给我讲他的成功史,也不给我讲别的啊。

她见我摇了摇头,表情很是得意,仿佛剧本按照她的上帝之手进展了一样。

于是她开口道:"长姐如母。"

我仿佛看到高师傅的脸,不由得头皮一阵紧缩。

"长姐如母,"老程的姐姐缓缓地像演讲一样地说,"我们的父母双亲走得早,贯中实际上算是我带大的。我带大的弟弟,我最了解。小时候我们穷得很,他长身体的时候,我天天饿着肚子舍不得吃饭,也要把他喂饱、喂好。我知道我的弟弟是人中龙凤,我不能让他长不高个子。"

我低眉顺眼,没有接话。然而我的内心已经飘起了弹幕,仿佛看到了老程还是个婴儿,他姐姐在给他喂奶的样子。

他的姐姐得意扬扬地说:"人,长得好不好,成不成功,都是命。我早就知道我的弟弟总有一天会成为人上人。有些人呢,自己是没法成功的,只能去依附别人。"

说到这里我居然还没意识到她是在骂我,她见我没有面露羞愧,就直接问我:"我听贯中说,你现在不上班是吧?"

我内心的弹幕很不尊重对方地飙起了脏话,然而我尽可能地做到宠辱不惊,微笑着说:"是,我本来是一直在工作的。程总强烈要求我停止工作,这才给我办了停薪留职。"

我在停薪留职四个字上加重了语气。

然而他姐姐几乎完全忽略了我的话,就仿佛我刚才说的是"对对对,我没工作,我都靠程总养着,我就是寄生虫,程总就是佛与神"一样,接着说道:"你的运气很好,从千千万万想跟贯中结合的女人之中脱颖而出。但是我希望你能了解,天下没有白吃的午餐,天上是不能掉馅饼的。你非要嫁入我们家,就要遵守我们家的规矩,就要照顾好贯中。"

我觉得她的措辞未免过于夸张,几乎无从反驳,只好保持微笑不做回答。

她则立刻开始洋洋洒洒地讲起了如何照顾老程,事无巨细,包括老程只能用脱敏牙膏,他的被褥必须选购百分之百纯棉,他的第几个颈椎关节有钙化现象,等等。篇幅长到我几乎要打起了哈欠,内心的弹幕淹没了我眼前的画面。

说了半天,我觉得可能一辈子的时间都过去了,但是她可能还没说一半,她发现我既没有点头也没有应答,不由得问道:"你不记下来?"

我说:"程总还没有那么落魄,他还雇得起保姆。"

她震惊地看了我几秒钟,突然提起嗓门叫道:"这和保姆有什么关系?你不做这些,你想白白嫁入我家?"

"姐姐,结婚又不是做买卖。而且,"我平静地看着她满脸的皱纹好像刀刻的一样,整个走向仿佛脸都快要爆炸了,"程总提出要结婚,我还没有答应,也还没有做决定。"

她张开了嘴巴,我发现她嘴巴上也有很多皱纹。

张了张嘴,又张了张嘴,张了好几次之后,她又好像没有听到我说的话一样地说:"我理解你们这些女孩儿,从小没有吃过苦,也没有什么能力,就想嫁给像贯中这样的成功人士。但是,你不要觉得嫁进来了,或者觉得,"瞟了一眼小柚子说,"有了孩子就很了不起了。在这个家里,你不努力地去适应,去把一切做到最好,我们作为家人是不会包容你的。哪怕你生了孩子,我们也是不会纵容你的。你知道不知道我的侄女程语心的妈妈,她只顾着做事业,不照顾丈夫,不伺候贯中,当然,也没能生出儿子。她的事业再成功又能怎么样呢?我们的家容不下她,她还不是要走?"

"结婚之后过日子的是夫妻两个,其他的家人越是干涉,婚姻生活就越不幸福。也许正是因为这样,心儿的妈妈确实婚姻不幸福,是她自己决定要离婚的。何况我还没有决定要跟程总结婚。"我平静又清晰地重复道。

"为什么?!"她见我重复了一次,终于无法回避这个话题,本能地反问我。

"您可能不知道,"我挂着微笑,大大方方地说,"我五年前跟我丈夫结了婚,这个孩子怀上的时候,我还以为是我丈夫的孩子。后来程总坚持要我去做亲子鉴定,做过之后才知道,原来这是程总的孩子。我也觉得很遗憾。得知这个结果之后,程总执意要我和我丈夫分手,和他结婚。但我还没有想好。"我一个字一个字地说。

我看到老程的姐姐脸上每一个褶子都好像抻开了。

她的两只眉毛高高地抬了起来,表情居然是舒展而不是激愤。

我知道,我是二婚这件事,随便一查就能知道。我已经嫁给了别人,又和老程勾三搭四,怀在肚子里的居然是一个连爸爸是谁都曾经不明朗的孩子,我显然是一个臭不要脸、不知廉耻的婊子。

然而即使我是这样的婊子,老程还是要求着我跟他结婚,而我居然还不大愿意。

老程的姐姐保持了几秒钟很舒展的表情,脸色缓缓地由她本来蜡黄的肤色变得煞白。

然后她低下头,开始念念叨叨地说:"胡闹,这人真是胡闹。我早就劝他,要去找清清白白的女人。男人就是管不住自己,见什么都要,真他妈胡闹。"

她也忍不住飙了脏话,然而脏话跟她的整个风格反而更搭。

她抬起头，苍白着脸看着我，顺了口气才开口说："你还是运气好。本来像你这样的情况，我们是绝对绝对不可能让你进门的。但是孩子没有合法的妈妈还是不好，你真是运气好。"她愤恨地上上下下剜了我几眼，咬牙切齿地说："你可真是运气好。今年二月份，有个算命的大师给贯中算了一卦，说他今年命程里有个儿子，错过了这个儿子，以后就没有儿子了。这不是才轮到了你，要不然像你这种……"她咽下了一个可能非常非常难听的词，"是绝对绝对没有机会嫁进我家的。"

我微笑着说："姐姐您放心，我还不一定嫁进您家。所以我怀着的孩子也不一定是您家的孩子，当然怀的也不一定是儿子。您不用担心那么多，还是要多照顾好程总。毕竟程总没有您是不行的。"

我假装看了看手机说："时候不早了，我还约了要产检，先走了。"

我相信，老程的姐姐一定是被我气死了。

我不知道她回去会不会对老程一顿告状，然而其实我隐隐觉得她是不敢的。她其实根本不敢明目张胆地过问老程的私事。而她如今把我约出来一顿嚷嚷，也不是因为关心弟弟，只是想跟在这个她早已操控不了的弟弟身后，蹭一点威风罢了。

但是如此一战，我难道赢了吗？

为什么我感到五雷轰顶？

今年二月份，算命的大师说贯中命程里有个儿子。

二月？不就是老程把我抛弃之后，突然又出现在我的生活中，好言好语，说他想我，说他不能没有我的时候吗？

因为算命的说他命里有个儿子，他才非要我去做亲子鉴定。

否则这么低这么低的概率，谁会坚持这种事？

而孩子居然真的是他的，所以算命先生灵机妙算，说得一点都没错。

所以这个孩子是他命中最后一次能得到的儿子，所以他才非要娶我。

是这样吗？！

老程的姐姐，和他长得那么像。

然而她的品位那么低下，她的态度那么无理，她的逻辑那么低能，她是那么令人生厌。导致老程在我的脑海中原本的样子，我居然都想不起来了。

我走出咖啡馆，努力地抱着肚子，缓缓走下楼梯。我用力摇了摇头，想要回忆起老程的模样。

他是那么英俊、伟岸。他的头发永远是那么如地狱之光一般的浓黑，哪怕在他刚睁开眼睛的瞬间，即使凌乱也不见一丝颓势。他从头到脚连内裤和袜子都是简洁又高档，他从来没有一个瞬间穿着土里土气的衣服。他的头脑永远是清晰的，他工作起来永远是雷厉风行的，他再如何严厉，下属也都是心服口服的。他惜字如金，说出来的话少有废话。

他虽然不温暖，虽然不贴心，虽然从来不在外人面前维护我。但是曾经，在那个恶魔一样的电视台主任面前，他如同古希腊远古的战神一样，把我从可怕的泥潭拯救出来，干干净净、无比麻利地拯救了出来。

他虽然绝对不会亲手给我做饭，但是他把他的保姆和司机都给了我。他坚决地要我辞掉了工作，这一切都是为了孩子。为了男女皆有可能的这个孩子。

我绝对无法想象，老程会是那种"只要儿子"的人。

虽然我也没有想过他是在他姐姐的抚养下，从贫苦的生活中闯出来的，但是贫苦又怎样。

他哪怕是非常贫苦的三岁的儿童，也一定是浑身贵气，一定是英俊非凡，一定是聪明、锐利、惜字如金的三岁贫苦儿童。

我臭着脸，抱着肚子钻进了高师傅的车。

高师傅本来好奇得要命，但他看到我这个德行，不由得感到还是别开口为妙。

我们就沉默不语地回了家，快到家的时候，我掏出手机，给细粉儿发了个短信："细粉儿，有件事要找你帮忙。"

这一天下午，老程早早地回了家。

他一进门，我的心居然就放在了肚子里。

他果然还是如此的英俊，目如明星。他是微笑着回来的，没有要找我算账的迹象。看到我辛苦地歪在那儿，就过来抚摸我的肚子。

我笑着说："奇怪了，这孩子平时动得厉害，怎么你一摸就不动了？"

他说："孩子知道爸爸凶！"

我说："是女儿你还舍得凶吗？"

我仔细盯着他那细微的面部表情。

他的表情没有任何变化地说："女儿就不凶了？程语心，你觉得我凶不凶？"

程语心从房间传来蚊子一样的声音说："凶……"

我的心又一次放进肚子里。

正如"要事事做到最好地照顾我弟弟"一样，什么儿子不儿子，算命不算命，只是老程姐姐的一厢情愿罢了。

我终于愉快了起来，老程这一天似乎也格外体贴，晚饭的时候居然还给我夹菜。

程语心显然很看不顺眼，但是她爸在她并不敢造次，只是偷偷瞪了我一眼。

然而从来对一切视而不见的老程，居然看到了程语心瞪我，却没看到我回复了程语心一个非常贱的表情，于是马上开口说："你那什么表情？！没大没小！你都这么大了，不能再跟阿姨一起睡了。今天晚上你自己睡！"

程语心敢怒不敢言，只好事后偷偷翻了个大白眼。

于是，这天晚上我就又睡到了老程的床上。

他温柔地抱着我说："好久没有两人世界了。这么好的人，抱在怀里不能碰，真是煎熬。"

我笑着说:"还要等好久呢,等宝宝生下来了,我还是得天天夜里照顾孩子。"

他说:"怎么能让你照顾孩子?我会给你找保姆的。"

我可不舍得让小柚子跟保姆睡,我心想。不过眼下这是他心疼我的心意,也不着急反驳。

我就小鸟依人地缩进老程的怀里,用我的姿势小心翼翼地保护着小柚子。

"程叔叔,"我撒娇,"你真的喜欢我很久了?"

他用嘴唇碰了碰我的头发说:"怎么又问这个?"

我说:"那我在你公司给你当员工的时候,你也喜欢我?"

"喜欢。"老程的声音低沉得仿佛床单都在震动,"喜欢得不行。但是,那些毛头小子实在讨厌。我一天到晚看着他们像苍蝇一样盯着你,真想一手一个,全部捏死。"

我轻声笑道:"那程总看起来好像在工作,其实都在盯着我?"

他用手指头弹了一下我的脑门说:"真淘气。"

他对着我的耳朵说:"是,我假装工作,其实都在盯着你。我常常在想,什么时候才能在这么大的办公桌上好好疼你一次。"

我面红耳赤,心跳如擂鼓,很小声地说:"孔姐说,八个月了,可以……"

老程的嘴唇钻进我的脖子窝里,声音更低地问:"可以什么了?"

宽粉儿不算，和宽粉儿的那三次只能算是饭后运动之类的吧。

老程是我的第一个男人，也是我唯一的男人。

我不知道和别的男人会怎么样，只知道我的身体如此适应他，如此需要他，如此在任何时候都自然而然地接纳他的一切。

我的身体和他的身体阔别八个月，好像一对久别重逢的亲人，他们激动万分，心潮澎湃，泪涕纵横地交缠在一起，难舍难分。

虽然明知道程语心就在隔壁，可是不发出声音实在太难了。

我一头陷入激情中，好像在火山正中间的岩浆中翻滚着我的理智，勉强提炼出一丝冷静，拼命地让自己不要发出声音。

然而不发出声音也没有什么卵用。床摇得好像房子都要塌了，我唯一的那一丝冷静非常之羞愧。而这一丝羞愧却加倍地刺激着我的身体，让快感仿佛熔岩蚀咬着我的核心，极快地四散到我的每一根头发,每一个毛孔,每一个手指尖。

我被如死亡一般的快感打倒,一次又一次,一共三次。

直到我精疲力竭,怀着巨大的小柚子的身体已经无法动弹。

力竭的我,沉睡在老程高大又强壮的胸怀之中之前,他对着我的耳朵说:"喆原,嫁给我。"

我不记得我回应了他没有,回应了什么,我睡着了,沉沉一觉,简直无梦。醒来之后,我的脸红得发烧,似乎已经很久很久没有过这样的美好和幸福了。

从八年之前,和老程一起过的那个跨年之后,就再也没有过这样的美好和幸福了。

老程看到我醒来,吻了我的额头。他说:"孩子夜里动得厉害,你太辛苦。就躺着别动,我把早饭端给你。"

也好,省得我去面对程语心的脸。

老程端来了早饭,坐在床边,摸了摸我的头发说让我慢慢吃。

他说他要去上班了,下午尽量早点下班,跟我一起去看吴云山的房子。还说差不多了我们就搬进去,让小宝宝一生下来就住得宽宽敞敞。

我见他起身要走,就及时叫住他说:"刘宽的奶奶下周就要做手术了,我这段时间想多去看看她。"

老程的脸以肉眼可见的速度垮了下来。

他说:"那跟你有什么关系?"

就像一盆凉水兜头浇下。

我没来得及管理我的表情,不由得瞠目结舌地望着他。

老程可能看到我的表情,过于失望和不可思议,就深吸了一口气说:"你要是非要去就去吧,让小高陪着你,不许自己行动!"

于是,面红耳赤,又满脸不忿的程语心,就看到我垂头丧气地走出房门。

"你……你干吗哭丧着个脸?"程语心趁孔姐还在厨房没动弹的时候,小声质问我,"我,我一点也没睡好觉,我还没丧着脸呢!"

我本来想要好好跟程语心解释,现在也没了心情,就丧着脸说:"有什么好奇怪的,以后你结婚了也这样。"

程语心红着脸说:"我才没这么没羞没臊!!"

我喝着桌子上的橙汁儿,回想起昨晚的一切。

毕竟是美好的,我和老程,毕竟还是相爱的。我告诉自己。

他一直都看不惯我和宽粉儿在一起,他只是吃醋。他也是关心我的安危,担心我的身体撑不住。而这一切,也是因为他爱我。

他爱我很久了。"天天不工作光看着我"。

这是多么幸福的认知,在我战战兢兢,每天只盼着能见他一下就好,哪怕他是过来跟白萍说话呢,也会觉得高兴的那段时间,他其实一直在关注我。

可是,无论怎么给老程找借口,我都实在高兴不起来。他说那和你有什么关系的时候,那张冷漠的脸挥之不去。

而我的内心深处,有一个很小很小的人,长得类似宽粉儿,在叫嚣着:"他日常就是这样的冷漠脸,昨天晚上那么热情,那么温柔才是偶尔的!"

我摇了摇头,把这一切驱逐出脑海。无论如何,重点是,我要多去陪陪宽粉儿的奶奶。

郑小凯人还是很仗义的,他帮我找了女朋友的姨姥姥,跟宽粉儿奶奶的主治医生打了招呼。我也辗转给那位医生买了一点点小礼物,打不打招呼、给不给礼物其实可能无关紧要,重要的是心意,重要的是,我非常非常想为宽粉儿多做点什么。

虽然怕,但宽粉儿的奶奶做手术的日子总算是来了。

我贴在奶奶的床边,奶奶用苍老的手摸着我的肚子。小柚子在里面活泼极了,连踢带动。奶奶一感到小柚子的动作,就忍不住要笑。

她说:"真想看看这孩子长什么模样。"

我喜气洋洋地说:"再过两个月就看见了!这么闹腾,肯定虎头虎脑。"

奶奶定定地望着我的肚子,笑着点了点头,却又慢慢重复了一遍:"真想看看这孩子长什么模样。"

我和宽粉儿站在走廊里,看着医生和护士把奶奶推进了手术室。我紧紧握着宽粉儿的手,他的手冰凉得像死人一样。

手术做了六个小时。

整整六个小时，宽粉儿的父母在门口焦虑极了，四处踱步。宽粉儿如同一座石像，他的脸好像尸体，泛着幽幽的绿光。

我不知道说什么，只能缓缓抚摸着他的胳膊。

六个小时之后，医生走出来，对大家说："手术非常成功，病人现在要等待全身麻醉醒来，一会儿护士会来叫你们。"

宽粉儿如石头一样的身体一松，瀑布一般的眼泪从他双眼喷涌出来。

我也忍不住泪如泉涌，赶紧低下头发短信给细粉儿。

细粉儿就藏在走廊尽头，我看到他收到了短信，向我挥了挥手。

过了半小时，大家都平静了，宽粉儿对我说："奶奶醒过来还要好几小时，你太累了，身体会撑不住，赶紧去吃点东西回家休息。我随时跟你汇报奶奶的情况。"

我虽然一步也不想离开宽粉儿，但是我真的太累了。

宽粉儿不能离开手术室的门口，我就向他的爸爸妈妈告别，一边下楼一边准备喊高师傅来接我，好歹回家睡一觉再过来。

下楼之后，正要打电话，突然有人喊我："温喆原？"

我转过身，看到一个一头又黑又直的头发，黑色眼睛化着烟熏妆，嘴唇苍白，戴着奇怪的帽子，胳膊上文着一大堆花朵的女人在叫我。

……这谁啊？！

然而仔细看了好几秒,我突然看到一张似曾相识的脸从这张脸上浮现出来。

"白萍?!"

这个朋克与哥特共存,除了大花臂之外,整个后背上文了一个唐卡中团城团的女人,居然真的是孙白萍。她现在自己经营着一个工作室,是做手工雕刻家具的,就在这个医院附近。正好我们两个都要吃午饭,她说知道一家很好吃,也适合孕妇吃的餐厅,要请我吃。

而目睹这个晴天霹雳一般的孙白萍的我突然也不累了,就欣然跟她一起去吃饭。

跟她聊会儿天,休息一会儿,说不定奶奶就醒了,我就可以直接上楼去看奶奶了,我这样想。

坐下来,点好菜之后,我震惊地问她:"你怎么……打扮成这样了?!"

她自嘲地一笑说:"我本来就是这样啊。"

我夸张地手舞足蹈道:"你当时,那头发,多美啊,我都没见过谁的头发有那么美!"

她说:"那是,烫了韩式自然卷,每天喷一种蓬松喷剂,谁喷谁头发都那样,回头我把链接发给你。"

我瞪着她乌溜溜的眼珠子说:"你原来眼睛是黄的,特别朦胧!"

她哈哈笑道:"你怎么这么天真?那是隐形眼镜啊,我也把链接发给你！"

我瞠目结舌，她笑道："老郑喜欢我那个模样。"

我差点被口水呛到。孙白萍却非常坦然："你和老程在一起，不可能不知道我和老郑的事儿吧？"

我见她如此坦然，心想也没必要藏着掖着了，就点了点头说老程跟我说过。

她看了看我的肚子，我就摸了摸小柚子告诉她："这是老程的孩子，八月预产期。"她朝我的肚子打了个招呼说："你好呀，欢迎来这个世界！"

我小时候有一个娃娃，眼睛、衣服、头发，都能换。换了这一切，她就不再是原来的她了。我还是无法接受，眼前的孙白萍真的不再是从前的孙白萍了。她涂着黑色指甲油的手指边上放着一包烟，显然是为了照顾我才没有点起来。

她看我这个模样，就说："男人，喜欢的东西很简单。漂亮，干净，单纯，听话。"她喝了一口白开水，模样就像喝了一口烈酒："我跟你不一样，我和老郑跟你和老程不一样。我纯粹就是为了钱。"

我不知道说什么才好。

孙白萍看着我的样子，居然笑了。她说："我第一次看到你就觉得，你可真是一个天真无邪的小孩子。像你这样的小姑娘真是不多见了。"

我苦笑了一下说："现在不是小姑娘了，是个大肚婆了。"

她说:"还是小姑娘,不知道世界险恶。"她瞪起漆黑的眼睛看了我一眼,问:"你跟老程结婚了?"

我摇了摇头。

她说:"那还好,那你的人生还有希望。"

说着她微微一笑。

孙白萍变了，变得一点都看不出曾经的她了。可是不变的是她的美貌，惊心动魄。

她从一个水晶仙女一样的超级美人儿，变成一个烟熏妆大花臂的超级美人儿。

她说："你没嫁给老程，你的人生还有希望。"

何出此言？我说："还有什么选择？我都已经弄成这样了。"说着，我指着自己的肚子笑起来。

她却没有笑，严肃地说："挺好的孩子，不要让她过上那样的生活。你是妈妈，你要保护她。"

我也不笑了。

她又如同嘬烈酒一样喝了一口水，说："你不知道他们有多脏吧？老程还不如老郑，老郑再怎么肮脏、龌龊、下流，他也是不藏着不掖着的人。"

"真小人。"她想起了确切的词，用食指关节敲了一下桌子。

那么，老程就是伪君子。我在心里默默地说。

我问白萍："你什么时候和老郑分手的？"

"分手？"她很惊讶，"不，不是分手。是说好的时间到了，我赚够了钱，就结束了关系。按章办事，有理有据。"

我吞了一口口水，无言以对，而我这个天真无邪的样子又把孙白萍逗乐了。

"你跟他多久了？"白萍的态度好像已经超脱了尘世，我觉得她就像一个基督教的牧师，可以听我喋喋不休任何隐私和往事。

"今年是第八年了。"我说。

"你是真的喜欢他吧？"

我点了点头，像个小孩似的。"真的喜欢他"，这句话不知道为什么，显得我又幼稚又愚蠢。

"所以，想嫁给他？"

我仔细想了想，甚至连吴云山的房子也在脑子里过了一下，却莫名地决定对白萍袒露最深处的心事。我用力摇了摇头。

白萍抬起了一个冰峰一般的修长的眉毛，她说："还在犹豫是不是？"

"越来越不想。"

我说，这么多年了，真的跟老程一起生活，其实也只有这几个月。

而这几个月的一起生活却实际上让我越来越犹豫，越来越犹豫。

老程给我信用卡,给我房子,给我保姆给我司机给我医院。然而这一切实实在在的真金白银富贵高级,却令我越来越犹豫,所以真正跟他这个人在一起的日子,是有多糟糕?!

"我简直回忆不起来这几个月跟他发生过什么事,除了应酬。"

白萍说:"你有没有想过,他为什么要娶你?"

我没想过,在此之前,我真的以为他喜欢我。

"他说他喜欢我,从我十七岁的时候,第一次见到我,就喜欢我。"

"那为什么早不娶你,要等你——"白萍瞥了一眼小柚子说,"这样子了才要娶你?"

我倒是十分平静,把老程的说辞悉数奉告:"他说,他跟我提出了分手后,才发现不能没有我。"

"你相信?"孙白萍问。

"昨天,老程的姐姐找我谈话,她说老程今年算了命,说他今年命程里有个儿子。"

我面无表情地说:"但是其实我不太相信他是因为这个要娶我。"我说,想了想又补充道:"不愿意相信。"

孙白萍向后靠去,她说:"这么说就有道理了。"

我觉得我的心沉沉地坠入深渊。

白萍点的饮料送了过来,她悠闲地喝了一口:"如果你不是在那段时间跟我认识的,我觉得咱们会成为朋友。"

白萍说:"你是那种我很喜欢的姑娘。单纯,但是不傻逼。"

她摇了摇头说:"所以现在这么尴尬,我要不要把他们的内幕都告诉你?"

我没有开口。

她又补充说:"从我的角度来讲,我当然不希望你怀着不切实际的梦想,嫁给不该嫁的人。"

我望着她的眼睛,想不出孙白萍有什么道理要骗我。

曾经她是那么一个伪装成洋娃娃一样的仙女,却事事护着我,任何事都带着我。如果不是老程,如果不是老郑,我们怎么可能不成为朋友?

可是自从知道了她是老郑的"情妇",我心里也清楚,她一定也知道我和老程的关系,我们就没有交心的可能了。

后来老程要我辞职,我辞了职,自此和白萍再没有一个字的联系。

如果不是因为这个扭曲的关系,怎么可能?就连小杆都还时不时地评论一下我的朋友圈。

而如今,我仍然深陷在这段关系当中,她却漂漂亮亮地抽身出来,如此潇洒地坐在我对面。

我说,我当然想知道他们的内幕。

"如果能让我彻底死心就好了。"我苦笑了一下说。

白萍说:"你知道老程是怎么起家的吗?"

我摇了摇头，我所知道的版本，就是他先和前妻一起创业，又自己出来单干，一步一步走到了今天。

白萍说："一个人要起步，最重要的两件事，就是资金和人脉。他早期的人脉全部来自于他的前妻。这倒无可厚非，毕竟他后来发展出来的人脉都是靠他的真本事。可是他的资金也全部来自于他的前妻。他趁前妻怀孕生孩子坐月子的时候，把前妻公司的所得转移出来了一大部分。后来自从他认识了老郑，就跟老郑绑在一起，帮老郑洗钱，帮老郑干了很多事情。钱生钱，人脉生人脉。你若说他没本事，他抱老郑的大腿，牢得坚不可摧。"

白萍的嘴角挂着一丝嘲讽的微笑："你知道他为什么和前妻离婚吗？"

我只知道他说前妻脾气暴躁，性情大变，在孩子出生之后，因为尿布疹的事情大发雷霆。

"如果老程不想离婚，他的前妻再怎么受够了这一切，也是很难甩掉他的。"她说，"老程想离婚，第一，是因为前妻发现了他的所作所为，而且他已经无法再转移财产出来了，前妻也把房产转移到了自己名下，他没有变卖的机会了。第二，是因为前妻没有生出儿子。"

果然，果然提到了儿子。果然是因为儿子。

白萍见我面如死灰，就问我："你知道三代单传吧？"

我点了点头。

"你知道程贯中多少代单传吗？二十五代单传。"

孙白萍大笑起来，我也忍不住跟着她笑。

太可笑了，二十五代单传，也就是说，从明朝起，老程家就生不出第二个儿子。

孙白萍嘲讽地说："他们家血统高贵，尤其是在老程这儿。他是人中龙凤，他的儿子又岂能是凡夫俗子。他挑选能给他生儿子的女人，要学历，要模样，要温柔贤惠可爱。他的前妻就是他千挑万选的女人，可惜那时候还是年轻，挑选的前妻太强势，他终究还是控制不住。如果是你给他生儿子，他要娶你是没有问题的。"

我嘀咕道："这么想要儿子，不可能光等着我吧？"

她说："等着你？老程可从来没等过你。"

我想了想，这么多年来，老程避孕套总是用得好好的，一点不像非要从我身上弄出个儿子的模样，难不成……

"排在你前面的女人多了！"孙白萍又大笑起来。

如此凄惨的事实，终于赤裸裸地摆在了我的面前，我却实在无法控制自己，也跟着大笑了起来。

老程是一个堂堂正正的男人，英俊，富有，遵纪守法，男女关系干干净净。因此，所有排着队要给他生儿子的女人，都是被他雪藏在生活的表面以下的。

她们都是他精挑细选的，美貌、温和、聪明，她们家世比我好，年纪比我大。我不知道为什么排在了她们后面，总之，在今年二月算命的说他今年命里有儿子之前,他从来没有考虑过我。他的避孕套这样告诉我。

可悲的是,所有排在前面的妃嫔,不知道是出于什么悲惨的诅咒,无一例外,即使怀了孕,检测出来都是女儿。

"如果是听话的,乖乖打了孩子,不吵不闹跟着他,就再试试。最多三次还是女儿,就想办法一脚踹掉,再尝试下一个女人。"

孙白萍伸出一根手指头说:"一次只能一个女人,不然两个都怀了儿子,清清白白的程家男人,要哪个?还能犯重婚罪不成?"

孙白萍满脸的戏谑,好像在讲古代的幽默故事。

我想了想,又问:"虽然每次只和一个女人尝试生孩子,但是却同时交往很多女人,对吗?"

孙白萍想了想说:"这我倒没听说。"

"可是他一直都跟我在一起。"我说。

老程在跟我在一起的八年中，一直在跟不同的女人尝试生出第二十六代单传的儿子，然而或多或少，他都会见我。

有些时候他会突然消失一阵子。从不明确说分手，但是却会彻头彻尾地消失。每当如此我就会患得患失以为被抛弃，然而过了一阵子，他又若无其事地出现了。

今天我才知道，每当他消失的时候，也许都是他正在耕耘的女人怀孕了。

为什么？

"如果没有别的女人跟我始终是一条平行线，为什么要自始至终地跟我在一起？"

"当然是因为老程喜欢你。"孙白萍说。她今天对我说了这么多话，这是语气最为冷酷的一句。

"他不是说了吗，他从你十七岁的时候就喜欢你。以前你在公司的时候，他开会的时候总是偷看你，还因为你失控了好几次,这可不是老程的所作所为。"

老程曾经对我说,他从我十七岁的时候就喜欢我。然而他曾经放出过明确的狠话,说绝对不会跟我结婚。如果不是他放出了这样的狠话,我干吗要跟宽粉儿结婚。

为什么?

如果喜欢我,如果每隔一段时间必须见到我,必须要跟我上床,一旦别的女人生儿子失败就又要来找我,为什么不"耕耘"我?为什么不把希望放在我身上?为什么不跟我结婚?

我哪里比他精心挑选的女人差?如果我真的这么差,为什么不跟我分手?

为什么不跟我结婚,又不跟我分手,为什么要让我的人生如此刻一般扭曲?

我理不清这一切,然而老程就像一个陶瓷的神像,我在他身边这么多年,从来没有看到过陶瓷之下的东西。

虽然理不清这一切,但孙白萍敲开了他的陶瓷的壳。

我脑海中浮现出他的姐姐,自私、刻薄,从底层成长至如今的"成功人士"了,觉得自己极其了不起,平凡女人嫁不入她的家,入不了她的眼。而程贯中,骨子里跟他姐姐是一样的。

他是不是真的喜欢我又有什么关系?纠结下去又有什么意义?

他的喜欢如此自私,好像在网上把一条喜欢的裤子加入了购物车。招之即来挥之即去,一旦失去又炸毛吃喝。比起这个世界上真正的真诚和真正的感情,程贯中即便再喜欢我,也一文不值。

白萍说他可能是真的喜欢我,我却勾起嘴角,嘲讽地笑了。

白萍指着我哈哈笑道:"这个表情很好!"

我笑着说:"你知道我以前多么喜欢他吗?"

虽然笑着,但是却相当凄苦。虽然凄苦,但是却又有一丝轻松。

这个时候我收到了一条微信,打开一看,是细粉儿发来的。

他说:"宽粉儿的奶奶全身麻醉出现了并发症,脑死亡。"

我看着我的手机,不知道发生了什么,读了十几遍,渐渐看不清这行字。

什么意思?什么是并发症?这些都是什么字?

然而所有的字都不重要,重要的是最后两个字。

我再如何麻木,再如何视线模糊,也能读得懂这两个字。

这个时候,这一行字消失了,手机的屏幕画面变成了来电显示画面。

程贯中。

我麻木地接起电话,喂。

"你在哪儿?"他问。

我告诉他我在医院。

"手术做完了?你什么时候回家?"程贯中问我。

"手术出现问题了,奶奶,可能,变成植物人了。"

电话那头的老程沉默了。过了不知道多久,他说:"你等着,我过来找你。"

老程出现在医院的走廊的时候,我正呆若木鸡地望着呆若木鸡的宽粉儿。

宽粉儿的母亲哭得几乎晕倒,他的父亲紧紧握着自己胸口的衣裳。他的脸因为痛苦涨得通红。

比起死亡,比起手术失败,这世界上居然还有更残忍的事。

那就是,已经告诉所有人,手术很成功,再等一会儿,奶奶就醒来了。

可是奶奶却再也不会醒来了。

奶奶还活着,她的血液还在流动,她的心脏还在跳动,可是撑开她的眼皮,她却再也看不到她最爱的孙子了。

老程来的时候,我和宽粉儿一起回头看他。

我也好,宽粉儿也好,我们两个,脸上都没有一滴眼泪。

虽然面如死灰,看起来比尸体还要难看得多,但乍一看过去,相当平静,确实没有一滴眼泪。

程贯中先扫了一眼已经悲痛欲绝的二老,向他们道了声节哀,就对我说:"我有话要对你和刘宽说,你们能不能过来一下?"

我们两个行尸走肉地跟着老程走了几米,拐到看不到我们的走廊上。

老程又对宽粉儿说了一遍:"节哀。"

他说:"以老人的年纪来说,算是喜丧礼。"

我感到我浑身的血一下子凉了。

和老程在一起的八年中,我无数次体会这种浑身的血都凉透的感觉。

然而这一次跟任何一次都不一样,不是心痛,不是难过,不是情商,不是心碎。

我想打人。

我尚且如此,不知道宽粉儿是什么感受。总之宽粉儿跟我一样,没有回答,没有动弹,只保持着雕像般的姿势面对着老程。

程贯中什么都没有体会到,他几乎没有停顿,就对宽粉儿说:"喆原之前跟我商量,等你奶奶过世,就跟你离婚。现在时机刚好,我希望孩子的出生证明上合法的父亲可以写我的名字。"

他看到我们俩如同石雕一般一动不动,等了一会儿,又不解地补充道:"这都是为了孩子好。"

那个时候,可能整个医院都听到了我凄厉的尖叫:"程贯中,你是不是人?!"

等我回过神来的时候,我已经被老程打翻在地上。

细粉儿从很远的地方奔过来扶我,但他躲得太远了,我还是重重跌在地上。

我本能地用手护着肚子，跌在大理石地板上的是我的手肘。钻心的疼痛令我清醒了过来。

我慢慢回忆起刚才的那几分钟发生了什么。

我完全失控，对程贯中大吼，质问他是不是人。他万万没有想到我会这样失控，想来拉我。而我的尖叫，已经把只在一个拐角之外的宽粉儿的父母喊了过来。

我却什么都不管不顾，也没有注意到宽粉儿的父母已经过来了，更没有留意我接下来说的话会被他们听到。

我对程贯中说："你让我跟刘宽离婚，跟你结婚，我想告诉你，你别做梦了！你根本就不是个人，你连心都没有！你不配当小柚子的爸爸，你也不配当心儿的爸爸！我的孩子哪里都好，唯一的缺点就是瞎了眼，选了你当她的爸爸！最可悲的是，你这么沾沾自喜，觉得任何人都要跪下来求你，要跟你在一起，要贪图你的钱财要沾你的光。其实在这个世界上，就连此时此刻的刘宽，他这么可怜，这么悲惨，却远不如你可悲！"

然后我就被程贯中打倒。

我被细粉儿扶起来坐在医院的椅子上，而宽粉儿早已挽起了袖子直奔老程而去。

老程可能高大，可能强壮，宽粉儿唯一的运动可能只是郑多燕，但此刻的宽粉儿面无表情，下手狠辣，如一个训练了十年生生死死脱颖而出的冷面杀手一般。老程很快就见了血，直到医院的保安过来把宽粉儿拖开。

我的手肘钻心的疼，我的肚子也隐隐作痛。

我急促地深呼吸，在心里不知第几次地告诉小柚子，要坚强。

她在妈妈肚子里的日子过得也是过于刺激了。

保安拖住了宽粉儿，把他按在墙上。

宽粉儿的妈妈哭着喊："这是什么意思？喆原，你肚子里的孩子是怎么回事？"可我们都没有精力回答她。

老程抹了脸上的鲜血，站起身来。他即便满脸是血，仍然是天神一般的英俊，但是我却感到一阵反胃。

程贯中在人群中指着我，用我从来没有听过的失控的嗓音对我吼道："温喆原！你怀着我的儿子，想从我手心里逃走，你想都别想！"

我鄙视地看着他说："对不起，程总，我没有怀着你的儿子。"

细粉儿冷静地说："我带喆原去做了B超，她肚子里的胎儿是女儿。"

我望着老程说："你不相信，就再带我去做B超，做一百次，一千次，我无所谓，直到你相信了为止。"

我轻轻扶着自己剧痛得无法动弹的手臂，挣扎着站起来，对程贯中说："我怀的只是个女儿，你可以放过我了，是不是？"

悲惨的是，我那天在医院里大呼小叫的视频，被围观群众拍下来，上传到了网上，标题是:《新时代的简·爱，咱们穷人有骨气》。

我的手肘脱臼了，送去接完骨又查出来妊娠高血压，又住了院。住院期间，宽粉儿把这个视频展示给我看，我整个人差点晕倒在病床上。

彼时我躺在公立医院简陋的病床上，没有无线网，看视频用的是宽粉儿的流量。

他问我："又转回我们老百姓的医院，难不难过？"

我毫不掩饰地点了点头，补充道："他妈的吴云山的房子老子辛辛苦苦装修出来的，一天都没住上。"

宽粉儿啧啧道："就是的，老子连玩都没玩过一次。"

我不知道程贯中是不是真的喜欢我，也不知道有多喜欢。唯一能确认的是，即使他真的喜欢我，他的喜欢也敌不过我当众不给他面子的羞辱,更抵不过我怀的不是儿子的悲惨的事实。算命的先生在性别问题上已经出了错,希望他所谓"最后一次生儿子的机会"也是一场谬误,最后程总能找一个符合他高贵血统的女子,给他生下第二十六代传人。

他和我分了手,这一次没有分手费。不但没有分手费,我让宽粉儿把他送给我的所有东西寄还给他,他也眼都不眨地签收了。

"整整八年,屁都没捞到一个。"宽粉儿愤愤地说。

我自豪地指着肚子说:"捞到了这么大一团肉。"

宽粉儿说:"老程再傻逼,有些事他说得没错。"他握着我的手说:"奶奶这么大年纪,病痛尚未把她折磨得太厉害,就在麻醉中无声无息地走了,这算喜丧。"

我说:"怎么能算喜丧呢?!奶奶还没走呢!"

我难过地说:"我还想把柚子生下来,给奶奶看一眼。"

宽粉儿很不屑地扬起眼睛扫了一眼天花板说:"你以为奶奶还在病房躺着?奶奶已经上天堂了,你在楼道里嚷嚷的那些玩意儿,奶奶也听见了。你把程贯中的闺女抱给我奶奶看什么看?"

我瞠目结舌。

宽粉儿说:"我决定,回头跟我爸妈商量,就让奶奶放心地去吧。"

正当我们两个强作镇定地说这话的时候,我们正要面对的暴风雨,正在风卷残云地,坐着公交车向我们袭来。

四堂会审，我的妈妈因为感到自己好像非常理亏而且丢脸，所以格外气急败坏。而我和宽粉儿压根都不知道该怎么办，只能承受着抽大嘴巴一般的质问，一言不发。

这个时候，细粉儿默默从门外走了进来。

我惊恐地望着细粉儿，不明白这个节骨眼他要干什么。

细粉儿关起房门，连逃跑的退路都没有给我们留，诚恳地请四位老人听他说，然后就潺潺讲述了所有的故事。

从宽粉儿和细粉儿在医院的体重秤上相遇，他们两个从小排除万难地一起长大，一起打架，一起学习，宽粉儿总是被人欺负，细粉儿总是帮他救他，到十几岁的时候，他们发现他们之间并不是什么兄弟友爱。

到宽粉儿遇到了我，到我和宽粉儿五年的婚姻是如何运作的，到我们决定为了奶奶生一个孩子，到发现这个孩子居然是老程的，到如今。

宽粉儿的母亲摇摇欲坠，却坚强地听完了全部的故事才晕倒。

我的母亲则不知脑回路是怎么回事，听完了细粉儿的描述之后，马上过来抱着我，愤愤瞪着宽粉儿和细粉儿对我说："我的闺女，你受苦了！"

宽粉儿和细粉儿，不忍让我一个怀胎八个多月的大肚婆承担这种暴风雨，不惜用他们俩的凡胎肉体保护了我。而暴风雨如何击打他们的肉体，他们又如何想尽办法地在这样的世界上生存下去，又是一个叽叽喳喳、唠唠叨叨、嗷嗷嗷嗷、不可描述的故事了。

在我的血压稳定下来之后，我和宽粉儿去民政局高高兴兴办理了离婚。孔姐曾经说过，孕晚期吃什么都跟孩子没关系了，我就又跟宽粉儿去吃了一顿米粉来庆祝。

无论跟宽粉儿的婚姻是多么的快乐，我都觉得，拿到了这一纸离婚证书，我的人生才终于回归了正轨。

于是在这一年的八月，我拼了九牛二虎之力生下了七斤八两的非婚生女小柚子，成了一个单亲妈妈。

最初，无论是因为要宽慰宽粉儿的奶奶，还是老天爷想给程贯中一个二十六代传人，最终结局之时，小柚子的存在都似乎变得非常搞笑。然而在这一切搞笑的前提之下，小柚子却是这个世界送给我的最美好的礼物。她遗传了亲生父亲的神之美貌，我仿佛看到未来的她会是一个倾国倾城的女子。

"那小柚子跟老程长得一样，老程的姐姐也跟老程长得一样，那小柚子以后岂不是跟老程的姐姐长得一样？"宽粉儿说。

听了这番话，我人生第一次砸了东西让宽粉儿滚蛋。

我不再是十几岁的少女，也不是二十几岁的少女。我三十岁，是小柚子的妈妈。绝不再受控于小柚子的姥姥姥爷，所以带着孩子搬出来，在原来我和宽粉儿的家对门租了一个光线很好的大开间。宽粉儿每每出现在小柚子面前，都要小柚子喊他爸爸。

细粉儿无语地问他:"你是爸爸我是谁?"

宽粉儿说:"你是后妈。"

在我原来上班的公司,关于我的故事已经传得沸沸扬扬——被大客户的领导包养,这么多年大家人尽皆知的老公居然是 gay,居然还有人传言说我生的孩子的父亲是个外国人。

总之,这一切传闻都跟我挂在网上的《新时代的简·爱,咱们穷人有骨气》的视频一样,随着明星八卦、国际赛事的频发,渐渐没落。公司领导了解了我非常复杂的个人情况之后,首先感到我个人能力还是不错的,其次显然老程也没有施加什么消极的压力,领导们就问我愿不愿意在家办公。

又能挣钱又能带孩子,我当然愿意,毕竟无论发生了什么,一切都过去了。我还是堂堂正正的一个单身妈妈,每天只要看到我的小柚子躺在床上蹬腿,就是最幸福最满足的事。

我十七岁就莫名其妙、不可抗拒地爱上了老程。而在三十岁这一年,他转身离去,从此再也没有出现在我的生活中。就像滴在白色瓷砖上的一滴血,轻易地擦去了。

可是程语心却不知道为什么经常和我联系。

她说:"你虽然不重要,可是妹妹毕竟是我的妹妹。"

从她口中我得知,至少直到现在,老程还是没能找到能为他生下二十六代传人的女人。

令我感到很不安的是,老程在跟我闹翻的第二天,就毅然开除了孔姐。

可能是因为孔姐曾经那么无微不至地照顾过我,他看到孔姐就会想起我。据说他也原封不动地卖掉了吴云山的房产,正如他消失在我的生活中一样,他也把我像一滴血一样地抹去。

我很内疚给孔姐带来了这样的损失,然而孔姐其实却非常开心。她说她终于可以回老家跟闺女一起过日子了,走之前来看了我好几次,并且声色俱厉地命令我,日后在照顾小柚子的过程中有任何问题,必须第一时间问她。

小柚子三岁,上幼儿园之后,三十三岁的我,遇到了一个喜欢我的人。

这个人刚一出现,我就觉得非常熟悉。可能是在多年前的梦中梦到过跟他接吻吧。

无论如何,一切都会更好的。

图书在版编目（CIP）数据

形婚记/毛冷瞪著.—厦门：鹭江出版社，2018.8
ISBN 978-7-5459-1470-2

Ⅰ.①形… Ⅱ.①毛… Ⅲ.①长篇小说—中国—当代 Ⅳ.①I247.5

中国版本图书馆CIP数据核字（2018）第060140号

出版统筹：雷　戎
策划编辑：王天阳
责任编辑：刘浩冰　王天阳
营销编辑：范存榜　赵　娜
责任印制：孙　明
封面设计：子不语

XING HUN JI

形婚记

毛冷瞪 著

出版发行：鹭江出版社		
地　　址：厦门市湖明路22号	邮政编码：361004	
印　　刷：三河市兴博印务有限公司		
地　　址：河北省廊坊市三河市杨庄镇大窝头村西	邮政编码：065200	
开　　本：889mm×1194mm　1/32		
插　　页：2		
印　　张：10.75		
字　　数：203千字		
版　　次：2018年8月第1版　2018年8月第1次印刷		
书　　号：ISBN 978-7-5459-1470-2		
定　　价：39.80元		

如发现印装质量问题，请寄承印厂调换。